대한민국 남자의 자격증

대한민국 남자의 자격증

초판 1쇄 인쇄일 2016년 4월 18일
초판 1쇄 발행일 2016년 4월 22일

지은이 윤승원
펴낸이 양옥매
내지 디자인 황순하
교정 조준경

펴낸곳 도서출판 책과나무
출판등록 제2012-000376
주소 서울특별시 마포구 방울내로 79 이노빌딩 302호
대표전화 02.372.1537 팩스 02.372.1538
이메일 booknamu2007@naver.com
홈페이지 www.booknamu.com
ISBN 979-11-5776-182-1(03810)

이 도서의 국립중앙도서관 출판시도서목록(CIP)은 서지정보유통지원 시스템
홈페이지(http://seoji.nl.go.kr)와 국가자료공동목록시스템
(http://www.nl.go.kr/kolisnet)에서 이용하실 수 있습니다.
(CIP제어번호 : CIP2016009320)

대
한
민
국

男
子
의

자
격
증

윤승원 지음

건강한 사회 · 건강한 가정을 만들기 위한
이 시대 아버지의 해법 찾기

저자의 말

새해 들어 저희 집안에 뜻하지 않은 일이 있었습니다. 국방부 안보교육 동영상 촬영 팀이 저희 가정을 방문하여 《애국가족》이란 이름으로 〈3父子〉 동영상을 촬영해 갔습니다. 국군장병과 예비군의 〈자긍심 고취〉를 위한 동영상 교재라고 했습니다. 조선일보 '아침편지'에 소개된 저의 칼럼 〈훈장만큼 자랑스러운 두 아들의 예비군 모자〉가 화제가 되어 국방부 안보교육 동영상 교재에까지 등장하게 된 것입니다.

동영상 제작자들은 ROTC 장교로 강원도 전방에서 군 복무한 큰아들과 폭력시위가 가장 많았던 서울 종로경찰서에서 의경으로 군 복무했던 둘째 아들의 남다른 애국심을 인터뷰하고, 가정에서 두 아들의 군화를 말끔히 닦아 주는 아내의 애틋한 모습도 담아 갔습니다.

국민으로서 당연한 의무를 이행한 것이 이렇게 이색적인 가정으로 화제가 되고, 아버지로서 가슴에서 절로 우러나오는 '순수한 애국심 표현'이 국가조직의 사기 진작과 자긍심을 높이는 요소로 작용하는 것을 보면, 개인적으로는 영광스럽고 보람 있는 일이어서 가슴 뿌듯하긴 하나, 한편으로는 안타까운 마음도 미묘하게 교차합니다.

우리 사회가 아직도 국민정서와 동떨어진 비정상적非正常的인 구석과 온당치 못한 행태가 여전히 존재한다는 뜻이기도 해서 그렇습니다. 일부 사회지도층의 비정상적인 관행이나 비애국적인 행태가 선량하게 살아가는 대다수 국민들의 정서를 거스르고, 분노케 하는 것이 현실입니다.

당연한 의무 이행과 바르고 온당한 처신을 어리석고 손해 보는 것처럼 만드는 것은 개인적으로는 박탈감과 삶의 의욕을 저하시키는 일이고, 집단이나 단체로서는 사기를 저하시키는 요인이 됩니다. 이는 결국 사회 정의의 혼란을 가져옵니다. 〈정의의 혼란〉은 개인의 윤리의식과 도덕심마저 무너뜨려 법과 질서를 어지럽힐 뿐만 아니라, 더 크게는 국익과 국가 발전을 저해하는 요소로 작용하게 됩니다.

촬영을 마치고 가만히 생각해 보니, 그동안 제가 써 놓은 〈국가 안보〉 관련 시사 에세이나 〈건강한 가정〉을 주제로 한 수필이 이 시대에 웬만큼 부합하는 현실적인 주제가 아닌가 싶어 책으로 엮게 되었습니다.

책의 내용은 크게 세 가지 주제로 요약할 수 있습니다. ▲첫째는 국가 유지의 근간根幹이 되는 안보 문제와 치안 문제를 구체적인 사례 중심으로 담았습니다. 대한민국 남자라면 누구나 치러야 하는 신성한 병역의 의무에 대해 자긍심을 갖지 못하고, '헛고생'이나 '억울한 감정'을 떨쳐 버릴 수 없는 현실적인 이유가 무엇인지도 따져 보고 싶었습니다.

국가 안보 문제는 국방에 국한하지 않습니다. 국가 정보기관 직원들의 남다른 사명감과 애국심 역시 현역군인 못지않은 '안보 요소'입니다. 일부 직원의 직무상 실수나 과잉충성으로 인한 물의 야기가 국가적·사회적으로 엄청난 파문과 소용돌이를 일으킬 수 있다고 보면서, 정보기관 본령인 '고도의 전문성'을 주문하는 글도 담았습니다. 본문에는 이런 대목이 나옵니다.

일선 대공 수사요원들은 직무 특성상 공부를 많이 해야 한다. 치밀한 공작과 끈질긴 추적, 일부 선배 수사관들의 과오와 시행착오를 거듭하지 않는 합법성과 인권 논란을 불러일으키지 않는 절제된 수사기법을 체득해야 한다. 어떠한 난관에도 흔들리지 않는 강인한 정신력도 갖춰야 한다. 대공수사관 한 사람이 쌓아 온 생생한 직무경험은 한 개인의 지식이 아니라 국가적인 자산이다. 천신만고 끝에 입수한 자료와 신변 위협을 느껴 가며 체득한 특수 이력은 음지에서 일하는 정예 대공 수사요원들만의 무기이다. 그래서 대공 수사요원들은 보직을 쉽게 옮겨선 안 된다.

－〈 '대공 수사요원 역량 강화' 국가적 현안이다 〉 중에서 －

음지에서 묵묵히 일하는, 지극히 비밀스러운 신분을 가진 국가조직원들이 거의 매일같이 언론에 보도되는 안타까운 상황을 지켜보면서, 30여 년 넘게 치안 일선의 정보 분야에서 애국심과 사명감 하나로 청춘을 고스란히 보낸 전직 공직자의 한 사람으로서 걱정스러운 마음으로 쓴 글입니다.

▲ 둘째는 건강한 사회를 만들기 위해 몸을 아끼지 않고 불철주야 애쓰고 있는 경찰관의 바람직한 직무 자세와 봉사정신을 담았습니

다. 각종 범죄의 근본 원인이 되는 사회적 환경과 병폐도 지적하고 싶었습니다.

어느 한 명제도 명쾌하게 답을 내기란 쉽지 않은 사회적 현안입니다만, 근본적으로 우리 사회가 안고 있는 고민을 슬기롭게 풀어 가기 위해선 사회구성의 기초단위인 '한 가정의 건강성'에 그 답이 있다고 봅니다.

그래서 ▲ 세 번째 주제로 〈건강한 사회〉·〈건강한 가정〉을 만들기 위해 한 가정의 아버지가 어떤 고민을 하는지, 국가적·사회적 과제는 무엇인지, 그 해법 찾기에 고심하면서 나름대로 방법론을 모색해 봤습니다.

이 시대 아버지들은 고단하고 외롭습니다. 사랑하는 자식과 아내마저 아버지 또는 남편에게 따뜻한 정을 주지 못하면, 그 가정은 행복을 말하기 어렵습니다. 단순히 문제만 나열하는 방식이 아니라, 칼럼과 수필이란 그릇에 구체적인 삶의 고민을 털어놓으면, 그 해법은 엉켰던 실마리처럼 풀리기 마련입니다.

이 책에 수록된 글의 주제는 대부분 밥상머리에서 가족과 함께 도란도란 나누었던 삶의 이야기이기도 합니다. 저의 작은 목소리가 세상을 크게 변화시키진 못해도, 정겨운 사람과 마주 앉아 마시는 따뜻한 차 한 잔처럼 소박한 위안이라도 된다면 더 바랄 게 없습니다.

2016년 봄

저자

목 차

제

1

부

지기추상 대인춘풍

持己秋霜 待人春風

지기추상 대인춘풍

持己秋霜 待人春風

　　법을 다루거나 국정을 운영하는 고위 공직자들이 즐
겨 쓰는 좌우명 가운데 '지기추상 대인춘풍持己秋霜 待人春風'이란 문구
가 있다. 채근담에 나오는 말이다. '자신을 지키기 위해서는 가을 서
릿발 같이 엄격하지만, 사람을 대함에 있어서는 봄바람 같이 따뜻하
고 부드럽게 하라'는 뜻이다. 공직자의 '자기관리 철학'을 엿볼 수 있
는 신조요, 삶의 덕목이다.

　　좌우명은 가슴속의 스승이다. 물론 실천이 문제겠지만, 이런 좌우
명 한마디 가슴에 품고 살아간다면 크게 욕먹을 일도 없을 것이다.
공사公私를 구분하는 지혜도 거기서 나온다.

　　내 책장의 오래된 서적 가운데《위대한 생애》라는 박정희 전 대통
령 휘호집(1989년, 민족중흥회 발행)에도 '持己秋霜 待人春風'이란 문구가 나
온다. 1976년 '원단 휘호'인데, 박정희 전 대통령의 좌우명으로 알려
져 있다.

근자에는 검찰과 경찰 등 주로 법을 다루는 고위 공직자들이 취임할 때마다 외유내강外柔內剛형 이미지를 드러내는 말로 인용되기도 한다. 얼마 전, 필자의 칼럼 〈경찰서장의 '직위해제'보다 중요한 것〉에서 '일선 경찰 지휘관의 직위해제보다 중요한 것은 직원 한 사람 한 사람의 반듯한 직업윤리 의식과 의식 개혁이 먼저'라고 했더니, 현직 경찰 간부가 이런 반응을 보였다.

"공직자 의식개혁과 관련하여 직장에서 저명인사의 특강도 수없이 들어 봤고, 자체 소양교육도 자주 이뤄지지만, 국민을 실망시키는 불미스러운 일들은 여전히 발생한다. 걸핏하면 국가 사정기관의 상시 감찰활동을 강화해야 한다고 하지만, 칼럼에서 지적한 것처럼 개개인의 '자각自覺'만큼 중요한 것은 없다."면서 "구체적인 실천 방안이 문제"라고 했다.

그래서 내가 새삼스럽게 제안한 것이 '공직자 좌우명 갖기 운동'이다. 가정의 거실에도 좋고, 사무실 칸막이벽에라도 좋다. 좌우명 한 줄을 거울처럼 바라보고 살아간다면 '자기 최면효과'도 있을 것이다. 좌우명은 삶의 기본적인 태도를 결정짓는 중요한 덕목으로 작용한다. 소신이 뚜렷한 공직자의 반듯한 직업윤리 의식은 감독자의 잔소리에서 나오지 않는다. 자각에서 비롯된다.

1970년대 후반, 내가 처음 공직을 시작했을 때, 대전경찰서(현재 대전중부서)에서 근무했던 '황 판사'라는 별명을 가진 경찰간부의 일화가 직원들 사이에서 크게 화제가 됐었다. 1982년 청백리상을 받은 황인수 경정이었다. 그는 자기 자신에게 추상 같이 엄격한 사람이었다.

그의 부인이 생활비를 벌기 위해 행상을 하다가 노점 단속반에 걸려 붙잡혀 왔을 때도 예외 없이 즉결재판을 받게 했다. 심지어 아내가 일을 마치고 집에 돌아가다가 야간 통행금지에 걸렸을 때도 자신이 즉심 주무 책임자인 보안과장(지금의 생활안전과장)이었지만 가차 없이 즉결심판에 넘겨 벌금을 내게 했다.

이 시대 국회 인사청문회에 등장하는 일부 저명인사들의 반듯하지 못한 공직생활과 공사公私를 구분하지 못하는 부끄러운 처신과는 크게 비교가 된다. 이뿐만이 아니다. 불우 청소년이나 어려운 주민들에게는 많은 선행을 베풀었다. 자신은 도시락을 싸 가지고 다니면서도 밀수품 단속에 공을 세워 받은 보상금을 고아원에 보내는가 하면, 구두닦이 등 불우 청소년을 위해서는 야간학교를 열기도 했다. 36년 동안 경찰 생활을 하면서 청렴성은 인정받았지만 승진인사에서는 줄을 댈 줄 몰랐다. 자기의 노력과 실력이 아닌, 추천 방식으로 승진한 적이 없는 사람이다. 그야말로 '지기추상 대인춘풍'의 본보기였다.

이 세상에서 가장 쉬운 일은 남에게 충고하는 일이고, 가장 어려운 일은 자기 자신을 바로 바라보는 일이라고 하지 않았던가. '대인춘풍待人春風'은 쉬울지 몰라도, '지기추상持己秋霜'을 실천하기란 말처럼 쉬운 일이 아니다. 공직자란 모름지기 지연, 학연, 혈연으로 맺어진 지인들의 온당치 못한 갖가지 청탁을 슬기롭게 물리칠 수 있어야 한다. '식사 한 번 하자'는 것은 정이 듬뿍 담긴 말이지만, 이해관계 없이 공직자에게 공연히 비싼 밥과 술을 사는 것이 아니란 점에도 유의해야 한다.

가족들의 처신도 마찬가지다. 아내의 씀씀이가 크고 사치스런 생활을 한다면 공직자인 남편을 욕 먹이는 일이다. 공직자의 평소 '자기관리'란 인연 맺고 사는 사람들과의 엄격한 공사公私 구분과, 가족들의 처신까지 잘 챙겨 보는 일도 포함한다. 정부에서는 대인춘풍 지기추상의 표본이 되는 공직자를 뽑아 '新 청백리상'(일명 持己秋霜상)을 주고, 그 가문家門에까지 영예스럽게 뜻을 기리는 징표를 만들어 주는 방안을 강구해 봤으면 한다. 《경찰문학》 제14호 2014년)

훈장만큼 자랑스러운
두 아들의 예비군 모자

"부대에 배치되어 터진 옷을 바늘로 꿰매는데, 실을 이빨로 끊다가 그만 이가 왕창 나갔어요. 이를 어쩌나 하고 걱정하고 있는데, 무섭기만 한 고참들이 빨리 의무대로 가 보라고 윽박지르는 거예요. 그래서 다급하게 의무대로 달려가는데, 경례를 붙여야 할 데가 어찌나 많은지, 치료는커녕 경례만 붙이다가 꿈에서 깼어요."

밥상머리에서 둘째 아들이 난데없이 간밤의 꿈 이야기를 꺼냈다. 마치 '현실 경험'처럼 생생하게 펼치는 아들의 엉뚱한 꿈 이야기에 속으론 웃음이 나왔지만, 사병 만기 전역한 지 4년이나 된 녀석이 아직도 '군대 꿈'을 꾸는 게 안쓰럽기도 했다.

"아버지도 가끔 군대시절 꿈을 꾸곤 하지. 대한민국 남자들에게 '군대 꿈'은 평생 꾸는 꿈이란다."

나의 위로 아닌 위로에 아내가 거들었다.

"요즘 국회 인사청문회를 보면 이런저런 사유로 병역을 면제받았다는 의혹을 사는데, 그럴 때마다 화가 나요. 대한민국엔 군대 갔다 온 사람들이 더 많은데, 왜 온전히 병역을 마치지 못한 사람들을 고위직에 발탁하는지…….”

아내의 푸념에 이내 착잡한 심경이 됐다.

‘군대 꿈’을 꾼 아들도 논산훈련소에서 신병 교육을 받다가 폐렴에 걸려 펄펄 끓는 고열에 죽을 고생을 했다. 긴급 연락을 받고 특별면회를 하면서 병상에 누워 있던 자식을 부여잡고 얼마나 울었던가. 아비도 힘든 군대 생활을 했다. 힘든 훈련도 훈련이지만 고참들의 구타가 예사이던 70년대, ‘참고 견디는 게 군대’려니 체념하면서 33개월을 인내 하나로 버텼다.

그동안 일부 ‘백’ 있는 집안의 친구들은 온갖 방법으로 병역을 면제받을 궁리를 했다. 어떤 친구는 남들이 군대 생활을 할 때 외국유학을 다녀와 남들보다 일찍 성공적인 인생행로를 걸었다. 그래도 억울하지도, 부럽지도 않았다. 달랑 ‘병장 만기 전역증’ 한 장 손에 쥐었지만, 그것이 ‘대한민국 남자의 자격증’이라고 믿었기에 군대 고생쯤은 거뜬히 상쇄할 수 있었다.

요즘도 거실 벽에 걸려 있는 두 아들의 ‘예비군 모자’를 볼 때마다, 30여 년 공직을 마치면서 받은 옥조근정훈장 못지않게 자랑스럽게 바라보곤 한다.

자식들이 이 모자를 쓰고 훈련을 받으러 나갈 때마다 아내는 군화를 말끔히 닦아 준다. 온당치 못한 방법으로 병역을 면제받은 자식

을 둔 부모들은 결코 누릴 수 없는 광경일 것이다.

간밤에 아들의 꿈을 이렇게 풀이해 줬다.

"흔히 '앓던 이가 빠지듯'이란 표현이 있잖니. 네 꿈은 앞으로 일이 술술 잘 풀릴 조짐이고 암시라고 보면 돼!"

길몽이라는 아비의 위로에 아들도 얼굴이 금세 환해졌다. 아내도 한마디 거들었다.

"꿈보다 해몽이라더니……." (조선일보 '아침편지' 2013년 2월 15일)

※ 餘滴

이 같은 사연이 지상紙上에 알려진 뒤, 2016년 1월 17일 국방부 안보교육 동영상 교재 제작 팀에서는 뜻하지 않게 우리 가정을 방문, 〈애국가족〉이란 이름으로 3父子 인터뷰를 하고, 거실 벽에 걸린 두 아들의 예비군 모자를 촬영해 갔다. 국군장병과 예비군의 〈자긍심 고취〉를 위한 이 동영상 교재는 전국 예비군 교육장에서 상영되고 있다.

◀ 예비역 육군 중위 윤준섭(장남)의 아내가 〈3父子 대화〉 촬영 장면을 곁에서 지켜보다가 스마트폰으로 찍었다. 며느리와 손자까지 참여하여 이 광경을 의미 있게 지켜보았다는 것만으로도 '뜻있는 가족사'의 한 페이지로 기념할만하다고 생각하여 기록으로 남긴다.

병역면제자 국무위원 배제' 법안 확대 필요성

북한의 연평도 포격 이후 해이해진 안보의식을 다잡아야 한다는 목소리가 높아지고 있다. 정부가 국민들에게 국가 안보에 대한 인식을 새롭게 하고 설득력 있는 의식 전환을 시키려면 가장 먼저 제도적으로 강화해야 할 문제가 사회지도층과 그들 자녀들의 병역 문제다.

최근 병무청과 미래희망연대 윤상일 의원실의 자료에 따르면, 현역 국회의원 10명 중 2명은 병역 면제 처분을 받은 것으로 나타났다. 남자 국회의원 253명 가운데 83.4%인 211명이 현역 등으로 병역 의무를 마쳤고, 16.6%인 42명은 군대에 갔다 오지 않은 것으로 집계됐다.

18대 재적 의원 297명의 병역 이행 대상 자제 257명에 대한 병역 이행 여부를 조사한 결과, 현재 군복무를 하고 있는 아들은 25명이었다. 반면 제2국민역에 편입되는 등 병역을 면제받은 사람은 22명(8.6%)이었다. 자녀 100명 중 9명꼴로 병역 면제를 받은 것으로 나타난 것이다.

이에 앞서 '병역면제자의 국무위원 임명을 배제'하는 국가공무원법 일부 개정안 발의를 준비 중인 김을동 미래희망연대 의원은 지난 24일 한 라디오 방송에 출연해 "국민여론조사에서 90% 이상이 찬성하고 있고 지지서명이 줄을 잇고 있다."면서 "국회통과를 낙관한다."고 말했다.

김 의원은 이날 "정부는 헌법이 명시한 국민의 기본 의무조차 이행하지 않은 분들이 포진하고 있기 때문에 위기 대응 능력이 부실하기 짝이 없다. 지난번 외교안보장관회의 때 병역면제자들이 즐비하지 않았느냐."고 비판하면서 이같이 밝혔다. 김 의원이 준비 중인 개정안은 병역 면제자를 국무총리 및 국무위원에 임명할 수 없도록 하는 내용을 골자로 하고 있다. 다만 개정안은 여성과 병역법에 따른 명백한 장애인, 국위선양에 따른 병역면제자는 국무위원에 임명할 수 있도록 예외조항을 두고 있다.

김 의원은 법안 내용이 알려진 후에 많은 국민들이 "대통령이나 국회의원 같은 선출직에도 적용해야 한다는 의견들이 쇄도하고 있다."며 선출직 정치인은 선거 과정에서 병역을 포함한 모든 정보가 다 공개되고 국민의 심판을 받아야 하는 것이기 때문에 선출직까지 법으로 규제하기에는 문제점이 많다고 했다.

그러나 선출직도 법으로 규제하지 못할 이유가 없다. 남북분단의 현실에서 병역의 의무를 제대로 이행하지 않은 이는 근원적으로 고위 공직을 수행하기 어렵도록 자격요건을 강화하는 등 제도화하고 사회적인 분위기를 조성해 나간다면, 국가 안보에 대한 국민의식도 자연히 달라질 것이다. (금강일보 2010년 12월 25일)

건군 65주년, 든든한 국군에게 감사하는 마음

국민들은 강한 군대의 모습을 보면서 든든함을 느낀다. 국군의 날 기념행사는 그래서 단순히 건군을 기념하는 날로 여겨선 안 된다. 불철주야 국토방위를 위해 고생하는 장병들에게는 사기를 진작시켜 주는 날이 돼야 하고, 국민들에게는 안심하고 생업에 종사할 수 있도록 신뢰를 쌓는 날이 돼야 한다.

지난 2003년 이후 10여 년 동안 이런저런 이유로 국군의 날 기념식을 축소하는 등 제대로 치르지 못했다. 남북화해 무드 조성에 찬물을 끼얹을 수 있다느니, 심지어 거리 퍼레이드조차 당당하게 치르지 못한 것은 '북한의 눈치 보기'가 아니냐는 지적도 받아 왔다. 하지만 북한은 우리와는 대조적으로 매년 4월 25일 조선인민군 창설일에 맞춰 신형미사일 공개 등 시가지 무력시위를 위협적으로 해오고 있다.

그러면서 적반하장 격으로 우리의 연례적인 국군의 날 행사조차 문제 삼아 "무력시위를 하는 것은 군사적 대결자세를 확실히 드러낸 것"이라고 비난을 일삼았다. 그런 측면에서 오늘 10여 년 만에 최대 규모로 개최되는 '건군 65주년 국군의 날 기념식'은 그 어느 해보다 감회가 새롭고 뜻깊게 여겨진다. 오늘 국군의 날 행사에는 육군의 지대지 미사일인 '현무2'와 '현무3', 적 해안포를 정밀 타격할 수 있는 '스파이크 미사일' 등 우리 군의 최신 무기가 처음 공개될 예정이어서 큰 관심을 끈다.

이번 행사에는 1만 1,000여 명의 병력과 지상 장비 190여 대, 항공기 120여 대 등이 참여한다고 한다. 때마침 헤이글 미국 국방장관과 합참의장도 처음 우리의 국군의 날 기념식에 참석한다. 미 국방장관의 국군의 날 기념식 참석은 북한의 군사도발 억제와 핵위협에 대응하는 양국의 강력한 대응의지를 보여 준다는 점에서 각별한 의미가 있다.

3군 본부 통합기지인 '계룡대'가 위치한 충남지역 주민들은 국군의 날을 맞는 감회가 남다르다. 계룡대 비상 활주로 일대에선 2일부터 제11회 지상군 페스티벌 행사도 잇따라 열려, 다양한 국민 참여 프로그램을 통해 '국민 대통합의 장'이 될 것으로 기대된다.

건군 65주년을 맞는 우리 국군은 급변하는 대내외의 안보 환경 속에서 강군 육성을 위해 부단히 노력해 왔다. 분단된 국가에서 강한 국군의 육성은 국가 안보의 초석이고 국가발전의 든든한 버팀목이다. 우리의 국방력은 한반도와 동북아시아의 안정과 평화를 위해서도 더욱 강화돼야 한다. 대한민국 영토 수호를 위해 혼신의 노력을 기울이고 있는 국군장병에게 감사하는 마음을 국민 모두는 아끼지 말아야 한다.

(금강일보 2013년 10월 1일)

생각이 달라도
우리는 '적敵'이 아닙니다

       어느 모임이든 여럿 모이면 내 생각과 전혀 다른 주장을 하는 사람이 있기 마련이다. 살아온 과정이 다르고 저마다 보고 배운 것도 다르니 그럴 수밖에 없다. 개중에는 남의 말에 사사건건 어깃장을 놓는 이도 있다. 조금 기분 언짢은 말이 오갔어도 다음 모임에서 우리는 다시 만난다.

  내가 참석하는 몇 군데 사적인 모임도 각기 다른 성향과 생각을 가진 사람끼리지만 원수지간처럼 싸우지 않고 정기적으로 또 만난다. 왜 그럴까? 서로 피하지 않고 또 만나서 함께 밥 먹고 술 마시는 것은 그래도 무언가 인간적으로 통하는 게 있으니까 가능한 일이다.

  지금 '진영 논리'에 빠진 우리 사회는 자신과 의견이나 기본 철학이 다르면 무조건 적대감을 갖는 것이 가장 큰 갈등구조라고 지적하는 사람들이 많다. 진보좌파와 보수우파, 야당과 여당, 노조와 사용자, 경찰과 불법 시위대 등 '극과 극'의 대결구도가 국민통합을 가로막고 사회갈등을 심화시키고 있는데, 경륜과 인품으로 존경받는 사회 원로들의 온당한 설득도, 따끔한 꾸지람도 전혀 먹혀들지 않는다. 부자나 부부간에도 의견이 달라 서운할 때가 종종 있다. 가정에서 특정 사안을 놓고 티격태격하다가도 서로 등 돌리지 않고 다시 얼굴을 마주하는 것은 무언가 통하는 요소가 작용하기 때문이다.

이렇게 서로를 끌어당길 수 있는 마력과 같은 공통분모를 찾아야 한다. 서로 양보해도 좋은 '관용의 요소'가 무엇인지 발견해 낼 수 있다면 답은 의외로 간단히 나올 것이다.

▲ 당신과 나는 이 나라 국민이란 것, 결코 원수지간이 될 수 없는 동족이라는 것, ▲ 아무리 생각이 달라도 우리 사회는 선의의 경쟁을 통해 발전하며 어떤 경우라도 법을 무시하거나 정당한 법 집행을 방해해선 안 된다는 공통 인식을 갖고 있다는 것, ▲ 개인이든 단체든 극도의 이기심이 아니라 세상의 상식과 이치에 부합하는 사안을 놓고선 언제든지 먼저 양보할 수 있는 아량을 갖고 있다는 것, ▲ 국익에 도움이 되는 일엔 반대를 위한 반대를 않는다는 애국심을 당신이나 나나 똑같이 갖고 있다는 것, ▲ 사회 정의가 아닌 것에는 목에 칼이 들어와도 한 치의 양보도 하지 않는 뚝심을 똑같이 갖고 있다는 것, ▲ 선배와 후배, 스승과 제자, 어르신과 연치 아래인 사람 사이에서는 사회 상규와 도리에 어긋나지 않도록 늘 조심하고, 기본적인 예의를 깍듯이 갖출 수 있는 상대라는 것을 당신도 알고 나도 인식한다는 것.

새해를 맞으며 이런 요소 몇 가지만이라도 공유하면서 상호 존중할 줄 하는 사회를 만든다면 당신과 나, 우리는 결코 '적敵'이 될 수 없다.

(조선일보 '아침편지' 2014년 1월 3일)

박근혜 수필가 주변 사람들이
꼭 읽어야 할 책

　　'정치인 박근혜'는 알아도 '수필가 박근혜'를 아는 사람은 많지 않다. 박근혜 새누리당 대통령 후보는 정치인이기 이전에 수필가다. 나의 책장엔 그의 색 바랜 저서 한 권이 꽂혀 있다.《내 마음의 여정》(1995년)이란 수필집이다.

　　저자 소개가 눈길을 끈다. "현재 한국문인협회 회원으로 활동하고 있으며"라는 대목이다. 박 후보는 향후 대선에서 이겨 자랑스러운 대한민국의 최고 지도자가 되든지, 안타깝게도 꿈을 이루지 못하여 야당의 지도자로 남든지, 어느 쪽의 길을 가든 국가 발전에 크게 이바지하는 정당의 유력 정치인으로서 존재할 것만은 분명해 보인다.

　　이런 사실을 전제하고 볼 때, 필자는 한국문인협회 수필분과 소속의 같은 회원으로서 정치인보다는 수필작가의 시각으로 박 후보를 바라보는 것도 의미가 있을 것 같다. 이 책을 낼 때만 해도 정치인 이미지가 풍기는 단어는 찾아보기 어려웠다.

그는 충격적인 사건으로 부모를 잃은 사람이다. 심신을 잘 가누기 어려운 시기에 그 어떤 불미스러운 일에 빠지지도 않고, 자신의 심경을 수필로 쓰면서 잘 극복해 냈다. '수필'이란 모름지기 행복을 넘치게 누리고 사는 사람이 여기餘技로 쓰는 글이 아니다.

'문인'이란 심리적이든 육체적이든 고통을 겪어 보지 않은 사람에게 붙여 주는 한가한 이름이 아니다. '왜 행복한 사람은 글을 쓸 수 없는가'라는 제목의 그의 글 속에 이런 말이 나온다.

"(내 경험에 비추어 보더라도) 사람들은 자기의 멍든 가슴을 달래려고 또는 채워지지 않는 가슴을 메워 보려고 글을 쓰는지도 모른다."

그가 정치를 하지 않고 계속 수필을 썼다면 아마도 한두 권의 수필집으로 그치지 않았을 것이다.

17년 전에 쓴 이 책 속에는 공교롭게도 오늘날 현실에 도입해도 좋을 이야기가 꽤 나온다. 인간을 바라보는 그의 보편적인 시각도 주목할 만하다. 보편적이고 상식적인 이야기라고 해서 그의 주변에 몰려드는 사람들까지 편안하게 생각해서는 안 된다. 이 대목을 보라.

"세상 사람들이 흔히 부러워하는 높은 자리에 있는 사람이라 해도 꼭 필요한 존재가 있는 것은 아니다. 필요는커녕 오히려 사회에 해를 끼치고 사람들에게 혐오감을 주어 제발 좀 물러나 주었으면 좋겠다는 손가락질을 받을 수도 있다."

사람의 지위나 능력보다 '인품'이 중요하다는 것을 강조한 대목이다.

"그 지위에서 아무리 폼을 잡아도 도무지 무게가 느껴지지 않는 이유"를 그는 '언행의 경박성'에서 찾는다. '뒤로 술수를 잘 쓰는' 사람도 경계한다.

그는 대중 앞에서는 늘 활짝 웃는 모습이지만 가슴과 머리에는 '사람의 인품'을 간파하는 '센서'가 예리하게 작동하고 있음을 알아야 한다. 인사가 만사다. 용인用人과 인재 등용 기준의 첫째 항목이 '인품'에 있음을 암시하고 있다.

수필가란 여린 감성으로 생활 속의 사소한 이야기들을 서정적으로 구사하는 사람을 일컫는 말이 아니다. 소금과 목탁과 같은 '사회 정화적' 기능도 수필이란 그릇에 담아낼 줄 알아야 한다. 국가 지도자의 자질과 능력을 평가하는 요소는 치안, 국방, 그리고 경제다.

그중에서 치안 문제에 대해 유독 관심이 많은 필자는 이런 대목에 주목한다.

"우리가 정말로 세상의 이치를 잘 깨친다면 이 세상에서 악행을 범할 사람은 없을 것이다. 그것이 얼마나 어리석은 짓인 줄 알 수 있기 때문이다. 불에 데면 얼마나 고통스러운지 알기에 거기에 일부러 손을 갖다 대지 않는 것처럼, 아무리 양잿물이 공짜래도 그걸 마시지 않는 것처럼 참으로 지혜로운 사람은 악행의 엄청난 해악을 내다보아야 한다."

라고 집안 어머니와 같은 자상한 말씀도 적고 있다.

여기서 그는 "유혹을 이겨 내는 싸움, 분노를 폭발시키지 않고 조절할 수 있는 인내심의 단련, 어려움을 끝까지 밀어붙일 수 있는 투지, 실패하더라도 다시 일어서는 용기, 체념해 버릴 것은 체념해 버리는 결단, 성공과 칭송에도 우쭐하거나 교만해지지 않는 교양, 중용을 지키는 지혜"도 언급했다.

그가 앞으로 국민의 선택을 받기까지는 쉽지 않은 여정이 남아 있다. 이 시점에서 수필문학인의 한 사람으로서 부탁하고 싶은 것이 있다. 바쁘게 살다 보면 예전에 쓴 자신의 책을 다시 펼쳐 보기 어렵다.

'원칙과 신뢰'를 바탕으로 국가 지도자가 되려는 사람이고, 더구나 자신의 심경 고백을 담은 수필집을 낸 문인이므로, 과거 진정어린 마음으로 쓴 자신의 책을 다시금 곱씹어 보라고 권하고 싶다. 더 중요한 것은 그의 주변 사람들도 이 책을 읽어 보고 자신을 엄격히 가다듬었으면 한다. (금강일보 2012년 9월 6일)

※ 이 글은 박근혜 대통령 후보가 대선大選에서 당선되기 전에 쓴 것이다. 대통령 직무를 수행하고 있는 현 시점에서도 필자가 전하고 싶은 메시지는 다르지 않다.

'대공 수사요원 역량 강화'
국가적 현안이다

대공 수사요원은 충성도가 가장 높은 국가조직의 구성원이다. 국가에 대한 충성심뿐만 아니라 주어진 임무에 대한 자긍심 또한 남다른 사람들이다. 직무에 대한 자긍심은 전문성에서 나온다. 전문성은 하루아침에 체득할 수 있는 지식이 아니다.

직파간첩이든, 고정간첩이든, 자생적 공산주의자든, 북과 연계된 지하혁명 조직이든 국가 안보를 위협하는 세력을 적발하여 의법依法 조치하는 일은 단순히 충성심과 자긍심만 가지고선 안 된다. 고도의 전문적인 지식과 수사기법을 필요로 한다. 일선 대공 수사요원들은 직무 특성상 공부를 많이 해야 한다.

치밀한 공작과 끈질긴 추적, 일부 선배 수사관들의 과오와 시행착오를 거듭하지 않는 합법성과 인권 논란을 불러일으키지 않는 절제된 수사기법을 체득해야 한다. 어떠한 난관에도 흔들리지 않는 강인한 정신력도 갖춰야 한다. 대공수사관 한 사람이 쌓아 온 생생한 직무 경험은 한 개인의 지식이 아니라 국가적인 자산이다.

천신만고 끝에 입수한 자료와 신변위협을 느껴 가며 체득한 특수 이력은 음지에서 일하는 정예 대공 수사요원들만의 무기이다. 그래서 대공 수사요원들은 보직을 쉽게 옮겨선 안 된다. 한 분야에서 오래 근무하도록 제도적인 인사특혜를 보장해 줘야 한다. 간첩 잡는 공작은 한두 해로는 안 된다. 수년간 공을 들여야 단서를 포착할 수 있는 경우도 있다.

제대로 경력을 쌓은 대공 수사관을 함부로 바꾸는 공안기관 책임자는 자격이 없는 사람이다. 대공수사 분야에서 잔뼈가 굵은 사람이 대공부서 책임자가 돼야 한다. 대공 수사요원의 고충과 생리를 누구보다 깊이 있게 잘 아는 사람이 대공수사 지휘관이 돼야 한다. 죽어도 같이 죽고 살아도 같이 산다는 동지애와 강한 의리로 맺어진 특수 조직이다. 직무상 지득한 비밀은 무덤까지 가지고 가는 사람들이다.

과거에 일선의 한 대공 수사관이 이런 말을 했다.

"대공 사범을 잡아다가 심문하려면 말(언변과 이론)로는 당해 낼 수가 없다. 명백한 증거를 가지고 범죄구성요건을 따지려면 수사관 자신이 공산주의 이론에도 정통하고 친북좌파의 생리도 잘 아는 해박한 지식으로 무장돼 있어야 한다."

그들과의 말싸움에서 이기고자 하는 것이 아니다. 종북의 뿌리와 지하당 혁명조직의 계보를 손바닥 들여다보듯 꿰뚫고 있어야 꼼짝못할 심문조서를 작성할 수 있다. 이런 지식과 경험을 축적한 수많은 대공수사관들이 김대중·노무현 정권을 거쳐 오는 10여 년 동안 이른바 찬밥신세가 되어 보직을 옮기거나 퇴출당했다.

지난 2008년 한나라당 이범래 의원이 공개한 경찰청 자료에 따르면, 김대중 정부 당시인 2000년 807명이던 전국 보안수사 담당 경찰은 374명으로 50% 이상 감축됐다. 또 전국 보안수사대도 1998년 44개에서 34개로 줄었다. 김대중 정부가 구조조정 명목으로 일선 경찰서 보안과를 폐지했고, 노무현 정부가 광역 보안수사대 수를 크게 줄인 결과다.

전체 보안경찰 중 40%가량을 차지하는 내근 요원을 제외하면 현장을 뛰며 대공 수사를 하는 외근 인력은 전체의 60%에 불과한데다가 그중 상당수는 수만 명에 이르는 탈북자 관리에 전념하고 있기 때문에 실질적인 대공 수사 인력은 약화될 대로 약화됐다.

이런 현실에서 종북 세력은 기세 좋게 활개를 칠 수밖에 없다. 고 황장엽 씨의 '남한 내 암약간첩 5만여 명설' 주장이 아니더라도, 사회 각계각층에서 자유 민주주의 체제를 부정하고 북한의 대남 전술전략에 동조하는 세력이 얼마나 되는지 헤아리기 어렵다.

최근에는 북한 지령을 받고 위장 탈북 해 중국에 머무르며 우리 정보기관 협조자의 동향이나 신원을 탐지한 주부간첩 때문에 북한 내부 정보원이 북한 당국에 체포된 사실이 재판 과정에서 밝혀져 충격을 주기도 했다.

지난해 출간된 《진보의 그늘》이란 책자를 관심 있게 읽었다. 운동권 출신으로 실형을 선고받고 복역한 후, 북한 인권 상황을 접하면서 활동방향을 전환한 한기홍 북한민주화네트워크 대표가 쓴 책이다.

남한의 지하혁명 조직이 어떤 방식으로 결성되고 활동해 왔는지, 그 역사와 계보 등 기초적인 정보가 잘 정리돼 있다.

대한민국은 법치국가다. 국보법이든 형법이든 현행법을 위반한 사람은 법조항에 의해 처벌하면 된다. '종북세력 척결'도 말로만 외쳐선 안 된다. 명백한 증거를 탐지하고 수집하여 의법 조치해야 한다. 누가 하는가. 일선 대공 수사요원들의 몫이다. '대공 수사요원 정예화'는 '국방 무기증강' 못지않게 박근혜 정부가 탄탄하게 다져야 할 시급한 국가적 현안이다. (금강일보 2013년 5월 2일)

전직 대공수사요원이
개탄하는 이유

대공수사 분야에서 일했던 지인과 오랜만에 술자리를 함께했다. 국정원이 통합진보당 이 모 의원 내란음모 사건 관련 국회 의원회관 그의 사무실에 대한 압수수색을 벌였던 날이다. 현직은 아니지만 그 분야에서 청춘을 다 바쳐 일한 분이므로 남다른 지식을 가지고 있기에 궁금한 것부터 물었다.

법원이 발부한 영장을 제시하고서도 신속히 압수수색을 하지 못하고 중단하는 상황이 벌어지는 등 다소 소극적인 영장 집행으로 비쳐지던데, 어떤 속사정이라도 있는 것이냐고 물었다. 법적으로 강제력을 행사할 수 있는 것이 영장집행인데, 증거물을 감추거나 파쇄하기 전에 신속히 압수수색을 하지 못한 것은 다소 이해하기 힘든 광경이어서 물은 것이었다.

그러자 그가 말했다.

"경험도 많고 지식도 상당히 축적된 베테랑을 투입했을 것이다. 하지만 사안이 워낙 중대하다 보니, 만에 하나 변수 발생을 우려한 나머지 행여 책잡힐 일이나 부작용 없이 신중히 접근하려다 보니 그런 모습을 보인 것 같다."

선배 수사요원으로서 후배 요원들의 '조심스러울 수밖에 없는' 영장 집행을 충분히 이해한다는 소리로 들렸다.

그의 말을 듣고 보니 새삼 공감이 갔다. 흔히 '검은 선글라스'가 대공수사요원의 상징처럼 세상 사람들은 부정적인 측면을 표현하지만, 내가 아는 그들의 인간적인 면모는 보통 사람처럼 순수하고, 자기에게 주어진 일에 대한 열정만큼은 보통 사람을 능가한다. 그런 열정은 어디서 나오는가. 애국심과 남다른 특수역할에 대한 자긍심에서 나온다.

내란음모 혐의를 받고 있는 이들은 즉각 범죄사실을 부인했다. 그들은 국정원 수사에 대해 "상상 속의 소설, 날조 모략극"이라고 했다. 국민들은 혼란스러웠다. 그들의 말대로 위기에 처한 국정원이 국면전환용으로 만들어 낸 모략극인지, 아니면 구체적으로 드러난 녹취록 혐의를 어디까지 신뢰할 것인지…….

여기서 혼란스럽던 머릿속을 한마디로 정리해 주는 답이 나왔다. 검사 출신 새누리당 김진태 의원이 방송 인터뷰에서 한 말이다.

"뇌물죄 혐의를 받고 있는 피의자가 '내가 남의 돈 정말 먹었소!'라고 처음부터 솔직히 밝히는 것 봤느냐? 백이면, 백 모두가 자신의 범죄혐

의는 부인하기 마련이다.”

일단 수긍이 갔다. 과거 치안현장에서도 그런 사례들을 수없이 보았지 않은가.

이어서 쏟아져 나오는 뉴스의 핵은 황당무계한 ‘소설’로 여길 수 없는 현실성과 구체성을 띠고 있었다. 일부 공개된 ‘RO(Revolutionary Organization : 혁명조직)’의 회합 녹취록에 따르면, 이 모 의원은 조직원들에게 “북은 모든 행위가 다 애국적이야. 우리는 모든 행위가 다 반역이야.”라며 “전면전이 아닌 국지전, 정규전이 아닌 비정규전 이런 상태가 앞으로 전개될 것이다. 전쟁을 준비하자. 정치 군사적 준비를 해야 한다”고 주문했다고 한다.

경기진보연대 고문인 이 모 씨 등은 이 회합에서 “중요한 시기에는 우리가 통신 · 가스 · 유류 같은 것을 차단시켜야 하는 문제가 있다.”며 국가 주요시설의 타격 방법을 구체적으로 논의했다고 한다.

전직 대공수사요원은 흥분했다. 목을 축인 한 잔 술기운 때문만은 아니었다. 수사기관에서 피의자를 구속시키는 것은 증거 인멸과 도주 방지를 위한 것인데, 국회의원 신분이란 이유로 절차에 따라 국회 표결을 거치려면 ‘세월 다 간다!’는 한탄이었다. 대체 어느 나라가 국가 안보를 위협하는 중대피의자를 ‘불체포특권’이라는 보호막 속에 가려 주느냐는 탄식이었다.

여기서 절실한 문제를 제안하고 싶다. ▲ 국가 안보를 심대하게 위협하는 범죄에 대해선 불체포특권을 없애야 한다. ▲ 반국가 · 이적 단체 출신자는 공직에 아예 들어가지 못하도록 법제화해야 한다. ▲ 간첩죄 등 공안사범으로 복역 중인 사상범에 대해서는 특별사면권도 제한해야 한다.

과거 정권 시절에 전향도 하지 않고 특별사면복권 된 수많은 반국가단체 구성원과 국보법 위반자들이 현재 어디서 무슨 활동을 하고 있는지 공안당국은 물론 국민들도 두 눈 똑바로 뜨고 살펴봐야 할 것이다. (금강일보 2013년 9월 5일)

국정원 위축과
북北의 '촛불시위 선동'

국가정보원의 '댓글 의혹' 사건이 불거진 이후 국정원에 대한 국민의 시선이 곱지 않고, 정치권에서는 국정조사까지 벌인다고 하니까 국정원이 손을 놓고 있는 것처럼 보인다. 애국심과 사명감으로 간첩 잡는 정예 대공수사요원의 사기마저 땅에 떨어지고, 최종 정보사용자인 통치권자가 국정원 정보보고서를 외면하는 것처럼 비쳐지면 국정원의 '존재가치'는 찾아보기 어렵다.

북한의 대남 선전매체는 신이 났다. 북한 전문 매체인 데일리NK(7월4일자)에 따르면 "북한의 '구국전선'은 이달 들어 연일 남한에 대해 '정권 퇴진을 위한 반정부 투쟁'을 선동하고 나서고 있다"고 보도한 바 있다. 마치 남한에서 운영하는 사이트처럼 위장하고 있는 '구국전선'은 북한 노동당 통일전선부 산하 대남 선전선동 조직인 '반제민족민주전선'이 운영하는 북한선전 사이트이다.

'구국전선'은 지난 2일 "지금은 대선 무효화 투쟁을 벌일 때"라고 주장하면서 국정원 선거개입 문제로 촉발된 대학가의 시국선언을 대규모 촛불시위로 확산시키라."고 주문했다. 또 "지금 정국은 1960년 4·19 민중봉기 전야를 방불케 하고 있다."고 과장 선동하면서 "전 국민이 선거 무효화를 선언하고 선거 결과를 백지화하기 위한 투쟁에 한 사람같이 떨쳐나서자."고 자극하고 있다.

걱정스러운 일은 여기서 그치지 않는다. 북한은 남한의 사정을 손바닥 들여다보듯 파악하고 있다. 정치권의 움직임은 물론 각종 사회단체의 집회·시위도 빠짐없이 체크하고 있다. 남한의 방송 청취는 물론 조간신문이 매일같이 북한 권력자의 책상 위에 놓인다는 사실은 이미 잘 알려진 사실이다.

북한의 자극적인 선전·선동에 우리나라의 건강한 상식을 가진 단체들이 결코 동조하진 않으리라고 믿는다. 그러나 행여 북한의 대남 선전·선동에 휩쓸리거나 부화뇌동하고 있다는 '오해'를 받아선 안된다.

북한이 작년 우리 정부의 각종 정책을 왜곡하기 위해 사이버 공간에서 총 1만여 건의 악의적인 대남 선전·선동을 자행한 것으로 나타났다. 공안 당국에 따르면 작년 북한은 우리나라 대통령에 대한 비방·중상 5,939건을 비롯해 천안함 폭침과 연평도 포격 도발부인 1,352건, 한·미 FTA반대 339건, NLL무력화 시도 229건, 4대강사업 왜곡 164건, 제주해군기지 건설 반대 150건 등 총 1만543건의 대남 선전·선동 게시물을 작성했다. 이는 우리민족끼리, 구국전선, 조선신보 등 북한의 대표적 대남 선전용 매체 8곳에 게재된 글들을 공안당국에서 전수 집계한 결과다.

국정원은 요즘 박근혜 대통령에게도 면목이 없을 것이다. 댓글 의혹사건 관련 논란의 중심에 서 있는 상황만으로도 그렇다. 그러나 한편으로는 다행스러운 측면도 있다. 박 대통령은 지난 6월 24일 "국정원으로부터 어떤 도움도 받지 않았다."고 분명하게 밝혔다.

이 대목을 깊이 있게 곱씹어 보라. 국정원으로선 얼마나 다행스럽고 떳떳해질 수 있는 말인가. 국정원이 댓글 몇 개로 국민 여론을 좌지우지할 수 있는 시대인가. 어림도 없는 소리다. 오히려 반발심을 불러일으켜 더 강도 높은 댓글로 맞받아치는 게 누리꾼들이다.

국정원 댓글 논쟁에 대해 국민들이 국정원을 비판하면서도 다른 한쪽으론 이것을 촛불시위로 확산하려는 세력의 주장에도 그다지 공감하지 않는 이유를 보라. 시큰둥한 반응과 함께 '대선을 깨끗이 승복하지 않으면 한풀이로 비쳐져 역풍 맞을 수도 있다'면서 냉소를 보내는 시민도 많다.

대다수 국민들이 잘 알지도 못하는 인터넷 사이트에 정부정책을 옹호하는 댓글 몇 개 달았다고 선거판세가 뒤집어졌다고 보진 않는다. 그 정도의 댓글로 지지했던 후보를 바꿀 정도로 국민들의 의식수준이 낮지 않다고 본다.

국정원은 '국정조사'와 '자체개혁'에 어수선한 상황이다. 그렇다고 본연의 임무조차 손 놓고 있는 것처럼 비쳐져선 안 된다. 국정원이 매일같이 뉴스에 등장하는 나라, 그래서 손톱 발톱 다 빠진 '종이호랑이 국정원'은 안 된다. 국가 안보가 불안하면 민생안정도 없기에 하는 말이다. (금강일보 2013년 7월 25일)

암약한 '북한 지하당조직'에 충격

북한 노동당 225국(옛 대외연락부)의 지령을 받아 국내에서 간첩 활동을 벌인 지하당 조직이 최근 공안당국에 적발돼 충격을 주고 있다. 특히 지하당조직 '왕재산'에서 2인자로 활동하다 적발된 이 모 씨는 임 모 전 국회의장 정무비서관이라는 점에서 놀라움이 더욱 크다.

이번에 적발된 지하당 조직 사건을 보면서 황장엽 전 노동당 비서의 말을 새삼 떠올리지 않을 수 없다. 그는 생시에 "남한 내에 고정간첩 5만 명이 암약하고 있다."고 언급한 바 있다. 검찰에 따르면 국가보안법 위반 혐의로 구속된 이들은 서울지역책, 인천지역책, 내왕연락책, 선전책 등으로 나눠 조직적으로 업무를 분담했고, IT업체를 설립한 것으로 위장해 간첩 활동을 벌였다고 한다. 공안당국은 또 노동단체 간부와 야당 당직자, 기초단체의원 등 40여 명을 수사 선상에 올리고 이번 사건과의 연계 여부를 조사하는 것으로 알려졌다.

대한민국 국민으로서 무엇이 부족하여 북한의 지령을 따르는가. 굶주림, 세습 왕조, 인권 탄압, 가공할 핵무기 개발 등 세계적인 지탄의 대상이 되고 있는 북한을 추종하는 이들은 대체 어느 나라 국민인가. 천안함 가족의 피눈물 나는 절규와 무자비한 연평도 포격을 떠올리면 이들의 '두 얼굴'이 가증스럽기만 하다.

공안당국에 따르면 이 씨는 '왕재산' 2인자로, 서울지역 총책을 맡아 검거되기 직전까지 지하당 활동을 주도했다고 한다. '왕재산'은 함경북도 온성군에 위치한 산으로, 김일성이 1933년 항일무장 투쟁을 국내로 확대하는 전략을 제시한 곳으로, 북한에서는 '혁명 성지'로 불린다.

구속된 이 씨는 북한 노동당 225국에서 직접 지령을 받아 남한에 지하당을 조직해 1994년부터 최근까지 59차례 일본과 중국을 오가며 남한 내 정당의 동향과 민주노총 등 노동단체 동향, 군사 기밀 등 각종 정보를 수집해 북한에 보고한 혐의를 받고 있다.

당국이 확인한 지하당 조직 구성원은 이 씨 등 10명이다. 공안당국은 이들의 자택과 사무실을 압수수색해 충성 맹세문과 대남 선전책자 등 국가보안법 위반 혐의를 입증할 물증을 상당 부분 확보했다고 한다. 여기서 그쳐서는 안 된다. 검찰은 지난 4월 발생한 농협 전산망 마비 사태가 북한 정찰총국의 '사이버테러'에 의한 것으로 추정된다고 밝혔다.

최근에 잇따라 발생하는 개인정보 유출사건 등도 혹시 장기간 치밀하게 암약해 온 북한의 간첩활동에 의해 이뤄진 것은 아닌지 걱정하는 국민들의 의혹도 해소해 주어야 한다. (금강일보 2011년 8월 1일)

천안함 폭침 이후 '국방위원장' 호칭에 대한 거부감

김정일은 1990년대 말부터 당의 총비서라는 직함 대신 '국방위원장'이
라는 직함으로 북한을 통치하고 있다. '국방위원장'이란 직함은 선군정
치先軍政治와 관련이 있다. 천안함 폭침爆沈이 북한의 군부세력에 의한
만행이라는 것이 과학적인 증거를 바탕으로 만천하에 공개되어 국민
들의 분노를 자아내고 있는데도, 정부 당국에서는 김정일 이름자 밑에
'국방위원장'이란 직함을 여전히 '예우'해 주듯 붙이고 있어 양식 있는
국민들은 거부감을 느낀다고 말한다.

북한의 신문과 방송은 대한민국 대통령을 '대통령'이라고 부르지 않는
다. 북한의 언론매체들은 현직 대통령을 지칭하여 '아무개 역도', '민
족반역자', '살인자', '호전 광', '인간속물', '식민지 주구' 등 입에 담을
수 없는 인신공격을 하고 있다. 거기서 그치지 않는다. 우리 정부를
향하여 '남조선 괴뢰 도당', '민족반역 집단', '인간 속물들' 등 수십 종
이 넘는 원색적인 욕설로 비난하기도 한다.

그러나 우리 정부 당국은 김정일을 언급할 때마다 북쪽의 공식 직함대
로 '국방위원장' 또는 '위원장'이라고 호칭하면서 일체 모독성 비방을
삼가고 있다. 국가원수에 대한 비방은 외교적으로도 옳은 일이 아니
기 때문에 남쪽은 어디까지나 남북 화해의 대승적 측면에서 성숙한 자
세로 인격을 존중해 주는 호칭을 사용해 온 것이다.

46명의 고귀한 젊은이들의 목숨을 앗아간 만행도 모자라 이젠 적반하
장 식으로 '전면전' 운운하는 북한의 작금의 공세적 작태를 보면 더 이
상 김정일 이름자 뒤에 국방위원장이란 '예우적 호칭'을 붙여 주는 것에

거부감을 갖는 것은 어쩌면 당연한 국민들의 정서인지도 모른다.

남한 내의 일부 종북 세력들은 북쪽의 김정일은 '국방위원장님'이고, 남쪽의 대통령은 존칭없이 '아무개'로 부른다. 이런 호칭 자제가 '전술적 화술'이라고 지적하는 이들도 많다. 정부 당국에서는 차제에 '주적 主敵' 개념 부활과 더불어 적어도 국방부 · 통일부 · 외교부 대변인 등의 논평에서 '국방위원장'이란 호칭 사용도 국민 정서에 맞게 재고해 주었으면 한다. (금강일보 2010년 2월 3일)

몸으로 호소한 박선영 의원의 '탈북자 인권'

탈북자 문제는 정치나 이념의 문제가 아니다. 인권 문제다. 목숨 걸고 북한을 탈출한 사람들의 절박한 심정을 안다면 남의 일처럼 수수방관할 문제가 아니다. 그동안 정부나 국회가 적극 나서지 못한 일을 15석 소수정당의 한 가냘픈 여성 의원이 몸으로 호소하자, 비로소 세상이 움직이고 있다.

자유선진당 박선영 의원이 벌였던 단식 농성은 단순히 한 개인의 이익이나 정파적 이해관계에 따른 것이 아니다. 단식을 시작하던 날 "한 끼만 굶어도 손이 떨린다."고 했던 그가 11일간이나 버틴 것은 일부 비인간적인 좌파성향의 네티즌 조롱처럼 쇼가 아니다. 총선에 정신이 팔려 탈북자에게 관심이 없었던 정치권을 움직였고, 무기력하기만 했던 정부도 중국을 상대로 목소리를 높이기 시작했다.

이명박 대통령은 지난 2일 오후 청와대를 예방한 양제츠 중국 외교부장에게 "탈북자 문제가 원만히 해결될 수 있도록 중국 정부가 적극 협력해 달라."고 말했다. 앞서 열린 한·중 외교장관 회담에서 김성환 외교부 장관은 "탈북자 문제를 다룰 때 미성년자와 가족이 한국에 있는 경우는 특별히 국제법상 강제 송환 금지 원칙에 따라, 송환되는 일이 없어야겠다."고 요청했다. 이에 대해 양 부장은 "한국 측의 관심을 중시할 것이며, 이 같은 내용을 후진타오주석에게 전 하겠다"고 말했다.

이달 말 후진타오 주석이 서울 핵안보정상회의 참석차 방한하기 때문에 중국이 최소한 이달 내에는 탈북자 강제북송을 자제할 것으로 보인다. 돌아다보면 애당초 이런 중대한 문제에 새누리당이나 민주통합당 등 거대 정파의 도움도 없었다.

박 의원의 용기 있는 단식농성으로 원내 교섭단체도 이루지 못한 소수의 자유선진당을 바라보는 국민의 눈도 달라졌다. 정체성은 더욱 확고해졌고, 당의 이미지도 개선됐다. 급기야 미국 정부도 "제3국에서 이뤄지고 있는 북한 난민과 망명자들에 대한 처리문제와 관련해 한국정부와 깊은 우려를 공유하고 있다."고 공식 입장을 표명했다. 오늘(5일)은 미국 의회에서 긴급 청문회가 열린다. 여기서 그쳐는 안 된다.

박 의원이 단식 농성할 때 보수진영은 격려와 함께 릴레이 농성 등 결집하는 모양을 보여 주었으나 진보진영은 아무런 입장 표명도 하지 않았다. 이래서는 안 된다. 탈북자 인권 문제는 여야가 따로 있을 수 없다. 보수와 진보가 입장이 다를 수 없다. 한목소리로 연대連帶하여 국제사회가 중국을 움직이도록 노력해야 한다. (금강일보 2012년 3월 5일)

북의 대남심리전, 종북세력을 활용하는 시대

북한의 대남 심리전이 날이 갈수록 노골화하고 있다. 입에 담기조차 험악한 '말 폭탄'을 조평통 담화 등을 통해 거의 매일같이 쏟아내더니, 이번엔 대한민국 국방부장관의 신변을 위협하는 전단이 다량 살포돼 공안당국이 수사에 나섰다.

지난 19일 국방부 주변 골목에서 "김관진은 더러운 주둥이를 함부로 놀리지 말라. 북의 최고 존엄을 함부로 건드리며 전쟁 광기를 부리다가는 민족의 이름으로 처단된다."는 내용의 전단 494장이 발견됐다. 같은 날 각 언론사 정치부와 사회부 일부 기자에게도 전단 내용과 함께 '김 장관에 대한 마지막 경고'라는 이메일이 배포되기도 했다.

정부 당국은 북한 고정간첩 외에 종북단체의 소행일 가능성에도 무게를 두고 있다. 경찰 관계자는 "전단에 적힌 68자의 글씨는 북한 방송에서 많이 쓰는 'HY백송 B체'이지만 국내에서 생산되는 컴퓨터에 있는 서체여서 단정할 수는 없다."고 말했다. 다만 "유인물 내용 중 '북의 최고 존엄을 함부로 건드리며'라는 문구는 북한이 '조선 인민민주주의 공화국' 등으로 스스로를 지칭해 온 것과는 다른 (3인칭)표현법"이라며 "국내 종북세력이 현 상황에 편승해 사회혼란을 조성할 목적으로 살포한 것이 아닌가 추정하고 있다."고 밝혔다.

과거에는 북한의 대남공작부서에서 내려보낸 직파 간첩들이 국내 암약하면서 정보를 입수하고 다양한 방식으로 사회혼란을 획책했다. 이젠 굳이 그럴 필요 없이 남한 내의 종북세력과 위장탈북자들을 활용하고 있는 현장을 실제로 목격하고 있다는 느낌이 든다.

햇볕정책과 남북정상회담이 이어진 김대중 정부와 노무현 정부를 거쳐 오는 동안 간첩 잡는 국정원이나 경찰의 대공부서가 크게 약화됐다는 것은 이미 잘 알려진 사실이다. 국가보안법도 유명무실해졌고, 국민들의 대공 경각심도 느슨해졌다. 경제적으로 월등히 앞서는 마당에 북의 고전적인 대남공작 정도는 큰 위협으로 보지 않는 상황이 됐다. 북의 도발이 있을 때마다 안보의식 강화를 외치지만, 정작 더 큰 문제는 공안당국의 대공수사기능 약화에서 찾아야 한다. 대화와 교류협력으로 돌파구를 찾고 경직된 남북관계를 변화시켜 나가는 것이 바람직하지만, 북한의 태도 변화를 현재로선 기대하기 어렵다. 북한은 감히 핵 단추를 누르지 못하는 대신 '대남심리전'을 강화해 사회혼란을 획책하고 있다. 여기에 '종북세력'이 이용되고 있다는 것은 매우 걱정스런 일이다. 북의 지령에 따라 움직이는 지하당 조직을 발본색원하는 등 공안당국의 철저한 배후수사를 기대한다. (금강일보 2013년 4월 22일)

잇단 '탈북자 재입북' 숨은 전략 파악해야

천신만고 끝에 자유 대한민국의 품에 안겨 새 삶의 희망을 찾았다고 외치던 탈북자들이 다시 북한으로 돌아가는 사례가 잇따라 발생하고 있다. 최근 조선중앙TV와 조선중앙통신 등 북한매체는 북한을 탈출해 남한으로 왔다가 재입북한 리혁철, 김경옥, 강경숙 등의 특별좌담회를 대대적으로 선전하고 있는 것으로 알려졌다.

올해 들어 재입북한 탈북자를 북한매체가 소개한 것은 지난 1월 기자회견을 한 김광호 부부와 그들의 딸, 또 다른 탈북 여성 등 4명에 이어 두 번째다. 작년에는 6월에 박정숙, 11월에 김광혁, 고정남 부부가 재입북해 마치 영웅이나 된 것처럼 기자회견하는 등 정치적인 선전물로 이용되고 있다. 이번에 북한 선전매체에 동원된 리혁철 등의 '남한실정 폭로'는 간과하기 어려운 충격적인 내용도 담고 있다.

우선 남한의 '허술한 경비태세'를 유별나게 강조하고 있다. 자신의 재입북을 주민들에게 정당화하려는 의도도 엿보인다. 지난달 연평도에서 고깃배를 탈취해 월북했다고 자신을 소개한 리혁철은 당시 연평도는 북한의 도발에 대응해 철통같은 방위체계를 갖췄다고 했으나 실제가 보니 "썩은 수수울바자를 세워 놓은 것보다도 못하게 허술하기 짝이 없었다."고 말했다. 또한 훔쳐 탄 어선에 올라 NLL을 전속력으로 넘으면서 "경비가 얼마나 허술한지 괴뢰해병들이 잡을 생각조차 하는 것 같지 않았다."고 설명했다.

북한 주민을 상대로 떠들어 대는 이 같은 과장된 언동을 사실 그대로 믿을 순 없지만, 차제에 우리도 경계태세를 강화하는 한편, 그들이 남한의 허술한 경비태세를 지적함으로써 얻고자 하는 숨은 의도가 무엇인지도 분석해 봐야 한다. 재입북한 자들은 북한의 대남기구에서 내려 보낸 '위장 탈북자'일 수도 있다. 이들을 바라보는 우리 사회 일각의 시선도 심한 배신감을 드러낸다. 심지어 "굳이 막을 것 없다. 갈 사람 가도록 놔두자."는 네티즌들의 주장도 공감을 얻고 있다.

그들은 북에 가서 한결같이 "(남한에서)고문을 당하거나 인간 이하의 천대를 받으면서 짐승만도 못한 비참한 운명을 강요당하는 과정에 자살을 기도하기도 했다."는 터무니없는 주장을 하고 있다. 이들이 재입북한 것은 자발적이 아닌 것으로 보인다. 북한이 이들의 '귀환'을 대대적인 체제선전에 활용하는 것을 보면 '외부 요인'에 의한 재입북 개연성도 크다. 잇단 '탈북자 재입북'이 북한의 치밀한 대남공작의 일환은 아닌지, 관계당국에서는 숨은 전략을 분석하여 탈북자 관리 시스템을 전반적으로 강화해 주기 바란다. (금강일보 2013년 5월 20일)

'장성택 처형'을 보면서 친북세력도 각성해야

충격적인 북한의 장성택 전 국방위원회 부위원장의 전격 처형과 관련, 560년 전에 일어났던 계유정난癸酉靖難을 떠 올리는 국민들이 많다. 계유정난은 단종의 숙부인 수양대군이 왕위를 빼앗기 위하여 일으킨 피비린내 나는 사건이다. 어린 단종은 아버지 문종의 병사로 11세에 왕위를 물려받았지만 집권 3년 만에 숙부에 의해 축출돼 사약을 받았다. 그래서 '단종애사哀史'라고 한다.

수양대군은 성공한 정권찬탈이지만, 북한 최고 권력자 김정은의 고모부 장성택은 만고역적으로 몰린 실패한 쿠데타로 낙인찍히고 있다. '정변政變 주모자'로 몰린 장성택은 과거 왕조시대에 처해졌던 참수형보다 더 잔악한 기관총으로 무참히 사살당한 것으로 전해지고 있다. 죄목은 '국가전복음모죄'(형법 60조)다. 인권이고 뭐고, 인간이 누려야 할 최소한의 민주적인 심판 절차도 없다.

국가안전보위부 특별군사재판 판결문에 따르면 장성택의 처형은 '정변을 도모한 혐의'라고 못 박고 있다. 북한 중앙통신은 "장성택은 비열한 방법으로 권력을 탈취한 후 외부 세계에 '개혁가'로 인식된 제 놈의 추악한 몰골을 이용해 짧은 기간에 신정권이 외국의 인정을 받을 수 있을 것이라고 어리석게 망상했다."고 전했다.

또 "최고 권력을 가로채기 위한 첫 단계로 내각총리 자리에 올라앉을 개꿈을 꾸었다."고 강조했다. 측근들이 그를 '1번 동지'라고 불렀다거나 '소왕국을 만들었다'는 등의 혐의도 판결문에 담겼다. 마치 수양대군(세조)에게 왕권을 찬탈당한 '단종애사'를 예단豫斷하고 벌이는 '사전

차단조치'로 보인다.

문제는 현대판 북한의 '살생부'에 오른 숫자가 얼마나 되느냐이고, 이들 반발세력이 또 다른 변란을 꾀하지 않고 고분고분 앉아서 당할 것이냐에 우리는 주목하지 않을 수 없다. 이른바 북한의 '급변사태'는 장성택 처단 이후 숙청작업의 성패 여부에 따라 빠르게 다가올 수 있다. 전례 없이 강하게 비판한 미국의 반응에도 주목한다.

미국 백악관과 국무부는 장성택 사형 소식이 전해지던 날 즉각적인 논평을 내고 "김정은 정권의 극단적 잔인함을 보여 주는 사례"라고 비난했다. 우리 정부의 '예의 주시' 차원보다 강도가 높다. 북한의 돌발 변수에 대한 우리의 대비태세는 국민이 안심할 수준으로 만전을 기해야한다. 아울러 기본적인 인권은커녕 사법절차도 무시한 채 총살형에 처하는 북한의 '공포정치'를 바라보면서, 우리 대한민국의 자유와 인권이 얼마나 소중한지, 친북 세력도 크게 각성하는 계기로 삼았으면한다. (금강일보 2013년 12월 16일)

탈북자 '재입북 증가' 특단의 대책 마련하라

겉과 속이 다르고, 무늬만 탈북자로 행세했던 '북한 사람'이 재입북하려다가 또 검거됐다. 탈북자는 마땅히 보호돼야 할 우리의 민족이지만 '위장 탈북자'는 공안 당국이 위장간첩 차원의 공작대상자로 철저히 관리해야 하는 이유가 분명해졌다.

대전지검 천안지청과 충남경찰청은 지난 14일 정부지원금을 받은 뒤 재입북하려는 탈북자 A(56)씨를 국가보안법 위반혐의로 구속기소했다. 검찰에 따르면 A씨는 국내 체류 중이던 동생의 권유로 2011년 국내로 입국했지만, 북한의 김일성 주체사상에 몰입해 재입북하려 한 혐의를 받고 있다. 검찰조사 결과 A씨는 정부의 정착지원금, 주거지원금, 취업장려금, 기초자치단체의 탈북자 지원금 등 모두 2,000여 만 원과 국내 신용카드사 등의 대출금 1,100만 원을 재입북 자금으로 준비한 것으로 드러났다.

A씨는 그중 약 1,300만 원은 북한 체류 가족에게 송금했고 120만 원은 현금으로 소지하고 있었으며, 나머지는 가전제품 등을 구매해 중국에 미리 보내 놓은 상태였다. 이번 수사는 지난 1월경 충남경찰청의 내사로 시작해 10월경까지 검찰의 지휘로 이메일 및 계좌 압수수색 등의 수사를 진행해 왔다. 경찰과 검찰의 깊이 있는 내사와 신속한 증거 확보가 돋보이는 사건이다. 여기서 그치지 않는다.

A씨는 인천공항에서 체포될 당시 김일성 배지와 인공기뿐만 아니라 '나는 한국 국적을 인정하지 않는다. 나에게는 오직 공화국 국적뿐이다.', '죽어서도 영원할 나의 조국-조선민주주의인민공화국 만세' 등

이 기록된 메모지 등 이적표현물을 소지하고 있었다. A씨는 입국 이후에도 북한체제를 확고히 옹호하는 신념을 갖고 다른 탈북자들에게도 재입북을 권유했으며, 실제로 B씨는 재입북을 위해 이미 경유지인 중국으로 출국한 사실이 확인됐다. 대한민국 땅에서 이같이 위장 탈북자들이 버젓이 활동한다는 것 자체가 우리의 해이해진 안보의식과 대공 방첩망이 얼마나 허술한지 단적으로 보여 준다.

재입북자는 날로 늘고 있다. 지난 상반기(1~6월) 북한 매체를 통해 소개된 사례만 7명에 달한다. 지난해까지 재입북이 총 4건(9명)에 불과했던 것에 비하면 빠르게 증가하는 추세다. 이런 현상이 계속된다면 북한의 가난과 폭정에서 탈출하여 남한 사회에서 성실하게 살고 있는 대다수 탈북자들까지 의심받게 되지 않을까 걱정된다. 재입북을 원하는 탈북자는 남한에서 받은 티끌만한 혜택도 모두 반납케 한 다음, 언제라도 보내 줄 수 있는 특단의 탈북자 정책도 진지하게 검토해볼 때가 됐다. (금강일보 2013년 11월 18일)

'국정원 개혁' 간과해선 안 되는 것
개혁 요구하되 특성은 보호해야

박근혜 대통령이 침묵을 깨고 국정원의 개혁을 요구했다. "남북 대치 상황에서 가장 중요한 대북정보 기능 강화와 사이버테러 등에 대응하고 경제안보를 지키는 데 전념토록 국정원 개혁에 박차를 가해 달라."고 주문했다. 야당에선 국정원을 '통일해외정보원'으로 개칭하고 국내정보 수집 권한 폐지원칙과 수사권을 제한하겠다는 입장이다. 여기서 현실적으로 간과해선 안 되는 몇 가지를 지적하고 싶다.

첫째, 국정원 직원들은 입이 있어도 말을 하지 못하는 특수조직이란 점을 간과해선 안 된다. 국정원은 조직의 특성상 언론에 입장 표명을 하지 않는다. 그렇다고 국정원을 대신해서 입장을 표출해 주거나 잘하는 일을 홍보해 주는 사람도 없다. 잘못은 수없이 지적하면서 '존재 가치'를 무엇 하나라도 제대로 드러내 주는 사람은 보기 힘들다. 그러니 국민들에겐 '선글라스 낀 무소불위 조직'이라는 부정적인 인상만 각인돼 있다.

입만 열면 태어나지 말았어야 할 조직, 당장 없어져야 할 조직인 것처럼 공격 일색이다. 사명감 하나로 목숨 걸고 헌신적으로 일하는 '대공수사요원'들마저 국회 국정조사를 앞두고 직업에 대한 근본적인 회의감에 사기가 땅에 떨어질 수밖에 없다. 오죽하면 무덤에 갈 때까지 '입이 없다'던 전직 국정원 직원들까지 후배들의 헌신적인 애국심마저 매도당하는 현실이 안타깝다면서 신문에 광고까지 낼까.

과거 경찰조직과 비교가 된다. 한두 사람 직무상 잘못으로 전체 경찰이 싸잡아 질타 당할 때, 경찰의 편에서 목소리를 내주는 사람들이 있었다. 극히 일부 구성원의 잘못으로 전체 경찰의 사기가 떨어지면 좋아할 사람은 결국 '범죄꾼'들이고, 그 피해는 고스란히 국민들에게 돌아간다는 취지였다.

국정원 역시 일부 극소수 직원의 '정치개입 댓글 논란'으로 전체 대공수사요원의 역할까지 상처입고, 심지어 '해체'라는 말까지 나오게 된다면 결국 흐뭇하게 미소 지으며 좋아할 사람은 누구겠는가. 북한 대남공작부서일 것이다. 국가정보기관이 정쟁의 대상이 되거나 만천하에 까발려지지 않고 '보호'받는다는 것은 국제적인 상식이다.

암약하는 간첩과 지하당 조직을 적발하기 위해 음지에서 몸을 아끼지 않고 헌신하는 대공수사요원들의 사기마저 떨어지고 조직의 역량 자체가 약화된다면 좋아할 사람은 종북세력과 북한집단이다.

둘째, 정치권의 정쟁대상으로 국정원을 도마에 놓고 국정 조사를 벌일 때, 조사과정에서 본질과는 무관한 '보안사항'까지 노출된다면 특정 정보기관의 약화에 그치는 게 아니라 북을 이롭게 하는 우를 범할 수도 있다.

셋째, 국정원 개혁안을 만들 때, 정치개입 여지를 없애는 수준에서 '처벌을 강화하는 방향'으로 혁신이 이뤄져야지, 가뜩이나 약화된 대공수사 역량까지 축소되는 개혁이 돼선 안 된다. 국정원의 대공기능 약화를 바라는 세력은 '국가보안법 철폐'를 줄기차게 주장하는 이들과 맥락을 같이한다.

명색이 국가 정보기관으로서 국내정보는 아예 손대지 못하게 하고 대북정보와 해외정보만 맡게 하자는 주장도 문제다. '대 테러', '방첩', '산업기술', '사이버 해킹' 등을 다루는 데 있어 국내정보를 분리해 놓고 감당할 수 있겠는가. '정치개입 오해' 소지를 없애자는 주장도 마찬가지다.

가령 정치인 중에 북에 포섭돼 국익을 저해하는 간첩 활동을 하더라도 국정원이 손 놓고 있으란 말인가. 국내 암약하는 지하당 조직은 각계각층 다양한 루트를 통해 주요 인물을 포섭한다. 국정원이 해외정보만 관리토록 해서는 이들을 검거하기 어렵다. 세계 어느 나라도 자국의 이익과 안전을 위해 설립된 국가 정보기관의 역할을 해외정보만으로 제한하지 않는다.

'국정원'이란 명칭이 잘못된 것도 아니고 현행 '국정원법'이 근본적으로 잘못돼 문제가 생기는 것도 아니다. 일부 직원의 '과잉충성'이나 '매관매직', '정치권 줄 대기' 등에서 잘못이 드러나는 경우가 많다. 국정원 존립의 본령인 대공수사분야의 역할과 임무가 약화되지 않는 범위 내에서 개혁은 주문하되, 특성은 보호해 줌으로써 국가 안보가 더욱 탄탄하게 이뤄지길 바란다. (금강일보 2013년 7월 11일)

'남북대화' 못지않은
중요 과제

　　우리의 '남북 장관급 회담' 제의가 있기 전만 해도 북한에서는 박근혜 대통령을 "괴뢰대통령"이라고 지칭했다. 박 대통령이 김정은을 직접 언급하면서 "경제·핵 무력 건설의 병진노선이 성공할 수 없다."고 발언한 데 대해 이른바 '최고 존엄'을 모독한 것으로 인식했기 때문이다.

　　이 세상엔 보통 사람의 건강한 상식으로는 도저히 이해가 불가능한 것이 많다. 대표적인 것이 북한 여자 아나운서의 말투다. 표정도 사납고 모진 기운이 펄펄하다. 공연히 누군가에게 억울하게 뺨이라도 한 대 맞은 사람처럼, 언제나 험악한 독기를 내뿜는다.

　　억울하게 총 맞아 죽고, 포탄에 맞아 죽고, 천인공노할 어뢰에 맞아 무참히 희생된 쪽은 우리이고, 핵 위협에 공갈협박을 당하는 쪽도 우리였는데, 목에 핏대를 세우고 험악한 '말 폭탄'을 퍼부어댄 것은 언제나 북한이었다. 항용 들어온 적반하장賊反荷杖의 어투가 귀에 익어, 설령 입에 담지 못할 쌍욕을 퍼부어 댄다 해도 크게 놀랄 일이 아니었다.

그런데 이상한 일이었다. 박근혜 대통령에 대해 "괴뢰대통령"이라는 표현을 썼을 때, 예사로 받아들이기 어려웠다. 역대 보수정권 대통령에 대해 '역도'라는 험악한 표현을 썼을 때도 깡패 같은 집단이 으레 상투적으로 사용하는 어투려니, 대수롭지 않게 여겼다. 그런데 '박근혜=괴뢰대통령'이란 말이 어째서 새삼 거슬렸던 것일까?

세습으로 앉혀 놓은 어린 지도자는 '최고 존엄'이라 칭하면서 국민이 투표로 뽑은 남한 대통령에 대해 '괴뢰대통령'이라 지칭한다면 세계 어느 나라 국민이 공감하겠는가. 이 같은 생각을 가진 국민들이 우리 사회엔 의외로 많다는 것을 최근 한 음식점의 '술자리 대화'를 통해 알았다.

50대의 한 시민이 '괴뢰傀儡'를 한자로 풀이하면 '꼭두각시'라는 뜻인데, 북한에서 우리 대통령을 '괴뢰대통령'이라고 하는 것은 말도 안 되는 소리"라고 했다. 그러자 옆자리의 한 시민이 대뜸 말을 끊었다. "우리나라가 미국의 식민지이니까, '괴뢰'라는 말이 틀린 말이 아니다." 술기운이 과하여 내뱉은 실언이 아니라, 평소 가슴에 품고 있던 신념의 일단을 드러낸 것으로 보였다.

과거 '미제美帝 타도'를 외치던 좌경 운동권 학생들 사이에서 논쟁이 뜨거웠던 '미국 식민지론'을 다시 듣는 느낌이었다. 그러자 이들의 논쟁을 단 한방에 멈추게 한 것은 가위로 고기를 잘라 주던 식당 아주머니의 일갈一喝이었다.

"미국의 식민지여서 우리나라 대통령이 '괴뢰대통령'이라는 말은 처음 들어 보네요. 아무리 사상의 자유가 보장되고, 언론의 자유가 넘치는 나라라고 하더라도, 동의하기 어려운 말씀이네요. 지금 우리나라가 '미국의 식민지'라고 믿는 국민이 얼마나 될까요? 국가 안보를 위해 '우리가 필요로 하는 나라'가 아닌가요? 과거 잔악했던 일본 강점기처럼 대한민국이 어느 강대국의 '식민지'라고 하는 말씀은 주권국가 국민으로서 자존심도 상하고 듣기 거북하네요. 삼성이 애플과의 특허소송에서 이기는 것을 보세요. 미국의 식민지라면 가능하겠어요?"

일순간 술자리 분위기가 냉랭해지자 눈치 빠른 한 동석자가 얼른 화제를 바꿔 '괴뢰논쟁'은 거기서 끝났다. 시중의 평범한 술자리 풍경이지만, 이들의 대화를 들으면서 정부가 해야 할 과제가 참으로 막중하고 책임 또한 무겁다는 생각이 들었다. 지금 대한민국에는 온갖 풍요와 혜택을 누리면서 대체 어느 나라 국민인지 모르는 주장을 펴는 세력이 존재한다.

주민의 식량조차 해결해 주지 못해 아사餓死자가 속출하는 북한의 주체사상에 아직도 동조하고 신봉하는 세력이 존재한다면, 학교교육과 사회교육을 통해 엄중히 바로잡아 줘야 한다. 북한의 아나운서가 우리 대통령을 '괴뢰대통령'이라고 하면, 어째서 그것이 부적절한 표현인지 설득력 있게 가르쳐 주는 가정의 어른과 사회의 지식인이 많아졌으면 한다.

남북대화도 중요하지만, 어느 나라 국민인지 정체가 모호한 '남한 내 갈등유발 세력'에 대한 각성과 더불어 의식 변화 촉구도 중요한 정부정책의 현안 과제로 삼아야 한다. 식당 아주머니의 '순박한 한 마디'가 어느 안보 강연장의 천 마디 강의보다 낫다는 생각이 들었다.

(금강일보 2013년 6월 13일)

어느 독자의 한밤중 전화
국가 안보를 걱정하는 독자의 충정衷情어린 제언

지난 2일자 칼럼 '대공 수사요원의 역량 강화, 국가
적 현안이다'와 관련하여 뜻하지 않게 많은 독자들의 전화를 받았다.
전화를 주신 독자 중에는 국가 안보를 걱정하는 애국시민도 있었고
관계기관의 공직자도 있었다.

한밤중에 전화를 주신 한 독자는 감사의 인사와 함께 칼럼에서 미
처 언급하지 못한 문제점도 짚어 주면서 개인적인 요망사항까지 덧
붙여 주는데, 가슴에서 우러나는 진정성이 고스란히 느껴졌다.

지방 일간지 칼럼을 누가 그렇게도 많이 읽어 주랴 평소 생각했지
만, 적극적인 의사표시를 해 주는 열혈 독자를 통해 그렇지 않다는
것을 새삼 확인했다. 필자의 핸드폰 번호까지 어떻게 알아냈느냐고
굳이 묻진 않았다. 필자와 독자라는 객관적인 관계를 떠나 국가 안보
를 걱정하는 마음은 크게 다르지 않다는 것을 확인하는 순간, 반가움
이 더 앞섰기 때문이다.

글을 쓰는 사람으로서 보람을 느낄 때가 있다. 언론사 주장이 담긴 사설이든, 필자의 개인적인 생각을 담은 칼럼이든 국익 또는 사회 공익적인 측면에서 목소리를 냈을 때, '허공의 응답 없는 메아리'로 그치지 않고, 관계 당국에서도 이를 공감하고 제도개선과 법령제정 등을 통해 국정에 반영해 준다면 더 이상 바랄 게 없다.

한 독자의 충정어린 제언도 그런 측면에서 고마운 생각이 들었다.

"공감이 가는 대목이 많아 칼럼을 복사해서 직원들과 함께 읽었습니다. 특정 분야에 대한 남다른 애정과 지식이 없이는 그런 이해심 깊은 글을 쓰기 어려운 일이라 생각했습니다. 현실적인 문제점과 대안까지 제시해 주어 직무에 큰 도움이 됐고, 법을 집행하는 공직자로서 더욱 분발해야겠다는 각오도 새롭게 했습니다. 다만 이렇게 전화 드리는 것은 이번엔 '현 정부에 바라는 글'을 쓰셨으니, 다음엔 '종북세력'한테도 변화를 바라는 '국민의 소리'를 들려주셨으면 합니다."

전화를 끊고 나서 곰곰 생각해 보니, 그보다 더 절실한 독자의 '주문'이 어디 있을까 싶었다. 독자의 진지한 주문이 아니더라도, 그 같은 바람은 국가 안보를 걱정하는 수많은 국민들의 공통적인 요망사항이 아닐까 생각했다. 그렇다면 국민들이 걱정하는 '종북'에 대해 어떤 변화를 촉구해야 하는가.

그들이 선택할 수 있는 가장 현명한 방법은 '전향轉向'이다. 잘못된 신념이나 사상에서 과감히 벗어나야 한다. 흔히 '공산주의 사상은 불에 넣어도 타지 않는다'는 말이 있지만, 이젠 상황이 달라졌고 시대도 변했다.

　인간의 내심(內心)은 법적규제의 대상이 될 수 없지만, 이 나라 대한민국에서 온갖 혜택을 누리고 사는 국민이라면 실정법을 준수해야 한다. 떳떳하고 당당한 국민으로 살아가려면 국가보안법 등 폐지를 주장할 게 아니라 '지키면 되는 것'이다. 평범하게 생업에 종사하는 순수한 국민들은 국가보안법 때문에 불편을 겪지 않는다.

　바라건대 지금이라도 활동방향을 '전환'해야 한다. 좋은 본보기가 될 만한 사람이 얼마든지 있다. 1980년대 자생 주사파의 원조이자 대부인 김영환 북한민주화네트워크 연구위원('강철서신'의 저자)은 1990년대 말 주체사상에 회의를 느끼고 전향한 뒤 북한인권운동가로 활동해 왔다.

　그는 지난해 북한 인권보호에 기여한 공로로 '국민훈장석류장'을 받았다. 얼마나 당당하고 떳떳한가. 요즘 그가 방송에 출연해 자신의 특별한 경험과 지식을 바탕으로 소신 있게 말할 때마다 신뢰가 느껴지고 깊은 감명도 받는다. 그뿐만이 아니다.

　과거 운동권 출신으로서 시위를 주동하다 집시법위반으로 복역까지 한 한기홍 북한민주화네트워크 대표('진보의 그늘' 저자)도 탈북자들이 증언한 북한의 대 아사(餓死)와 끔찍한 인권상황을 접하면서 활동방향을 '전환'한 인물이다. '진보의 가면'을 쓰고 종북활동을 하는 이들의 '인생 선배'이자 '길라잡이'가 됐으면 한다.

　이와 함께 최근 새누리당 심재철 의원이 발의한 '범죄단체의 해산 등에 관한 법률' 제정안에 주목한다. 심의원은 "그동안 범죄단체(반국가단체 또는 이적단체) 등에 대한 법원의 실정법 위반 판결이 나와도 개인은 처벌했으나 단체는 법적 근거가 없어 해산시키지 못했었다."면서 "(반국가)범죄단체 해산법을 만들어 모든 범죄단체를 해산시킬 것"이라고 밝혔다.

여기서 그쳐선 안 된다. 간첩활동을 한 사람, 국가의 승인 없이 월북하여 반체제 활동을 한 사람 등의 형량이 국민정서와 달리 너무 낮은데다 정권이 바뀌면 특사特赦로 풀려나는 것도 종북세력을 활개 치게 하는 한 요인임을 알았으면 한다. (금강일보 2013년 5월 16일)

'전쟁 가능성 제로'
정말 안심해도 될까?

등산을 하다가 산 정상에서 70대로 보이는 세 노인을 만났다. 둘러앉아 목을 축이면서 처음에는 자식·며느리, 손자 이야기를 나누던 이들은 자연스럽게 국가적인 현안 문제와 크고 작은 사회 문제에 이르기까지 다양한 주제의 이야기꽃을 피우고 있었다.

한 사람이 특정 주제를 이야기하면 별다른 이의 제기 없이 고개를 끄덕이면서 공감을 표시하는 것으로 보아, 오랫동안 우정을 쌓아 오면서 뜻이 통하게 된 친구 사이로 보였다. 이날의 가장 큰 주제는 날로 심각해지는 '북한의 전쟁위협'이었다. 전쟁 위협에 대한 세 노인의 견해는 일치했다. 일반 국민들의 우려와는 달리 '전쟁 가능성 제로'라는 것이었다.

그 근거로, **첫째**, 북한의 전력戰力이 한미연합 전력보다 우위優位에 있지 않다는 것, 전쟁을 일으키려면 '승리'라는 확신이 서야 하는데, 현재 북한은 미국의 B52폭격기나 B2스텔스기 등 가공할 만한 폭격기

의 위력과 탄탄하게 다져진 한미연합 작전 능력 때문에 승전의 확신
을 가지지 못하고 있다는 것이다.

둘째는 김정은이 핵을 보유하고 있다고 미국을 향해 달밤에 개 짖
듯 으름장을 놓지만 핵단추를 함부로 누르지 못하는 이유는 갓 태어
난, 눈에 넣어도 아프지 않은 딸을 둔 가장으로서, 곧이어 아들도 생
산해 내야 하는 앞길이 구만리 같은 '아버지 초년생'이라는 점에서 모
든 것을 포기하고 자폭이나 다름없는 전쟁을 일으키긴 지극히 어렵
다는 견해.

셋째는 김정은을 보좌하는 권력층과 군부세력이 현재 누리는 '배부
르고 등 따순' 호의호식을 걷어차기가 결코 쉽지 않다는 이유 등이다.

일찍이 참혹한 전쟁도 겪어 봤고, 배를 주린 보릿고개도 경험해 본
세대들이다. 세상을 살 만큼 살아 두루 아는 것도 많고, 지혜도 많은
세 노인의 이야기를 들으면서 안심이 되기도 하고, 위안 삼을 요소도
없지 않았지만, 한편으론 '과연 그럴까, 정말 안심해도 될까?'라는 의
문을 떨치기 어려웠다. 그동안 천인공노할 대남도발이 얼마나 많았던
가. 우리는 노상 당하기만 하고 한 번도 제대로 응징하지 못했다.

지난 달 25일 '천안함 3주기 추모식' 전날, 천안함 폭침으로 고귀
한 자식을 잃은 한 아버지가 방송에 나와 대담하는 과정에서 진행자
가 이렇게 물었다. "희생된 용사들과 유가족들의 슬픔을 달래 주기
위해서 정부가 어떻게 해 줘야 하는지 소망을 이야기해 달라."는 요
구였다.

그러자 자식을 잃은 아버지는 이렇게 말했다.

"말로만 응징한다고 하면서 제대로 응징 한번 한 적이 있느냐, 천안함 폭침 때는 즉각 응징하기 어려운 상황이었다고 하더라도, 연평도 도발 때는 폭격을 당해 불바다가 되는 것을 똑바로 지켜보면서도 왜 강력하게 응징하지 못했는가, 유가족의 한 사람으로서 앞으로는 제발 제대로 응징(보복)해 주길 바란다."

옳은 지적이다. 그래야 구천을 떠도는 용사들의 영혼이 편히 잠들 수 있다. 대한민국은 언제까지 당하기만 해야 하는가. 고귀한 목숨을 잃고 슬픔만 안고 사는 국민이어야 하는가. '전쟁 가능성 제로'라는 일각의 분석과 주장에도 물론 설득력이 있다. 전쟁의 불안감에서 벗어나 국민들이 안심하고 생업에 종사할 수 있도록 심리적 위안을 갖게 하는 것도 좋다.

그러나 우리의 안보 현실, 이대론 안 된다. 간첩 잡는 국정원의 활동마저 무력화시키려는 세력이 있다. 일부 드러난 부정적인 시각으로 인해 음지에서 일하는 전체 대공요원들의 사기까지 저하시키는 무력화는 안 된다. 특수 임무를 띤 대공요원들은 일반적인 시각으로 봐선 안 된다. 국가 이익을 바탕으로 한 대공요원의 은밀한 '애국적 활동'은 마땅히 보호돼야 한다.

최근에 경계근무를 서던 전방의 군인들이 수상한 물체를 발견하고 크레모아와 수류탄을 터뜨리는 긴박한 상황이 벌어져 '진돗개 하나'가 발령됐다. 일각에선 고라니를 적으로 오인한 '과잉대응'이라고 하지만, 북한의 전쟁 위협이 고조되는 시점에서 팽팽한 긴장감을 유지하면서 순발력 있게 대응한 병사들에게 훈장을 주지는 못할망정 웃음거리로 삼아선 안 된다.

철통경계를 하면서 긴급 대응조치를 잘한 병사들에겐 표창하고 포상휴가를 보내 줘야 마땅하다. 군인들은 '전쟁 가능성' 때문에 존재한다. 사회 일각의 '전쟁 가능성 제로' 판단은 우리의 안보 현실을 도외시한 한가한 소리다.

연일 퍼부어 대는 호전성 어투에 '대남 심리전'이 숨어 있다. 늘 짖어 대는 엄포려니 여길 때, 귀에 익어 만성적인 소리로 들릴 때, 예측불허 집단은 도발한다. 결코 안심할 상황이 아니다. (금강일보 2013년 4월 4일)

제
2
부

국립대전현충원에서
만난 사람들

택배기사의 땀방울

　　현대인이 누리는 편리한 생활 가운데 가장 획기적인 변화를 가져온 운송수단이 '택배'다. 손쉬운 택배를 이용하는 일은 도시인이나 시골 사람이나 보편적인 일상이 되다시피 했다. 집안 문 앞에서 "택배요!"라는 외침을 들으면 나는 만사 제쳐 놓고 급하게 뛰어 나간다.

　　차량을 노상에 임시 주차해 놓고 동분서주 뛰어다녀야 하는 택배기사의 바쁜 하루를 생각하면 잠시라도 내 집 문 앞에서 시간을 지체케 할 수 없다. 아내나 아이들에게도 늘 당부한다. 택배기사에게 돌아가는 개당 배달료도 얼마 되지 않는데, 이용자가 불필요한 시간을 빼앗는다면 땀 흘려 수고해 준 데 대한 보답이 아니라는 생각 때문이다.

　　물건을 받고나서도 "수고하셨어요."라는 감사의 인사를 잊는 경우가 있다. 응당 받을 물건을 받았으니 '끝'이라고 생각한다. 그러나 이 세상엔 정당한 대가를 지불하고 당연히 받는 서비스도 고마움을 표시하면 더욱 흐뭇하고 따뜻해지는 일이 많다.

집배원한테 우편물을 받을 때도 그렇고, 주유소에서 기름을 넣을 때 오가는 인사말도 그렇다. 주유를 마친 젊은 아르바이트생이 "감사합니다. 안녕히 가세요."라고 허리 굽혀 인사할 때, 그냥 '쌩' 출발하는 것보다 고개를 끄덕이면서 답례의 눈길 한 번 주는 것도 사소한 것 같지만 서로가 마음 따뜻해지는 일이다.

며칠 전의 일이다. 무게가 꽤 나가는 택배를 받았다. 출판사에서 저자에게 증정본으로 보내온 책이다. 다른 물건과는 달리, 책을 수십여 권 단위로 묶어 놓으면 돌덩이처럼 무겁다.

택배 집하장에서 허리도 펴지 못하고 물건을 분류하는 기사들은 가벼운 물건만 쏟아져 나오면 일할 맛이 나는데, 쌀 포대나 책처럼 무거운 물건이 나타나면 '어이쿠!' 하는 소리가 절로 나온다는 이야기를 들은 적이 있다.

이것을 가정까지 운반해 주는 택배기사도 사정은 마찬가지다. 배송료가 문제가 아니다. 가슴에 안기도 어려운 무거운 물건을 어깨에 메고 승강기도 없는 건물의 계단을 오르는 일은 장사 기운을 가진 택배기사도 결코 쉽지 않은 일이다.

나의 집 구조도 큰 도로와 맞닿은 주택이긴 하나, 물건을 집안으로 운반하려면 계단을 올라야 한다. 외출하고 돌아오니, 아내가 택배 물건을 받아 놓았다면서 택배기사한테 미안했던 마음을 털어놨다.

힘겹게 운반해야 하는 여러 개의 책 묶음을 받고서 그냥 보내기가 미안하여 음료수를 대접했다고 한다. 그러면서 음료수를 대접하는 일은 내 쪽에서는 '작은 성의'지만 그분들에겐 오히려 시간을 빼앗기는 일은 아닌지 모르겠다고 했다. 아내의 말에도 일리가 있다는 생각이 들었다. 노상 바쁘게 뛰어다니는 그들의 발걸음을 볼 때, 시간이 곧 돈이다. 이뿐만이 아니다.

엊그제 아들이 신혼집에 가구를 옮길 때도 똑같은 광경을 목격했다. 장롱을 방 안으로 들이는데, 3층 건물이어서 사다리차를 이용하게 됐다. 가구를 배달하는 물류회사 기사도 택배기사와 마찬가지로 소비자가 요구하는 자리에 물건을 안전하게 옮겨 주어야 책무가 끝난다.

그런데 집 구조상 그 거대한 물건을 옮기는 과정에서 난관을 겪는 일이 한두 가지가 아니었다. 육중한 창틀을 떼어 내는 일도 쉽지 않거니와, 건물과 바닥에 흠이 가지 않도록 마포麻布를 깔고 조심스럽게 물건을 옮기는 것도 전문적인 기술과 노하우 없이는 불가능한 일로 보였다.

쌀쌀한 기온인데도 물건을 운반하는 기사의 목 줄기에서는 땀방울이 뚝뚝 떨어지고 있었다. 마치 내 일처럼 조그마한 흠도 나지 않게 최선을 다하는 그의 육체적인 노동이 진한 감동을 주었다.

최근 가구파손 등 일부 포장이사 업체의 소비자 불만과 피해 접수가 크게 늘었다는 보도는 이들에겐 전혀 해당되지 않는, 남의 이야기 같았다. 힘들게 물건을 옮기고 나서도 그의 일은 끝나지 않았다. 물건을 조립하는 데만도 많은 시간이 걸렸다.

여기서 끝나지 않았다. 저녁 7시가 넘었는데도 그는 또 다른 물건을 배달할 곳이 남아 있다면서 총총히 사라졌다. 참으로 고단해 보이는 택배기사의 하루였다. 그들이 고생하는 만큼 받는 보수가 얼마인지는 굳이 알 필요가 없다. 택배기사의 목 줄기를 타고 흐르는 진한 노동의 땀방울을 보면서 오늘날 내가 얼마나 편리하고 안락한 삶을 누리고 사는지 감사하는 마음이 절로 솟구쳤다.

이용한 만큼 지불하는 금전적인 대가가 전부가 아니란 생각이 들었다. 남모르게 고생하는 그들의 고충을 이해하고 감사하는 마음을 나와 우리 가족들은 그동안 얼마나 따뜻하게 표시해 왔는지 새삼 돌아다보게 하는 의미 있는 하루였다. (금강일보 2012년 11월 15일)

정치인의 표정

　　미술학도들이 즐겨 그리는 석고상 가운데 대표적인 얼굴이 '아그리파' 상像이다. 악티움 해전에서 혁혁한 공을 세우고 로마 제국에 많은 업적을 남긴 정치가의 얼굴이다. 그의 석고상 표정은 활짝 웃는 모습은 아니지만, 음양각의 선이 뚜렷한 무게 있는 표정에서 남성적인 매력이 느껴진다.

　미술학도들이 아그리파 상을 위대한 역사적 인물의 상징처럼 즐겨 그리는 이유가 어디 있을까. 서양화 작가인 아들에게 물었더니, 의외로 답이 간단명료했다. '의지에 찬 얼굴'이라는 것이다. 사람의 이미지를 결정짓는 요소는 표정에서 나온다.

　언제부턴가 우리 사회에선 사진을 찍을 때, 굳은 표정보다는 밝은 표정이 좋다는 뜻에서 흔히 '치즈'니, '김치' 하면서 가볍게 웃는 표정을 연출하지만, 웃는 표정이 다 좋은 것만은 아니다. 특히 정치인들의 표정이 그렇다.

정치인의 얼굴은 국민들의 감정과 정서를 따라가야 한다. 웃어야 할 때 웃고, 결연한 의지를 보일 때 그에 맞는 중량감 있는 표정을 지어야지, 아무 때나 활짝 웃는 모습이 때론 역겨울 수도 있다.

정치인들의 표정이 늘 밝다는 것은 희망적인 일이지만 현실은 그렇지 않다. 국가 주요 현안을 다루는 과정에서 '의지에 찬 정치인'의 얼굴, '비장함이 묻어나는 정치인'의 얼굴을 국민들은 보고 싶은데, 여야 대표가 만나면 악수를 하면서 으레 활짝 웃는 얼굴을 보여 준다.

만면에 웃음 띤 얼굴만 보면 뭔가 잘 풀릴 것으로 기대된다. 하지만 '카메라용 얼굴' 다르고, '협상용 얼굴' 다르고, '협상 후의 얼굴'이 각기 다르다. 여야 대표자 끼리든, 청와대 면담자리든, 카메라 앞에 서는 활짝 웃는 얼굴로 악수를 나눴던 사람들이 뒤돌아서면 언제 당신을 보았느냐는 식으로 공격과 방어를 하면서 걸핏하면 상대에게 잘못을 전가한다.

사회 생활하는 지인끼리라면 어림도 없는 일이다. 만약에 평소 잘 알고 지내는 지인끼리 그런 '두 얼굴'을 보이면 감정이 상한 한쪽에선 다시는 상종도 안 할 일이다.

새로운 정부가 출범하면서 가장 기본적인 정부조직법마저도 국회에서 통과시켜 주지 않아 정부는 정부대로 많은 어려움을 겪었고, 국민들은 국민들대로 안타까움을 금치 못했다. 결국 우여곡절 끝에 타결은 됐지만 야당에선 여당을 향해 한 치 양보도 하지 않는다고 '불통 정치'라고 비난했는가 하면, 여당에선 야당을 향해 '발목잡기'라고 비난했다.

수많은 국가적 난제를 협상을 통해 타협해 나가는 과정이 정치라고 하지만, 국민들에게는 도무지 납득이 가지 않는 주요 당직자들의 '가식적인 웃음(악수하는 장면)'만 각인돼 있다. 카메라만 보면 습관적으로 웃어대는 '정치인의 표정'에 관하여 웃지 못할 시중유머가 있다.

어느 정치인이 벼락에 맞아 숨졌다. 그야말로 마른하늘에 날벼락이었다. 그런데 죽은 사람의 표정이 참으로 놀라웠다. 아주 자연스럽게 활짝 웃는 모습이었다고 한다. 알고 보니, 번쩍하는 번갯불의 섬광을 카메라 플래시로 착각하여 반사적으로 웃었다는 것이다.

'웃는 낯에 침 뱉으랴!'는 속담이 있다. 언어는 통하지 않아도 웃음으론 통하는 게 인간 사회다. 웃음은 세계 어딜 가든 '당신을 해치지 않는다'는 우호적인 메시지이고, '당신과 얼마든지 친해질 수 있다'는 친밀감이 내포된 '만국 공통어'이다. 그러나 웃어선 결코 안 되는 순간에 웃음을 참지 못하고 습관적으로 웃어 버리면 전체적인 효과가 반감된다.

집단시위 현장에서 모두가 결연한 표정으로 구호를 외치는데, 맨 앞 대열의 한두 사람이 히죽히죽 웃는 표정이 카메라에 잡혀 TV화면에 나오면 갑자기 그들의 주장이 설득력이 약해지고, 호소의 메시지 또한 반감된다.

국민들은 정치인의 얼굴에서 비장한 각오와 결의를 읽는다. 표정은 다소 굳어 있더라도 진지하게 협상에 임하여 국가 발전에 도움이 되는 좋은 결과를 도출해 내길 바라는 것이 국민들의 심정이다. 그런 국민들의 바람에는 아랑곳하지 않고 노상 활짝 웃는 얼굴로 악수하는 정치인들의 모습은 어쩐지 신뢰가 가지 않는다.

정치인들은 국민정서에 맞는 '표정 관리'를 해야 한다. 국민들은 심각한데 정치인들만 활짝 웃으면 성원을 보내기 어렵다. 속마음 다르고 표정 다른 가식적인 웃음보다 국익과 사회발전을 위한 진정한 의정활동을 국민들은 바란다.

　정치인 자신이 웃을 일이 아니라 국민들에게 웃음을 주는 정치를 해야 한다. 자기들끼리만 헤프게 웃는 정치가 아니라 국민들에게 웃음을 주기 위해 고뇌하는 정치인들의 진지한 표정을 보고 싶다.

(금강일보 2013년 3월 21일)

정치평론가 전성시대
정치평론 '호·불호好·不好 판별법'

　　쉽게 이해하기 어려운 시를 '불가해不可解의 언어예
술'이라고 한다. 그래서 필요한 것이 해설이다. 아무리 난해한 시라
도 전문적인 지식을 가진 문학평론가가 다양한 갈래로 알기 쉽게 풀
이해 주면 독자는 고개를 끄덕이게 된다.

　평론가란 특정한 학문 분야에 대한 질이나 가치를 비평하여 논하는
사람이다. 문학·영화·음악·미술 등 예술 분야뿐만 아니라 군사
평론가도 있고, 스포츠평론가도 있다. 북한의 도발이나 안보 위협이
고조되면 군사평론가의 전문적인 견해를 들어야 사안이 명확해지고,
주요 스포츠 경기에선 스포츠평론가의 해설을 들어야 게임 분석력도
생기고 관전 재미도 더해진다.

　요즘 대통령 선거를 앞두고 정치평론가들이 언론에 자주 등장한
다. 대한민국에 언제부터 이렇게 많은 정치평론가들이 존재해 왔는
지 새삼 놀란다. 언론인과 정치학 박사에게만 '정치평론가'란 이름을

붙여 주는 게 아니다.

심리학을 전공한 대학교수, 정치소설을 쓴 작가, 심지어 족집게로 소문난 역술인도 정치평론가 대열에 가세하여 판세를 분석하고 예측하기에 이르렀으니, 가히 '정치평론가 전성시대'라고 할 만하다.

일반 국민들도 정치평론가 못지않다. 시골 농부도, 도시 노동자도, 시장 상인도 정치 얘기만 나오면 모두가 평론가 못지않은 식견을 드러내고, 박학다식한 정치용어를 구사한다. 정치에 대해 누구나 일가견을 갖고 있다는 것은 그만큼 국민 의식수준이 높아졌다는 반증이다.

정치평론가란 이름을 달고 방송에 나와 정치 판도를 분석하려면 깊이 있게 공부하고 나와야 한다. 청산유수와 같은 언변만 자랑해선 안 된다. 시청자의 수준 높은 판단능력도 감안해서 정치평론을 해야 욕을 얻어먹지 않는다.

선거철이 되면 각 방송사에서는 정치평론가 모시기 경쟁이 벌어진다. 어느 정치평론가는 온종일 이 방송, 저 방송에 종횡무진 출연해, 하루에도 몇 번씩 같은 말을 녹음기 틀듯 반복하는 것을 본다.

평론의 기본은 통찰력과 전문성이다. 일부 정치평론가는 통찰력도 부족하고 분석력도 진부하여 공감을 주기는커녕 시청자들을 역겹게 한다는 지적도 나온다. 객관성을 잃은 평론, 국민들의 판단을 도와주기는커녕 말장난에 그치는 평론도 있다.

종편채널이 생긴 이후 같은 시간대에 각 방송사가 경쟁하듯 성격이 비슷한 시사프로를 진행하다 보니, 시청자들은 정치평론가에 대한 '호ㆍ불호 판별법'이 생겼다. '선호하는 정치평론가'와 '채널을 돌리게 만드는 정치평론가로 나뉜다.

건강한 상식을 가진 국민의 입장에서 하고 싶은 말을 족집게처럼 끄집어내어 적절히 분석해 주는 평론가, 새로운 정치현안에 대한 합리적인 분석과 논리를 바탕으로 지식과 정보를 제공해 주는 평론가, 궁금히 여기는 판세를 구체적인 근거를 바탕으로 설득력 있게 전망해 주는 정치평론가도 시청자들은 선호한다.

이와는 달리 국민정서와 동떨어진 편파적인 평론, 민주주의 가치를 오도하는 평론, 국가 체제수호와 관련, 한목소리를 내야 할 때, 종북세력 등 비판 대상을 제대로 비판하지 못하는 어정쩡한 태도와 국가 정체성이 모호한 평론, 국민의 입장이 아니라 정치인의 기득권 비호를 위한 정치평론도 시청자로부터 배척당한다.

정치평론은 무엇보다 정치인에 대한 인물 정보를 깊이 있게 알아야 한다. 시대정신이 무엇인지도 간파해야 한다. 평론가는 단순히 현상 설명자가 아니다. 문제 제기와 대안 제시도 해야 한다. 미래를 내다보는 안목도 필요하다.

진보냐 보수냐 색깔을 분명히 하는 것도 좋지만, 특정 정치인의 대변자로 나온 것처럼 장점만 부각시켜서도 안 된다. 약점과 단점도 심층 분석해 줘야 한다. 국가 재정도 고려치 않은 포퓰리즘 공약은 아닌지 정책도 예리하게 분석해 줘야 한다.

방송에 너무 자주 출연하다 보면 타성에 젖어 말을 성의 없이 하는 평론가도 있다. 국민들의 올바른 판단을 도와주기는커녕 혼란스럽게 하는 유형도 있다. 정치평론은 국민여론을 형성하는 데 그치지 않고, 국민의식을 앞장서 이끌어 가는 선도적 역할도 해야 한다. 국익

과 민주주의 가치를 위해서 정치평론가는 국민여론을 바람직한 방향
으로 이끌어야 할 책무가 있다.

그의 명쾌한 분석을 들으면 막힌 데가 뚫리는 것처럼 가슴까지 후
련하여 매주 고정출연하는 시간이 기다려진다는 평론가가 있는가 하
면, 억지 논리로 견강부회牽强附會하거나 분석력도 진부하여 평론의
본령을 다시 인식하고 나와 주었으면 하는 평론가도 있다는 사실을
알았으면 한다. (금강일보 2012년 10월 4일)

'보통 사람'으로
당당하게 인정받으려면

'보통 사람'이란 '보기만 해서는 통 알 수 없는 사람'을 일컫는 말이다. 국어사전에 나와 있는 말이 아니라 시중에 유행하는 우스개다. 보기만 해서는 도통 알 수 없는 사람이 보통 사람이라면 '겪어 봐야' 알 일이다.

새로운 국무총리 후보자가 첫 기자회견에서 스스로를 이렇게 표현했다. "저는 학벌이 뛰어난 것도 아니고, 특별한 스펙도 갖고 있지 않은 보통 사람입니다." '보통'의 사전적 의미는 '특별하거나, 드물거나 하지 않고 예사로움'을 말한다.

서울에 있는 4년제 대학교를 나와 사법시험에 합격하여 대검찰청 중앙수사부 3·4과장, 광주·부산지검장, 법무연수원장, 중앙선거관리위원회 상임위원, 대한법률구조공단 이사장 등을 지낸 화려한 경력의 소유자가 자신을 '보통 사람'이라고 표현한 것은 지나친 겸손이다.

재산도 20여억 원을 보유하고 있다니, 대한민국 보통 사람의 기준을 넘어도 훨씬 넘어선 것으로 보인다. 동서고금을 막론하고 자신을 낮추는 일은 미덕이다. 가진 자와 누리는 자가 갖춰야 할 기본적인 수양 덕목도 겸손이다. 겸손도 지나치면 과공비례過恭非禮라고 하지만 오만보다는 낫다. 머리를 낮추면 문틀에 부딪칠 일은 없다.

벼는 익을수록 머리 숙인다는 만고불변의 이치를 새로운 총리 후보자에게도 적용해도 좋다면 우리 국민들의 '행복지수'가 상승할 일이다. 고개 숙일 줄 모르는 사람도 많다. 제 잘난 멋에 취해 사는 사람은 또 얼마나 많은가.

지위가 높은 사람에게만 해당되는 이야기가 아니다. 소시민도 마찬가지다. 다툼을 일삼아 일선 경찰관서에 자주 드나드는 사람들 가운데 '과시형 안하무인'이 많은 것도 좋은 예다.

과거 문집을 출간했을 때의 일이다. 언론사 기자가 찾아왔다. 특별히 잘난 것도 없는 '평범한 사람'이라면서 인터뷰를 사양했더니, 기자가 동의하지 않았다. "바쁜 직장 생활하면서 글도 쓰고 책까지 냈으면 '평범한 사람'이 아니다."라고 했다. 하기야 오라는 데도 많고 갈 곳도 많은 기자라는 직업은 '평범한 사람'을 찾아다니진 않는다. '화제의 인물'을 찾아다닌다.

문제는 특정 인물에 대한 사회적인 인식과 시각이다. 자신은 아무리 겸손하게 '보통 사람' 또는 '평범한 사람'이라 표현해도 남들이 '특별한 인물'로 보면 그 시각과 기준을 존중하고 인정해 줘야 한다.

우리 사회에서 쉽게 구분하기 어려운 '애매한 정의定義'가 또 있다. '서민층'과 '중산층'의 기준이다. 서민층이란 사회적 특권이나 경제적인 부를 많이 누리지 못하는 일반 사람들을 말하고, 중산층은 재산을 가진 정도가 유산계급과 무산계급의 중간에 놓이는 계층을 말한다.

그렇다면 자칭 '보통 사람'이나 '평범한 사람'은 과연 서민층일까, 중산층일까? 재산만 가지고 따져선 안 된다. 지위와 권한도 포함해야 한다. 작든 크든 주어진 권한과 사회적인 지위를 가진 사람을 서민층이나 보통 사람으로 보긴 어렵다.

그렇다면 이 시대 '보통 사람'이라고 스스로 말할 수 있는 사람은 누굴까. 학벌이나 재산으로 한정할 순 없다. 어떤 의식과 생활태도를 가지고 살아가느냐에 기준을 둬야 한다. 남에게 보여 주기식의 '위장된 겸손'이 아니라 '탈 권위주의자'를 '보통 사람'이라 칭해야 한다.

최근 총리 후보자가 손수 운전을 하고, 가방도 손수 들고 집무실로 가는 모습이 지면에 크게 보도됐다. 박근혜 대통령 당선자도 과거와 달리 '손수 우산'을 받고 다니는 모습이 TV화면에 비친다.

당연한 일인데도 신선하게 보인다. 새 정부 관료들에게도 '본本'이 됐으면 한다. 평소 몸에 밴 소탈함, 검소한 생활태도에서 '보통 사람'에 대한 평가기준이 내려져야 한다.

국가조직이나 사조직이나 지위가 높은 사람한테는 지나칠 만큼 굽실거리면서 아랫사람에게 함부로 대하는 사람은 '보통 사람'의 범주에 들지 않는다. 높은 벼슬자리는 국민을 위해 헌신하라는 자리이지, 군림하는 자리가 아니다. 고위 공직자의 '군림의식'은 독선을 부른다. 독선은 국민여론을 무시하는 데서 나온다.

총리가 '보통 사람'임을 자랑스럽게 여기려면 '일인지하 만인지상(一人之下 萬人之上 : 임금 말고는 더 이상 높은 사람이 없고, 모든 사람 위에 군림한다는 뜻)'이라는 왕조시대 위엄을 가져선 안 된다. 헌법적 위상은 '권력서열 2인자'지만, 국민을 보살피는 일에는 낮은 자세로 헌신해야 한다.

고위 공직자들도 마찬가지다. '위민爲民정신'은 겸손하고 낮은 자세에서 나온다. 국민 앞에서는 몸을 낮추되, 대북對北자세와 국제적 위상은 강력하고 당당한 자세를 보여 줄 것을 국민들은 바라고 있다.

(금강일보 2013년 2월 21일)

시작은 좋았으나
끝이 안 좋은 사람들

먹고 나면 흡족하여 다시 찾게 되는 음식점에는 몇 가지 특징이 있다. 첫째, 음식의 맛과 질이다. 가령 서민들이 즐겨 먹는 우거지 국밥에는 우거지가 주인공이지만 고깃점도 듬뿍 들어가야 고객을 만족시킨다.

신장개업하고 나서 얼마간은 손님이 들끓었다. 입소문을 통해 원거리 손님까지 거리 불문하고 찾아왔다. 음식 가격에 비해 고깃점도 많이 들어가고 푸짐하다는 고객의 반응이 이구동성으로 나왔다. 손님이 몰려들고 돈도 잘 벌리자 주인이 변심하기 시작했다. '변심'이란 인색吝嗇과 불친절을 뜻한다. 고객이 왕이 아니라 주인이 왕이 된 것이다.

"음식도 예전만 못하고 주인의 태도도 많이 변했다."는 소문이 삽시간에 퍼져 나갔다. 한두 사람만이 그렇게 느끼는 것이 아니라 고객 모두가 공통적으로 느끼고 있었던 것이다. 손님이 줄어들기 시작하더니, 결국 간판이 바뀌고 말았다. 망한 것이다.

또 하나, 손님의 발길이 끊이지 않는 음식점의 비결은 청결에 있다. 아무리 음식의 맛과 질이 좋다고 해도 정갈하지 못하다고 느껴지면 손님은 떨어진다. 음식점의 청결은 찾아오는 손님에 대한 기본적인 예의다.

그다음이 가격이다. 먹고 나서 터무니없이 비싸다고 느껴지면 다시는 찾지 않게 된다. 바가지를 쓴 것처럼 뒷맛이 쓰다. '음식점이 어디 그곳 한 군데뿐인가' 하며 발길을 돌리는 것은 고객의 당연한 심리다.

종업원의 매너와 서비스도 중요하다. 신장개업하고 나서 한동안은 최선을 대해 손님을 모신다. 그러다가 손님이 늘면 그토록 싹싹하던 종업원의 태도가 퉁명스럽게 변하고, 주인 역시 손님을 대하는 태도가 과거와 사뭇 달라진다. 90도로 인사하던 태도가 변하여 '당신들 오려면 오고 가려면 가라'는 식으로 뻣뻣해진다. 그런 느낌을 받은 손님은 다시는 발걸음을 하지 않겠다고 속으로 다짐한다. 고객의 마음이 간사해서일까? 아니다. 고객의 마음을 붙잡거나 떠나보내는 것은 전적으로 주인과 종업원의 태도에 달려 있다.

'백년의 가게'는 안 그렇다. '50년 전통'이니, '100년 전통'이라 써 붙인 간판은 '손님 유혹용'이나 장식으로 붙여 놓은 것이 아니다. 하루아침에 쉽게 이룬 가업이 아니란 것을 보여 주는 '신뢰'의 상징이요 증표다. 대를 이어 긍지와 자부심을 갖는 '백년가게'의 가장 큰 자산은 '신용'이다. 과거에도 손님이 왕이었고, 오늘도 손님은 여전히 왕이다.

선대로부터 내려온 창업정신이 후대의 경영에 이르기까지 변함없이 이어진다. 대전에도 그런 업소가 몇 군데 있다. 세월이 아무리 흘러도 그곳을 찾는 고객들은 실망하지 않는다. 맛을 내는 일은 시대 변화에 따라 '혁신'을 거듭할지언정 '창업정신'만큼은 굳건히 지켜 나간다. 장수가게의 탄탄한 경영 비결은 고객의 입장을 중시하는 '초지일관'에 있다.

정치인들도 이와 같은 길을 가면 얼마나 좋을까. 고위 공직자들도 이런 직무철학으로 국민을 위해 봉사하면 얼마나 좋을까. 선대가 벼슬하면서 추앙받았던 청렴 강직한 성품과 올곧은 선비정신을 자손들이 대를 이어 지켜 나간다면 불명예스러운 일로 치욕을 겪는 일은 벌어지지 않을 것이다.

시작은 누구나 좋다. 의욕도 넘치고, 처신도 바르게 하는 것처럼 보인다. 온갖 유혹에도 잘 버틴다. 문중에서는 '가문을 빛낸 인물'이라고 해서 그가 출세하거나 높은 직위에 오르면 '성공신화의 주인공'처럼 일대기를 부각시킨다. 그러다가 어느 한순간에 무너지기 시작한다.

대를 잇는 영광과 번창은커녕, 몇 해를 못 버티고 손님이 뚝 떨어져 문을 닫는 음식점처럼, 정치인이나 고위 공직자도 존경과 선망의 대상에서 하루아침에 불명예 주인공으로 추락하는 모습을 자주 본다.

그래서 '성공한 사람'이라는 찬사는 조급하게 붙여 주지 말아야 한다. 검찰과 경찰에 불려 가지 않고, 그 직에서 온전히 물러날 때 비로소 붙여 주도록 임기 중에는 유보할 필요가 있다.

아무리 살아온 길이 화려하고 업적이 훌륭해도 비리와 범법사실이 드러나 '포토라인'에 서게 되면 하루아침에 허망한 인생사가 된다. 아니, 사법당국에 불려 가지 않고도 교묘히 숨어서 잘도 해 먹는 사람도 있다. 그러나 알 사람은 다 안다. '천지天知, 지지地知, 자지子知, 아지我知'다. '하늘이 알고, 땅이 알고, 네가 알고, 내가 안다'는 뜻이다(後漢書 楊震傳에 나오는 '4지四知')

출발은 좋았으나 끝이 안 좋은 것은 결국 팔자소관이 아니라 초심을 저버렸기 때문이다. 허름한 동네 이발소 벽에 걸려 있는, 50년은 족히 돼 보이는 '초지일관初志一貫'이란 색 바랜 액자가 예사롭지 않게 보였다. (금강일보 2012년 9월 20일)

국립대전현충원에서
만난 사람들

　대전현충원을 둘러보았다. 유가족이 아니더라도 요즘 대전현충원을 찾는 사람들이 부쩍 늘었다. 휴일이 아닌데도 전국 각지에서 온 관광버스가 경내 곳곳에서 눈에 띈다. 이곳이 뜻있는 관광객들이 한 번쯤 둘러보고 싶은 '필수 여행코스'가 됐다는 것은 무엇을 의미하는가.

　먹고 마시고 즐기는 행락객들의 일반적인 관광코스가 아니라, 옷깃을 여미면서 나라 사랑 정신을 한 번쯤 새겨 보려는 국민들이 꼭 다녀가고 싶은 '산 교육장'이 됐다는 것은 특별한 의미가 있다.

　역사를 왜곡하고, 심지어 종북좌파까지 '진보'라는 가면을 쓰고 혹세무민하는 나라. 지구상에서 가장 호전적인 집단이 적화야욕을 버리지 않고 위협하는 현실에서 제발 정신 똑바로 차리고 '반듯한 나라'를 만들자는 국민들의 '자발적인 애국심'이 여길 찾게 만드는 것이다.

　지금 대한민국은 세계가 부러워할 만큼 경제적인 풍요를 누리고 있다. 누구의 덕인가. 누구의 희생으로 이만큼 잘 사는가. 그 고마움을 진정 아는 국민들이 이곳을 찾는다.

이곳을 찾을 때마다 '대한민국 제일의 명당'이란 생각이 든다. 명당이란 풍수지리를 전문적으로 연구한 지관이 아니더라도 느낌으로 안다. 서 있는 자리에서 동서남북 어느 쪽을 둘러봐도 마음이 편안해지고 아늑한 느낌이 들면 그곳이 바로 명당이다.

대전 유성구 갑동 산 23-1번지. 병풍처럼 둘러쳐진 갑하산甲下山을 '천하일품 배산背山'이라 하는 것은 어머니의 품 속 같은 아늑함 때문이리라. 자연적인 지형뿐만 아니라 아름답게 잘 가꾸어진 조경과 상징적인 조형물도 '명당'으로서의 가치를 더욱 빛내 준다. 동양인들은 왜 명당에 묘를 쓰는가. 대대손손 집안이 평안하고 잘된다는 순박한 믿음 때문이다.

이곳에 잠든 호국 영령 가족들에게도 그런 '발복發福'이 꼭 이뤄졌으면 한다. 나라를 위해 헌신하신 분들이 이곳 '갑동 명당'에 자리하고 계심으로써, 그 애국적인 집안과 자손들이 대대로 복된 삶을 누린다면 그보다 더 소망스러운 보훈報勳이 어디 있는가.

보훈은 그냥 이뤄지지 않는다. 국민들이 고귀한 뜻을 기려 줘야 이뤄진다. 그분들의 희생으로 혜택을 누리고 사는 국민들이 마음으로부터 우러나는 나라 사상 정신을 국가 발전으로 승화시켜야 가능한 일이다.

애국지사묘역, 사병묘역, 경찰묘역 등을 두루 거쳐 현충문 앞에 이르니, 수많은 어린이들이 줄지어 지나간다. 단체로 견학 온 어린이들이다. 재잘거리며 인솔교사의 뒤를 따르는 꼬마들의 행렬이 참으로 귀엽고 사랑스러워 눈을 좀처럼 떼기 어려웠다.

천진난만한 어린이들을 데리고 이곳을 찾은 교사들이 참으로 훌륭하다는 생각이 들었다. 이곳이 어떤 곳인지 아이들이 알기나 할까. 현충문 앞에서 단체사진을 찍고 인솔교사와 주고받는 '문답식 공부'가 자못 진지하다.

▲ 문 : "여기가 어디라고 했지요?"
▲ 답 : "현충원이요."(목청껏 일제히 소리 지르는 응답이 함성에 가깝다)
▲ 문 : "여기 잠드신 분들이 누군가요?"
▲ 답 : "나라 위해 돌아가신 분들이요"
▲ 문 : "이분들의 숭고한 나라 사랑 정신을 이어 가려면 어떻게
　　　해야 하나요?"
▲ 답 : "선생님 말씀 잘 들으면 된다고 했어요."

그렇다. 그보다 더 정확한 답이 어디 있겠는가. 유년시절부터 올바른 국가관을 심어 주려는 선생님의 '반듯한 가르침'을 아이들이 잘 받아들이면 된다. 좌편향적인 이념교육이 아니라 이곳에 잠든 분들의 우국충정의 혼이 무엇인지 똑바로 배우면 된다. 아이들이 가정에 돌아가면 부모님과 할머니, 할아버지에게도 현충원에서 보고 배운 바를 조잘조잘 이야기하겠지. 인솔교사와 아이들의 '현충원 문답식 교육'은 끝없이 이어졌다.

저 때 묻지 않은 순수한 아이들은 앞으로 기성세대가 겪어 온 심각한 대립과 갈등을 겪지 않고 살아갔으면 좋겠다. 여기 누워 계신 호국영

령들이 더는 나라 걱정을 하지 않도록 종북 좌파 세력들도 한 번쯤 둘러보고 경건하게 참배하는 날이 왔으면 좋겠다. (금강일보 2013년 6월 27일)

※ 아이들과 함께 의미 있는 여름 휴가계획을 세우는 분들은 여행 '마무리 코스'로 이곳 국립대전현충원을 둘러보는 것으로 일정을 잡아 보면 어떨까? 많은 것을 가슴으로 느끼고 배우게 되는 뜻깊은 휴가가 되리라 믿는다.

호국정신 기리는 '하늘나라 우체통'

국립대전현충원에 '하늘나라 우체통'이 지난 1일 개설됐다. 높이 5m의 대형 우체통은 하늘로 힘차게 날아가는 진취적인 기상을 표현한 디자인도 특별하지만, 거기 담고 있는 호국과 나라 사랑 정신을 기리는 상징적 의미는 더욱 크고 소중하다. 하늘색 날개는 유가족과 국민이 보낸 그리움과 감사의 편지를 하늘의 호국 영령에게 전한다는 의미를 담고 있다. 붉은색 우체통은 아이들도 편지를 넣을 수 있도록 높낮이를 달리해 투입구 4개를 만들었다.

이 우체통은 국가와 민족을 위해 헌신하다 영면한 순국선열과 호국영령의 숭고한 희생정신을 기리는 '편지 쓰기'를 통해 나라사랑 정신을 함양하기 위해 설치됐다. 민병원 대전현충원장은 "참배가 끝나면 묘비 앞에 놓인 편지들을 발견하는데, 하늘로 부치지 못한 편지가 빗물에 젖는 모습이 안타까웠다."고 한다. 가슴을 아리게 하는 사연도 많다.

어느 안장자의 생일엔 '너를 잊지 못한다'는 가족의 엽서가 놓이고, 집안에 경사가 생기면 '결혼 청첩장'까지 놓고 가는 이도 있다고 한다. 좋은 세상을 함께하지 못하고 먼저 떠난 그들 앞에서 하염없이 눈물짓는 유족들의 심정이 어떤 것인지 세상 사람들은 깊이 있게 알지 못한다. '하늘나라 우체통'을 통해서라도 유족들의 애끓는 사연을 우리는 조금이라도 헤아려야 한다.

요즘 우리 사회는 국가 안보를 걱정하면 '색깔론'으로 뒤집어씌우거나 과거 군사독재 회귀를 들먹이면서 수구로 매도하는 경향이 있다. 급기야 종북 주사파가 국회라는 제도권에 버젓이 진출하고, 탈북자로 위장한 간첩이 검거되는가 하면, 심지어 GPS전파 교란 장비 등 군사기술 정보를 북한에 넘기려다 검거된 비전향 장기수도 있다.

국토가 분단된 휴전상태의 국가에서 이런 위태로운 현상들을 국립현충원에 누워 있는 애국선열들은 어떻게 바라보고 있을까를 생각해 봐야 한다. 어떻게 지켜 온 나라인데, 세월이 흐를수록 호국 안보정신은 퇴색해져 가고, 진보라는 그럴듯한 이름으로 포장된 종북 주사파 세력까지 나라를 혼란스럽게 만드는가. '하늘나라 우체통'에 편지를 써 넣는 일은 유가족들만을 위한 애끓는 사연 전달 창구로 인식돼서는 안 된다. 고귀한 희생정신으로 이 나라를 지켜 온 선열들의 숭고한 뜻과, 그들의 피눈물 나는 삶의 과정을 잘 모르는 신세대들에게도 '하늘나라 우체통' 사연은 가슴으로 느끼는 안보교육 자료로서 상징하는 바가 크므로, 책자발간 등 더 다양한 방법으로 가치 있게 활용되길 바란다.

(금강일보 2012년 6월 4일)

현충일의 진정한 의미도 모르는 '얌체상혼'

오늘은 애국선열과 전몰장병들의 넋을 위로하고, 숭고한 호국정신과 위훈을 추모하는 날이다. 정부 요인들은 국립묘지를 참배하고, 전 국민은 오전 10시 사이렌과 함께 경건히 묵념을 하며 나라를 위해 목숨 바친 영령들의 명복을 비는 시간을 갖는다. 오늘만큼은 국민 모두가 애도와 추모의 마음으로 음주 가무를 삼가고 유흥업소 출입도 자제하는 날이다.

그런데 대전의 대형 백화점 등 일부 유통업계에서는 6월 6일을 현충일의 진정한 의미를 되새기는 계기로 삼기는커녕, 단지 '매출 증대의 날'로 삼고자 '쌍쌍데이', '육육데이', '반지데이' 등 이른바 '데이 마케팅'에 혈안이 돼 있다는 보도다.

H대형마트는 6자가 겹치는 6월 6일을 '쌍쌍데이'로 칭하고, 이날 매장을 찾은 고객들에게 구매액 대비 포인트를 평일에 비해 4배나 적립해 주는 사은행사를 갖는다. '쌍쌍데이' 이벤트는 7월 7일, 8월 8일에도 진행되는데, 현충일에조차 한 명의 고객이라도 더 끌어들이기 위해 급급해하는 행태를 보이고 있는 것이다. 대전의 G백화점은 6자와 고기 육(肉)자를 연관시켜, '육육데이'란 명칭을 붙이고 정육 코너 전 품목을 20%에 할인된 가격에 판매한다. '육육데이' 역시 현충일과는 무관한 판촉행사다.

여기서 그치지 않는다. 귀금속업계에서는 6월 6일의 숫자 6의 모양에서 착안한 '반지데이'라는 기발한 이름도 만들어 연인이나 친구 간에 반지를 선물하는 날이라며 마케팅에 활용한다. 현충일의 참뜻을 저버린 국적 불명의 '데이 마케팅'이 판을 치고 있는 것이다.

오늘의 우리 안보 현실은 어떤가. 동족상잔의 전쟁을 일으켰던 북한은 여전히 적화통일의 야욕을 버리지 않고 있다. 천인공노할 천안함 폭침과 무자비한 연평도 포격도 모자라 최근에는 북한 인민군 총참모부가 이명박 대통령과 일부 언론사에 대해 '보복성전', '최후통첩' 운운하면서 위협하고 있는 상황이다. 더욱 걱정스러운 것은 우리 내부사정이다.

적어도 국가 안보에 관해서는 여야를 막론하고 한목소리를 내주어도 모자랄 판에 자유민주주의 체제를 부정하는 종북 주사파까지 국회에 진출하면서 국민적 갈등과 혼란을 야기하고 있다. 수많은 젊은이들이 국토 수호를 위해 고귀한 목숨을 바친 이유가 무엇인가. 6월 6일 현충일만큼은 온 국민이 경건한 마음으로 조기弔旗를 달고, 나라 위해 몸 바친 선열들의 숭고한 애국정신을 옷깃 여미며 되새기는 뜻깊은 날이 돼야 한다. (금강일보 2012년 6월 6일)

제

3

부

겸손한 경찰

겸손한 경찰

    과거 70~80년대까지만 해도 총각 경찰관이 결혼하려면 중매쟁이가 애를 먹었다. 딸을 둔 집안에서 경찰관이란 직업을 그다지 달갑게 여기지 않았기 때문이다. 사람 됨됨이는 좋은데, 직업이 마뜩잖다는 것이었다. 일제日帝의 잔재가 남아 있어 경찰(순사)에 대한 이미지가 안 좋은데다가 박봉이란 것도 부정적인 요인으로 작용했다.

    그런데 그보다 정작 시집갈 처녀들이 선뜻 받아들이지 못하는 더 큰 이유는 '몸을 아낄 수 없는 직업'이라는 데 있었다. 남들이 편안히 잠잘 때 밤이슬 맞고 다녀야 하는 직업, 이 세상 온갖 궂은일은 도맡아 쫓아다녀야 하는 직업이란 점에서 행복한 가정을 이루기 어려운 직종으로 인식됐기 때문이다.

    그렇다고 장가를 못 가 애태우는 경찰관들은 주변에서 보질 못했다. 중매쟁이의 화려한 말 수완 덕분인지, 아니면 혼기를 앞둔 처녀들에게 핸섬한 제복차림의 총각 경찰관들이 매력 있게 보였던 것인지, 많은 경찰관들의 '초임지가 곧 처가'가 됐다. 결혼하기 어려운 직업이라고 수군대던 주변사람들의 통념을 깨고 마음에 드는 처녀를 버젓이 신부로 맞아들였다.

그렇다면 총각 경찰관에게 어떤 또 다른 호감을 느꼈기에 처녀들이 기꺼이 시집을 온 걸까. 비가 오나 눈이 오나 구석구석을 누비면서 힘들고 궂은일을 해결해 주는 성실한 봉사 자세에서 '믿음직한 경찰상像'을 발견했고, 이 같은 호감어린 눈길은 경찰에 대한 사랑과 신뢰로 이어졌다.

'순사가 잡아간다'고 하면 우는 아이도 뚝 그쳤던 그 옛날 '순사'에 대한 부정적인 시각과 고정관념을 성실한 총각 경찰관들이 깨기 시작한 것이었다. 나의 어머니와 누님도 '경찰관 사위'를 보신 것도 기실 그런 인식의 배경이 깔려 있었기에 가능했다. 범죄꾼들에게는 추상같은 면모를 보였지만 선량한 주민들에게는 부모형제 대하듯 상냥하고 부드러웠다.

그런데 이 같은 대다수 성실한 경찰관들을 힘들게 하는 불미스러운 사건들이 꼬리를 물었다. 직업윤리를 망각한 일부 경찰의 실수나 비리로 인해 대다수 본분을 다하는 경찰관들의 어깨를 축 쳐지게 만들었다. 한 사람의 경찰관이 국민들에게 큰 실망을 주면 그 여파는 전체 조직의 명예에 큰 상처가 됐다.

경찰에 대한 부정적인 인식은 하루아침에 바뀌지 않는다. 애써 좋은 면만을 부각시키려고 노력해도 국민들의 고정관념은 쉽게 바뀌지 않는다. 여기서 중요한 것은 홍보기능에서 굳이 '선행경찰'을 발굴하지 않아도 묵묵히 본분을 다하는 경찰의 모습에서 국민들은 감동한다는 사실이다.

최근에 믿음직스런 경찰의 모습이 잇따라 보도되고 있다. 지난 9일 경기도 광주에서는 비탈진 왕복 4차선 도로에 정차해 있던 한 여성(38)의 승용차가 갑자기 뒤로 밀리기 시작했다. 차량은 가속도가 붙었고, 차량 조수석에 타고 있던 8살 된 딸은 비명을 질러댔다. 차량이 30여 미터 이상 밀려 횡단보도 앞까지 다다랐을 때쯤 경찰관이 뛰어들어 온몸으로 차량을 막아 세웠다.

자칫 대형사고로 이어질 뻔한 아찔한 상황에서 온몸으로 사고를 막은 경찰관은 이렇게 말했다. "여성운전자가 빵을 사기 위해 정차하면서 사이드 브레이크를 느슨하게 채운 것이 화근이었어요. 큰 사고로 이어지지 않아 다행이지요." 이뿐만이 아니다.

지난해 8월에는 마약 수배자가 운전하는 차량에 매달려 25분을 버틴 뒤 범인을 검거한 일명 '다이하드 경찰관'의 동영상이 CNN을 통해 전 세계에 전파돼 한국 경찰의 이미지를 크게 높였다. 또 도주하는 차량의 문을 붙잡고 끌려간 끝에 무면허 음주 운전자를 붙잡은 '용감한 여경'도 있었다.

몸을 사리지 않는 경찰관의 이러한 '초인적인 현장 대응능력'은 어디서 나오는가. 투철한 직업의식에서 나온다. 경찰관직무집행법(제2조)에는 '직무의 범위'가 나온다. 범죄의 예방·진압 및 수사 등 구체적으로 명시해 놓은 법 조항만이 다가 아니다. 국민의 생명과 재산을 보호하기 위한 경찰활동이야말로 그 직무범위가 얼마나 넓은가. 그 '무한대의 직무범위' 때문에 경찰을 힘든 직업이라고 말한다.

초인적인 직업의식은 남다른 애국심과 애민愛民정신에서 나온다. 오늘도 본분과 사명을 다하기 위해 몸을 아끼지 않는 경찰관들이 가까운 곳에 존재하기에 국민들은 평안하고 행복한 삶을 누릴 수 있다. 성실하게 제 역할을 다하는 경찰관들은 큰 것을 바라지 않는다. 국민들이 따뜻한 성원과 격려를 보내면 한결같이 "당연한 일을 했는데요."라면서 겸손해 한다. (금강일보 2013년 4월 18일, 《경찰문학》 제13호)

따뜻한
경찰관과 비상금

　　'경찰관'이라고 하면 과거에는 박봉과 격무가 상징적인 이미지였다. 박봉의 경찰관을 얘기할 때 빼놓을 수 없었던 우스개가 '거지의 선행담'이다.

　어느 날 경찰관, 기자, 거지 3인이 음식점에 들어갔다. 음식을 맛있게 먹고 음식 값을 지불한 사람은 경찰관이 아니었다. 기자도 아니었다. 경찰관과 기자가 머뭇거리는 사이에 성미 급한 거지가 돈을 냈다는 이야기다.

　경찰관의 봉급이 오르지 않는 것은 "그들은 봉급을 올려 주지 않아도 다 살아가는 수가 있다."라고 말한 어느 유력 정치인의 발언 때문이라는 설도 한때 회자됐다. 앞서 예를 든 '거지의 유머'처럼 경찰은 늘 '남에게 얻어먹고 살아도 되는 존재'로 국민들이 잘못 인식하고 있었던 것이다. 학자들은 그래서 경찰 비리의 근본적인 요인으로 '박봉'을 지적하기도 했다.

지금도 만족할 만큼 달라졌다고 할 순 없지만, 그래도 과거보다 경찰관의 처우는 다소 향상된 것으로 국민들은 알고 있다. 경찰공무원이 되려는 응시생들이 날로 증가하는 것만 보더라도 이를 입증한다. 시대의 변화와 함께 경찰을 바라보는 국민적인 시각도 격세지감을 느끼면서, 문득 '경찰관 비상금 봉투'에 대한 과거 웃지 못할 복무규정이 떠올랐다.

아무리 박봉이지만 경찰관들은 수첩 속에 비상금 봉투(명함크기)를 넣어가지고 다녔다. 직무 수행 중 긴요하게 돈이 필요할 때가 있다는 것이 '경찰관 비상금 소지 규정'의 이유였다. 당시엔 노자가 떨어졌으니 도와달라고 파출소에 찾아오는 사람도 더러 있었다. 비상금 소지 여부는 경찰 직무검열을 통해 검사하기도 했다.

계급별로 액수가 다르긴 했지만 보통 5천 원 이상의 지폐 1장을 접어서 넣고, 상사의 도장으로 봉인 받아 소지했다. 비상금 봉투에는 구멍이 있어 비상금이 실제로 있는지를 감독자들은 확인했다. 어쩌다 비상금을 꺼내 써 버린 경찰관들은 검열 때 부랴부랴 채워 놓느라 법석을 떨기도 했다.

이런 규정은 1990년까지 이어지다가 슬그머니 폐지됐다. 경찰관복무규정도 자율을 강조하면서 민주적으로 바뀐 것이다. 갑자기 '경찰관 비상금 봉투'가 생각난 것은 다름 아니다. '폭염 속 노점 할머니에 대한 경찰관의 선행' 기사가 크게 화제가 됐기 때문이다.

순찰 중이던 파출소 경찰관이 거리에서 과자를 파는 70대 할머니를 발견했다. 경찰관은 살인적인 폭염에 할머니가 길가에서 쓰러질까 걱정돼 "과자를 다 사 드릴 테니 어서 집에 들어가세요. 여기 나오시면 쓰러지세요."라고 설득했다. 할머니는 남은 과자 7봉지를 3,500원에 경찰관에게 팔았다. 이 장면을 우연히 보고 사진을 찍어 페이스북에 올린 이는 대학생이었다.

대학생 권 모 씨는 "할머니가 길에서 과자를 팔고 있는데 경찰 두 분이 오셔서 과자를 봉투에 다 담기에 나가시라고 치우는 줄 알았다."며 "그런데 과자를 전부 다 팔아 주면서 집에 가라고 하시더라. 멋있는 경찰분인 듯"이라는 설명도 달았다.

사진의 주인공은 서울 동대문경찰서 소속 최 모(36) 경장과 임 모(26) 순경. 이들은 "무더위 길거리에서 할머니가 들리지도 않은 목소리로 과자를 파는 모습이 너무 마음이 아팠다."며 "어차피 저희도 간식을 사 먹은 건데 이렇게 화제가 되니 부끄럽다."고 말했다.

한 누리꾼은 "경찰이 꿈인 학생으로서 좀 더 열심히 경찰이라는 꿈을 키워 봅니다. 더운데 수고 많으십니다."라는 댓글을 달았다. 더욱 가슴을 따뜻하게 하는 것은 경찰관의 아름다운 선행보다도 평소 직무 수행 중 대수롭지 않게 겪게 되는 사소한 일인데 뜻밖에 화제가 돼 부끄럽다고 말하는 경찰관의 겸손에 있었다.

자신의 선행을 굳이 알리지 않아도 하늘이 내려다보고 땅이 알고 있었던 것이다. 신용카드만 소지하고 다니는 편리한 시대지만, 경찰관들은 직무 상 비상금이 요긴할 때도 있으니, 수첩 속에 추억의 '비상금 봉투'를 부활시켜 보는 것도 좋을 듯싶다. 단, 엄격한 복무규정에 의한 것이 아니라 순수하면서도 자발적인 따뜻한 마음을 담았으면 좋겠다. (금강일보 2013년 8월 22일, 《수필예술》 2014년)

박수 받고
쑥스러워하는 경찰관

정년을 1년여 앞둔 대전의 모 경찰지구대 L팀장. 30여 년 넘게 경찰 생활을 하면서 일선 파출소에서 벌어지는 온갖 궂은일을 다 겪어 봤지만, 뜻하지 않은 여성 취객의 황당한 '용변소동'은 두고두고 잊을 수가 없다. 사연은 이렇다.

술에 취한 40대 여성이 지구대 사무실에 들어오더니, 이유 없이 욕설을 마구 내뱉으면서 "똥이 마렵다"고 소동을 피웠다. 용변을 볼 것 같으면 화장실로 가야 하거늘, 그는 돌연 바지를 내리고 사무실 바닥에 그대로 싸 버렸다고 한다. 누가 말릴 사이도 없었다. 얼마나 절박했으면 그러랴 싶어 한편으론 동정심도 일었지만, 그렇다고 철부지 어린애도 아닌 성인이 경찰관서에 들어와 용변을 보니, 근무자 모두 황당하고 어이가 없어 할 말을 잊었다.

취객이 파출소 바닥에 음식물을 토해 놓는 일은 흔한 일이지만, 대변을 사무실 바닥에 누어 버리는 사건은 처음 본다고 근무자 모두들

혀를 내둘렀다. 이를 지켜보던 동료 경찰관들은 서로 얼굴을 쳐다보면서 어찌할 바를 모르고 그저 난감해 하고 있었는데, L팀장이 먼저 팔을 걷고 나섰다.

역겨운 냄새가 문제가 아니었다. 손으로 배설물을 말끔히 치우고 나서 뒤처리까지 깔끔하게 마무리했다. 순식간에 벌어진 일이라 누구도 선뜻 나서지 못하는 난감한 상황에서 L팀장의 침착하면서도 순발력 있는 대응은 놀라움을 넘어 후배 경찰관들에게 잔잔한 감동을 안겨 줬다.

그러나 그는 아무 일도 없었다는 듯이 평상시와 똑같이 근무를 하고 퇴근하려는데, 동료 경찰들이 일제히 일어나 박수를 보내는 게 아닌가. 그러면서 후배 경찰들은 "선배님, 오늘 고생 많으셨어요. 선배님한테 많은 것을 배웠습니다. 선배님, 파이팅!"을 외쳤다.

그는 이때의 소감을 말하면서 "교대시간에 동료 경찰들이 일제히 박수로 격려해 주는데, 왠지 쑥스럽기만 하더군요."라면서 겸손해 했다. 그런데 정작 내가 놀란 것은 쑥스러워 하는 그의 겸손이 아니었다. '똥에 대한 그의 남다른 개념'이었다. 남들이 다 더러워하는 똥! 그러나 '경찰관은 인간의 똥을 무서워해선 안 된다'는 신념을 그는 분명히 갖고 있었다.

경찰관서에 찾아오는 사람들 가운데 한가해서 놀러 오는 사람은 없다. 무언가 다급해서 찾아오는 사람이 대부분이고, 건강한 상식을 가진 사람보다 비상식적인 사람도 많다. 일반 국민들은 선뜻 이해하지 못해도, 경찰관이라면 이런 돌발적이고도 비상식적인 황당한 상황을 법적인 조치 이전에 인간적으로 이해할 수 있어야 한다. 물론 그 여인의 공무집행방해 행위와 소란행위 등에 대한 그릇된 행동은 단호하고도 엄중한 법적인 처벌이 뒤따랐다.

그런데 여기서 그냥 지나치기 어려운 문제는 뒤처리에 대한 현장 경찰관의 기본적인 인식이다. 말하자면 죄는 미워도 인간은 미워하지 않는다는 기초적인 법집행 이론이 여기에도 적용된다고나 할까.

그가 말했다.

"팔을 걷어붙이고 똥을 치울 때, 더럽다는 생각에 앞서 내 자식들을 키울 때 아무렇지도 않게 똥 걸레를 빨던 기억을 떠올렸어요. 사실 똥이 더럽긴 하지만, 가만히 생각해 보면 이 세상사람 중에서 생리적으로 배설을 하지 않고 살아가는 사람이 어디 있나요?"

그렇다. 제복을 입은 경찰관이 똥을 다루는 개념은 남다르구나 싶었다. 뜻하지 않은 취객의 배설물을 치우면서 그는 '똥에 대한 개념'을 일반인과 동일하게 인식하지 않았다. 대소변을 분간 못하는 어린 자식을 키울 때, 혹은 치매를 앓는 연로하신 부모님의 대소변을 받아낼 때 '더럽다'고 내색하지 않는 것처럼, 그는 경찰관서 바닥에 싸 놓은 취객의 배설물을 주저하지 않고 치우는 것을 당연한 일로 인식하고 앞장서서 팔을 걷어붙였던 것이다.

경찰관의 손은 두 가지 형태를 지녔다. 격투 끝에 강력범의 손목에 수갑을 채울 때는 사나운 사자처럼 거칠고 우악스런 손이지만, 다급한 사정으로 도움이 필요한 사람에게는 가정의 부모형제처럼 부드럽고 따뜻한 손이 된다.

굳은일 마다하지 않고 매사 솔선수범의 자세로 후배 경찰로부터 존경과 박수를 받으면서 살아가는 L팀장에게 국민의 한 사람으로서 따뜻한 격려와 성원의 박수를 보낸다. (금강일보 2013년 10월 24일, 《경찰문학》 제15호)

교통사고 당하고도
감사했던 마음

좋을 일만 이어지길 기원하는 새해 벽두였다. 정확히 0시 30분. 제야의 종소리가 막 사라지고 나서 희망찬 한해를 맞이한 지 겨우 30분. 가슴이 쿵 내려앉는 문자메시지가 날아왔다. 'ㅇㅇ 손해보험 사고접수'. 어설피 잠결에 눈에 들어온 이 문자는 나를 허둥거리게 만들었다.

내 명의로 된 승용차, 그러나 '가족공용'으로 보험을 들었으니, 누군가 사고를 내면 내 핸드폰으로 먼저 연락이 오기 마련이다. 둘째 아들이었다. 자식은 아비가 걱정할까 봐 웬만하면 이런 연락을 하지 않는다. 더구나 한밤중이다. 현장에서 자신이 해결하거나 경미한 사고는 아비 모르게 숨기기도 한다.

그러나 보험회사에 연락하면 이렇게 들통이 나기 마련이다. 아무튼, 일은 벌어졌다. 아내와 통화하는 소릴 들으니, 상대가 택시기사라고 한다. 그렇다면 일은 더 복잡해진다. 다친 승객도 있을 테고,

기사에게 휴업보상도 해줘야 할 텐데……. 순간적으로 스쳐 지나가는 걱정거리가 한두 가지가 아니었다.

하지만 그건 둘째 문제이고, 당장 사고 지점이 어딘지 알아야 달려갈 게 아닌가. 교통사고를 당해 본 사람은 안다. 사고를 당하면 무엇부터 어찌해야 좋을지 몰라 차량을 도로 한가운데 세워 놓고 여기저기 전화부터 하기 마련이다.

아무리 가슴을 진정시키려고 해도 막상 사고를 당하면 누구에게 무슨 말부터 해야 할지 당황스러워 입도 잘 떨어지지 않는다. 서로 네 탓을 하며 삿대질하고 있는 상황은 아닌지, 혹여 음주운전을 한 것은 아닌지, 이런저런 걱정을 하면서 부랴부랴 옷가지를 주워 입는데, 아내가 말렸다.

사고는 이미 난 것이고, 당장 달려간다고 해결될 일인가, 일단 사고가 나면 현장 수습은 경찰과 보험회사가 해 줄 터이니, 차분하게 기다려 보자는 것이었다. 잠시 후, 아들한테 전화가 왔다. 택시가 차선을 무리하게 바꾸려다가 들이받았다고 했다. 그런데 고마운 것은 택시기사의 양심적인 태도였다.

자신의 실수를 100% 인정했다. 차량수리비도 성의껏 주었다. "자고 나서 몸이 안 좋으면 꼭 연락해 달라."면서 명함도 건네주었다. 새해 첫날 자식의 뜻하지 않은 사고소식을 접하면서 문득 떠오르는 사람이 있었다. 과거 나 역시 비슷한 사고를 당한 적이 있다.

이른 아침 출근하는데, 신호대기에 서 있는 내 차를 뒤따르던 차가 들이받았다. 20대의 앳된 운전자가 다가오더니, 머리를 조아리면서 이렇게 말했다. "정말 죄송합니다. 다치신 데는 없는지요. 사실은 제가 오늘 '첫 출근'이거든요. 출근을 하면 상사들한테 어떻게 인사를 해야 할지 골똘히 생각하다가 미처 브레이크를 못 밟았어요."

실수를 용서할 만한 '스토리'가 있는 청년의 공손함에 그만 화를 내려던 마음이 저절로 누그러졌다. "지금 괜찮으시더라도 혹여 나중에 몸이 안 좋으시면 제게 꼭 연락주세요."라면서 명함을 건네는 것도 잊지 않았다. 차가 들이받았을 때 뒷목에 약간 충격을 느끼긴 했으나 예의 바른 청년의 깍듯한 태도에 기분이 그다지 나쁘진 않았다.

그의 명함을 며칠 동안 수첩에 넣고 다녔으나 연락하진 않았다. 자신의 실수를 솔직히 인정하고 양해와 관용을 바라던 청년의 순수하고도 예의 바른 모습이 세월이 꽤 흘렀는데도 잊히지 않고 인상 깊게 각인돼 있다.

이튿날 아침, 다행히 아들도 괜찮았고, 차량도 긁힌 자국 외엔 크게 고장 난 것을 발견하지 못했다. 사고를 당한 아들이 말했다.

"새해 벽두부터 나름대로 깨달은 게 있어요. 무리한 끼어들기, 성질 급한 운전, 운전하면서 딴 생각 안 하기 등등 처음 운전을 시작했을 때의 기본과 원칙으로 돌아가야겠다는 다짐을 했어요. 제 차를 들이받은 택시기사도 운전경력이 짧아 사고를 낸 것은 아니잖아요."

새해 벽두부터 뜻하지 않은 교통사고를 당해 '운수가 나쁘네', '액땜이네' 하며 푸념하지 않고, 새로운 다짐을 하도록 만들어 준 기사에게 오히려 '감사해야 할 일'이라고 우리 가족은 한목소리로 말했다.

(금강일보 2014년 1월 9일)

경찰서장의
'직위해제'만이 능사인가

　　　　　일선 경찰관이 직무상 크게 물의를 일으키거나 국민
적 지탄을 받게 되면 가장 먼저 책임을 지는 직책이 경찰서장이다.
소속 직원의 잘못으로 문책 당하는 신분상 불이익은 '직위해제(또는 대
기발령)'이다.
　일반 행정기관장은 소속 직원이 큰 잘못을 저질러 감옥에 가는 일
이 발생해도 감독책임을 지고 '직위해제' 당하는 일은 극히 드물다.
국가 기관장 중에서 자리가 가장 불안정해 보이는 직책이 경찰서장
이다.

한 달 새 서장 3명 '대기발령'
　거친 직무현장에서 일하는 수많은 직원들과 전 · 의경 부대까지 통
솔하고 감독해야 하는 일선 경찰서장의 '지휘책임 범위'는 그 어떤 기
관장보다 넓고, 위험부담 또한 크다.

일선 경찰관이 직무상 또는 도덕적인 큰 잘못을 저질러도 지휘 책임을 물어 경찰서장이 '직위해제' 되고, 관내에서 큰 사건이 터져 초동조치나 수습이 잘못돼도 경찰서장에게 책임을 물어 '직위해제'시킨다.

불과 한 달 전(지난해 12월), 일선 경찰서장 3명이 직위해제 됐다. 대전에서 발생한 장애 여성 보복살해 사건에 대한 문책으로 대전 둔산경찰서장이 대기발령(13일) 됐고, 조사 중인 성폭행 피의자가 도주하는 사건이 발생한 일산경찰서장도 대기발령(22일) 됐다. 또한 상상할 수도 없는 충격적인 우체국 금고털이사건에 현직 경찰관이 가담한 사실이 드러나면서 감독 책임이 있는 여수경찰서장이 직위해제(27일) 됐다.

본인 과오라기보다 '주위환기'용 성격 짙어

'경찰서장의 직위해제'는 본인의 결정적인 과오라기보다 '여론 무마용' 또는 '주위 환기용' 문책인 경우가 많다. '직위해제' 조치는 문책 중에서 절차가 가장 간단한 제재방법이다. 직위해제는 '징계'와는 성격이 다르다. 징벌적 제재가 아니라 인사 상 불이익 처분이다.

국가 공무원법상 징계에는 견책·감봉·정직·해임·파면 등이 있다. 경징계든, 중징계든 재직 중에 '징계'를 받는다는 것은 공직자로서 명예에 큰 타격일 뿐만 아니라, 마치 전과처럼 인사기록에도 남는다.

그와는 달리 '직위해제' 처분을 받은 자는 직무에는 종사하지 못하나, 보통 3개월 후에 특별한 하자가 없으면 전보 발령이 내려지는 경우가 대부분이다. 신분 박탈 성격의 중징계가 아니고 '대기발령' 처분으로 끝내는 것은 진행 중인 특정 사안에 따른 긴급 문책조치이긴 하나, 일말의 동정심이 내재된 선처 성격의 인사 상 배려로도 볼 수 있다.

바람 잘날 없는 경찰조직에서 그 많은 부하 직원을 서장이 일일이 따라 다니면서 감독할 수도 없는 노릇이니, 일단 직위해제만으로도 악화된 여론을 가라앉히는 문책으로서 충분하다는 것이 관행처럼 이어져 왔다.

일반 기관단체장과는 달리 일선 경찰서장에게는 '지휘관'이란 호칭이 붙는다. '지휘관'이란 직책은 겉으로는 화려해 보여도 언제 어디서 무슨 일이 터져 책임을 지게 될지 모르니, 한시도 긴장을 늦출 수 없는 불안한 자리다. 밥을 먹을 때도 무전기를 틀어 놓아야 하는 직업, 화장실에 갈 때도 휴대폰을 소지해야 하는 직책이다.

경찰서장인 총경계급을 흔히 '경찰의 꽃'이라고 한다. 그만큼 치열한 경쟁을 거쳐 부착한 계급이란 뜻이다. 그러나 경찰서장 재직 중 불미스러운 일로 '직위해제'를 당하면 그 화려한 명예에 큰 상처가 되고, 개인의 인생사史에도 오점이 된다. 그러니, 재임 중 큰 탈 없이 순탄하게 그 직을 마치는 일이야말로 큰 축복이다.

사건처리가 잘못됐든, 직원 한 사람 사적인 잘못이 됐든 무한대의 지휘책임을 져야 하는 일선 경찰서장. 그들이 갖는 '직무상 위험부담'은 수많은 병사를 거느린 전방의 군 지휘관보다 오히려 더 큰 것인지 모른다.

일선 경찰관의 반듯한 의식 개혁 선행돼야

구성원 한 사람의 잘못으로 '연대책임'을 묻는다면 직속 지휘감독 라인에서부터 줄줄이 문책 당해야 하고, 최종적으로 가장 큰 책임을 져야 할 치안총수는 임기보장은커녕, 옷 벗는 일이 한 해에도 수없이 반복될지 모른다.

지난해에는 무소불위 검찰도 각종 불미스런 일로 명예가 땅에 떨어져 만신창이가 됐다. 경찰의 권한과 위상이 높아져야 한다는 목소리가 자연히 나오고 있으나, 국민들은 경찰에 대해서도 도덕적 신뢰 기준을 높이라고 주문하고 있다. 문제는 '직업윤리'의식이다.

국민들이 크게 걱정하는 일이 터지면 전국 경찰지휘관을 모아 놓고 워크숍을 통해 새로운 각오를 다지는 모습을 보여 주지만, 정작 중요한 것은 일선 경찰관 한 사람 한 사람의 수준 높은 도덕성과 반듯한 공직의식을 불어넣어 주는 '의식개혁'이 먼저다. 올해에는 단 한 명의 경찰서장도 소속직원의 잘못으로 '직위해제' 되는 일이 없기를 바란다.

(금강일보 2013년 1월 10일)

오만과의 전쟁
청렴성과 도덕성에는 '오만이 적敵'

문득 떠오르는 이솝우화 한 토막. 큰 떡갈나무가 어떠한 바람에도 머리 숙이려 하지 않았다. 그런데 그 밑동에 나 있는 갈대는 바람이 부는 대로 머리를 숙였다. 떡갈나무가 갈대에게 "너는 왜 나처럼 버티고 서 있질 못하니?"라고 말하자, 갈대는 "나에겐 당신과 같은 힘이 없습니다."라고 말했다.

그러자 떡갈나무는 자랑스럽게 말했다. "그러면 나는 너보다 힘이 센 것이 증명된 셈이로군!" 얼마 안 가서 거센 바람이 불어닥쳐 큰 떡갈나무를 쓰러뜨리고 말았다. 그러나 갈대는 여전히 그 자리에 서 있었다.

최근 검사들의 잇단 비리 등 꼬리를 물고 터지는 불미스러운 사태에 대해 책임을 지고 물러난 한상대 검찰총장이 퇴임식장에서 의미심장한 말을 했다.

"내부의 적敵과의 전쟁, 바로 우리의 오만과의 전쟁에서 졌다."

무소불위의 힘을 가진 국가 권력 작용의 총수가 '오만과의 전쟁에서 졌다'라고 말한 대목은 관직에 있는 모든 사람들이 곱씹어 볼 만한 '자성의 탄嘆'이다.

영국의 저명한 사회사상가인 J. 러스킨(1819~1900)은 "대체로 커다란 과오의 밑바탕에는 교만이 있다."라는 명언을 남겼다. 최고의 엘리트 조직으로 인정받아 온 검사들의 숨은 비리가 잇따라 터지는 것을 보면서 러스킨의 이 말이 마치 21세기 대한민국의 일부 오만한 검사들의 모습을 예견이라도 한 것처럼 '시대의 거울'로 느껴진다.

거만할 '오敖'자에는 남을 멸시하는 '자기 우월주의'가 깔려 있다. 경찰이 검찰 비리를 수사하려는데 특임검사가 가로채듯 달려들어 수사하면서 검찰을 '의사'에, 경찰을 '간호사'에 비유하여 간호협회까지 발끈하게 만들었다. 검찰이 경찰보다 낫다는 취지의 발언을 그런 식으로 표현한 것이다. '경찰, 너희들이 감히 검사를 수사해?'라는 오만이 깔려 있었다.

유튜브에는 '비리검사의 수사, 대한민국 경찰이 합니다'라는 제목의 글과 함께 영화 〈매트릭스3〉을 패러디한 동영상이 올라와 화제가 됐다. 동영상을 올린 일선 경찰관은 "비리검사가 있다면 그들을 수사하는 것은 누구여야 할까요?"라는 물음을 던진다. 동영상에서 주인공 네오 일행은 검사 비리 수사에 나선 경찰로, 이들을 뒤쫓는 스미스 요원들은 특임검사 임명으로 자체 수사를 벌이는 검찰로 각각 표현됐다.

여기서 그치지 않는다. 한국 영화 〈타짜〉를 패러디해 검찰의 수사권 가로채기 행태를 꼬집는 동영상도 화제였다. 이 동영상 자막에는 "그랜저, 벤츠, 샤넬. 이것들의 공통점은?"이라고 물은 뒤 "대한민국 검사님들이 연루된 불미스런 비리사건"이라고 답하고 있다. 여기서 "더욱 안타까운 건 제 식구 감싸기식 검찰의 수사 가로채기"라고 비판한다.

국민의 눈이 두렵고, 경찰의 반발이 부담스러웠던 특임검사의 수사는 결국 해당 비리검사를 구속기소하는 것으로 마무리됐다. 경찰도 "특임검사 팀이 전체적으로 경찰의 수사상황을 담았고 뇌물수수 액수도 늘어났다."며 "다만 경찰과 불일치하는 부분에 대해서는 경찰 의견과 함께 사건을 검찰에 송치해 재판을 통해서 진상규명을 하겠다."고 밝혔다.

이번 일련의 검사비리 사건을 통해 검·경은 더 이상 상명하복上命下服 관계가 아니라 협력 관계임을 국민들에게 인식시켜 주었다. 독점적 권한을 가진 조직은 썩는다. 엘리트 조직의 리더는 그래서 고뇌가 깊다. 상사의 면전에서는 머리 숙이는 듯해도 한 개인으로 돌아가면 견제와 통제 받지 않는 콧대 높은 권력자가 된다. 여기서 암암리 비리가 싹튼다. 특히 법을 다루는 이들이 빠지기 쉬운 함정이다.

문학에서 '오만'은 필요한 요소로 작용할 때가 있다. '그저 그렇고 그런' 문학은 진부하다. 오만한 문학작품은 재미와 더불어 독자의 느슨한 의식을 바늘처럼 일깨워 주는 힘도 발휘한다. 오만은 작가의 개성에서 나온다.

이처럼 문학에 있어서 오만과 치기는 무미건조한 삶에 양념이 될 수 있지만, 법을 집행하는 검·경에게 오만은 국민에게 화를 입히고, 시대의 죄를 짓기도 한다. 청렴성과 도덕성에는 '오만이 적敵'이다. 검찰이 땅에 떨어진 신뢰를 회복하려면 오만을 버리고 독점적으로 누려 왔던 권한을 구조적으로 내려놓는 데서부터 출발해야 한다.

힘자랑하다 쓰러지고 마는 '떡갈나무의 교만'은 검사 세계에서만이 성찰해야 할 교훈은 아니다. 최근 한 부장판사의 입에서 나온 "늙으면 죽어야 해(고령의 증인에게)"라는 몰지각한 언사는 오만의 극치를 보여 준 '힘없는 국민 하대下待의식'에 나온 말이다. 뿌리 깊은 공직자들의 권위의식도 이 시대 시급히 내려놔야 할 개혁 과제임을 일깨우고 있다. (금강일보 2012년 12월 13일)

묵묵히 소임 다하는 경찰을 보면 든든하다

오늘은 68주년 '경찰의 날'이다. 일선 경찰은 '경찰의 날'을 맞이하면 가족과 함께 또는 동료경찰관들과 함께 편안하게 하루를 쉬려고 기대에 부푼 갖가지 계획을 세우지만, 관내 치안상황이 허락해야 그런 여유를 즐길 수 있다. 경찰의 날에도 교통경찰은 새벽부터 거리로 나온다.

범인을 쫓느라 밤을 새운 수사경찰은 '경찰의 날 기념식'조차 참석하지 못하는 경우가 많다. 집회·시위가 있어 동원돼야 하는 경비부서와 정보 관련 근무자들은 '경찰의 날' 자축은커녕 오히려 심적 부담이 더 큰 날로 인식한다.

국가를 지탱하는 두 가지의 큰 축이 국방과 치안이다. 국민들은 국방을 지키는 국군이 있어 안심하고 생업에 종사할 수 있고, 동네 구석구석을 누비며 치안 활동하는 경찰이 있어 안심하고 일상생활을 유지해 나갈 수 있다. 그래서 국민들은 묵묵히 맡은 바 소임을 다하는 경찰에게 든든한 마음을 가진다. 때로는 일부 경찰의 잘못된 판단이나 직무상 실수로 크게 실망하는 일도 벌어지지만, 대다수 성실한 일선 경찰관들은 멸사봉공의 자세로 헌신적인 치안 활동에 전념한다.

경찰청은 1991년 독립외청으로 출범하면서 '경찰헌장'이라는 실천규범을 제정하여 운영해 오고 있다. 모든 사람의 인격을 존중하고 누구에게나 따뜻하게 봉사하는 '친절한 경찰', 정의의 이름으로 진실을 추구하며 어떠한 불의나 불법과도 타협하지 않는 '의로운 경찰', 국민의 신뢰를 바탕으로 오직 양심에 따라 법을 집행하는 '공정한 경찰', 건전한 상식 위에 전문지식을 갈고닦아 맡은 일을 성실하게 수행하는 '근면한 경찰', 화합과 단결 속에 항상 규율을 지키며 검소하게 생활하는 '깨끗한 경찰' 등이 '경찰헌장' 속에 담겨 있다. 주요 행사 때마다 의례적으로 낭독하는 데 그치지 않고, 가슴에 금과옥조처럼 품고 직무수행에 임한다면 국민적 신뢰는 두터워질 것이다.

국민들이 경찰을 든든하게 생각할 때는 언제인가. 최근 충남지방경찰청 광역수사대는 조폭이 낀 거대 대출사기 조직을 적발하여 일당을 검거했다. 중국에 있는 총책의 지시로 300여 명으로부터 총 10억 원 상당을 가로챈 국내 전화금융 사기단과 이들에게 대포통장을 공급한 유통조직 등 총 82명을 검거한 것이다. 국민들이 피땀 흘려 모은 돈을 가로챈 악질적인 민생범죄 조직을 적발했다는 점에서 경찰의 숨은 노력에 든든함과 고마움을 느낀다. 국민의 생명과 재산을 보호하기 위해 불철주야 고생하는 일선 경찰에게 '경찰의 날'을 맞아 감사하는 마음으로 따뜻한 격려와 성원을 보낸다. (금강일보 2013년 10월 21일)

직분 다하다가 안타깝게 순직하는 경찰관들

신고를 받고 출동했다가 복귀하던 경찰 순찰차가 트레일러와 충돌해 결혼을 앞둔 30대 경찰관이 순직하고 함께 타고 있던 경찰관은 크게 다쳤다. 지난 9일 충남 당진에서 발생한 경찰관의 안타까운 사고 소식이다.

순찰차와 충돌한 트레일러는 인근에 주차돼 있던 승용차를 추가로 들이받은 뒤 멈춰 섰다. 경찰 순찰차가 마치 휴지조각 구겨지듯 처참하게 사고를 당한 모습은 국민들의 가슴을 아프게 한다. 이번 사고로 숨진 임 모 순경(33세)은 충남 천안에서 직장 생활을 하는 여자 친구와 미래를 약속하고 올해 말 화촉을 밝힐 예정이었던 것으로 알려져 주위를 더욱 안타깝게 하고 있다.

임 순경의 영결식은 13일 당진경찰서에서 충남지방경찰청장장葬으로 엄수될 예정이다. 공무 수행 중인 경찰관의 순직은 한 가정의 비극에 그치는 것이 아니라 국가적인 손실이다. 경찰청에 따르면 최근 5년간 ('08-'12) 순직 경찰관은 67명, 공상 경찰관은 9,747명이었다. 발생 원인을 보면 순직은 질병 57.81%, 교통사고 28.13%, 안전사고 7.81%, 피습부상 3.13% 순이었고, 공상은 안전사고 41.27%, 피습부상 30.37%, 교통사고 26.32%, 질병 2.03% 순이었다. 통계수치에서 알 수 있듯이 경찰관이란 직업은 그 어느 직종에 비해 자신의 몸을 돌보기 어려운 특성을 가지고 있다. 신체적인 위험이 언제 닥칠지 모르는 긴장 속에서 살아가야 한다.

뜻하지 않은 사고로 목숨을 잃은 경찰관도 많지만 지금 이 시간에도 국민의 생명과 재산을 보호하는 임무를 수행하다가 몸을 다쳐 경찰병원에 누워 있는 경찰관들도 많다. 순직한 경찰관들의 사연은 한결같이 눈물겹다. 지난 4월 경기도 여주의 한 국도변에서 고라니가 쓰러져 있다는 신고를 받고 출동했다가 뒤에서 달려오던 차량에 치어 순직한 윤 모 경위는 어머니를 돌보기 위해 인천에서 여주로 옮겨 와 일할 정도로 효심이 남달리 지극했던 것으로 알려져 인터넷에서는 애도와 추모의 물결이 넘쳤다.

이런 안타까운 경찰관의 순직이 왜 잇따르는가. 주어진 직무의 특성상 사고 개연성이 높은 것은 사실이지만, 평소 치안 책임자들이 일선 경찰의 신변 안전에 대한 대책을 꼼꼼히 챙기지 못한 측면은 없는지 돌아봐야 한다. 24시간 긴장하면서 상황에 신속히 대처해야 한다는 압박감에 시달리는 일선 경찰관들은 언제나 사고 위험에 노출돼 있다. 치안 책임자들은 빈틈없는 임무 수행만 강조할 게 아니라 불의의 사고에 대비한 안전 문제에 대해서도 철저히 점검하고 지도해야 한다. (금강일보 2013년 8월 12일)

제

4

부

아버지 비망록

아버지 비망록

손자가 태어났다. 33년 전, 자식이 태어났을 때는 이 녀석을 어떻게 굶기지 않고 잘 먹여 키울 수 있을까, 어떻게 하면 셋방살이를 면하고 내 집을 장만하여 아버지로서 역할을 다할 수 있을까 하는 책임감이 가슴을 짓눌러 기쁨보다는 어깨가 무거웠으나 손자는 달랐다.

아들이 핸드폰으로 아들을 낳았다고 가장 먼저 이 애비에게 전해 주는 순간, 이 기쁜 소식을 맨 먼저 누구에게 전해야 하나 잠시 헤아려 보았다. 이럴 때 부모님이 살아 계셨더라면 얼마나 기뻐하실까, 하지만 이 세상에 안 계신 분들이다.

집안에 좋을 일이 있을 때마다 가장 먼저 떠오르는 게 부모님 얼굴이지만 그분들은 저 높은 곳에서 내려다보고만 계실 뿐, 아무런 말씀이 없다. 그렇다면 이런 나의 소식을 누구와 함께 나눌 것인가 헤아려 보니, 동기간밖에 없었다.

그렇다. 누님한테 맨 먼저 알려야지. 역시 누님은 예나 지금이나 어머니와 같다. 동생의 좋은 일에 어머니처럼 기뻐해 주셨다. "나도 요즘 건강이 안 좋아 힘이 들던 차에 동생의 기쁜 소식을 들으니 힘이 나는구먼, 그런데 말이야, 동생! 손자 자랑은 한턱내야 하는 거여!"

이미 손자를 여럿 본 칠순 누님의 찬사 속에는 (남들 앞에서는 가급적) '손자 자랑 자제'를 당부하는 '일침'도 들어 있었다. 한턱이 아니라 '벌금'을 내야 한다는 우스개도 있지 않은가. 어느 모임에서 할아버지들이 손자 자랑을 앞다퉈 지나치게 하니까 '한 번 자랑에 1만 원씩 벌금을 내야 한다'는 규정을 만들었단다.

그러자 손자 자랑을 하고 싶어 견딜 수 없었던 어느 할아버지가 10만원을 턱 내놓더니, "나는 마음 놓고 10번만 할 게!" 하더란다. '벌금'도 아깝지 않은 게 할아버지들의 손자자랑이라더니, 나는 며느리가 출산하던 날부터 그 심정을 조금은 이해할 수 있었다.

요즘은 '손자 자랑 풍속도風俗圖'도 놀랍게 발전했다. SNS를 통해 자신의 얼굴과 프로필 대신 손자 사진을 올리는 것이 이 시대 할아버지, 할머니들 사이에서 '유행병'처럼 번지고 있다. 노년의 외로움을 손자 보는 재미로 달랜다는 어르신이 있는가 하면, 손자 돌보다가 병을 얻었다는 딱한 어르신도 주변에서 심심찮게 본다.

그래도 천진난만한 손자재롱에 온갖 시름도 잊고 세월 가는 줄 모른다는 노인들이 더 많을 것을 보면, 자식이 낳은 아이(손자 손녀)는 가정에서 '천사'나 다름없는 존재다. 그렇다고 할아버지 됐으니 마냥 예뻐만 해 줄 일은 아니다. 할아버지가 어떤 존재인지 역할을 보여 주고 노인으로서 품격을 지키는 일이 더 큰 숙제로 다가온다.

이른바 '노년 3고苦'(고독, 질병, 가난)에서 벗어나 자식과 손자에게 '짐' 이 되지 않는 노후 생활이 됐으면 하고 간절히 소망한다. 더 욕심을 부린다면 때 묻지 않은 하얀 백지장과 같은 손자에게 무엇을 가르쳐 야 할 것인가 할아버지로서 벌써부터 성급하게 고민한다.

자식을 나았을 때는 어떻게 먹이고 입힐 것인가에 대한 책임감이 따랐다면, 며느리의 출산 소식에는 손자에게 무엇을 가르칠 것인가라는 명제가 엄중한 물음으로 다가온다. 노파심인가, 기우인가. 그 옛날 선친이 그랬듯이 아비보다 더 나은 세상을 살아갈 자식이고 손자이기 에 그런 걱정부터 성급하게 하는 것은 공연한 욕심일지도 모른다.

신세대 아들이 어련히 잘 알아서 제 자식을 가르치랴, 더욱이 아들 은 일선 교육 현장에서 학생들을 가르치는 교사이니, 과거 치안 일선 에서 밤이슬 맞고 다니던 나의 고단했던 경찰 직업과는 생활환경이 사뭇 다르지 않는가. 그러니, 손자 가르치는 일은 어쩌면 내 소관이 아닐 수도 있다. 하지만 가풍家風이랄까, 전통적으로 물려받은 집안 어르신의 가르침과 정신적인 토대를 할아비가 가르치지 않으면 누가 가르치랴.

일찍이 선친은 가난한 농부의 아들로 태어나 근검절약과 성실함으 로 자수성가自手成家하신 분이다. 선친이 돌아가신 뒤 벽장 속을 뒤져 보니, 낡은 비망록備忘錄이 발견됐다. 비망록 첫 장에 선친은 이런 글 귀를 적어 놓으셨다.

讀書起家之本 循理保家之本 勤儉治家之本 和順齊家之本
(책을 읽는 것은 집을 일으키는 근본이요. 이치에 따름은 집안을 잘 지키는 근본이

요. 부지런하고 검소함은 집안을 잘 다스리는 근본이요. 온화하고 온순함은 집안을 잘 바르게 하는 근본이라.)

명심보감明心寶鑑 입교편立教篇에 나오는 한 대목이다. 나는 30대에 이 글귀가 좋아 붓으로 써서 벽에 걸어 두고 살아왔다. 무엇 하나 제대로 실천에 이르지 못하여 스스로 부끄럽긴 하나, 가슴에 담아두고 실천하고자 노력은 해왔으니, '선친의 비망록'이 조금이나마 효력을 발휘하고 있는 셈이다.

우리 사회가 언제부턴가 '기본'이 무너졌다고 걱정하시는 어르신들도 일찍이 이런 글귀를 공부하셨거나 스스로 체험을 통해 터득하신 분들이다. 손자가 앞으로 정신적으로 또는 육체적으로 건강하게 살아가는 길도 이 글 속에 함축되어 있는 것 같아 할아버지는 이 글을 다시 붓으로 써서 작은 액자에 담아 아들내외에게 '출산 선물'로 주었다.

《문학시대》 2015년 겨울호)

작지만 소중한 가치는
가정에서 찾는다

한 해가 또 저물고 있다. 신문에 사설과 칼럼을 써 오면서 지난 한 해에도 나름대로 '세상 걱정'하는 소리를 많이도 한 것 같다. 국민의 한 사람으로서 마땅히 가져야 할 애국심도 글에 담고 싶었고, 건강한 사회를 바라는 사회인의 한 사람으로서 땅에 떨어진 도덕성 회복을 위한 작은 목소리도 담고 싶었다.

언론의 사명인 비판적 시각과 문제 제기, 그리고 여론 조성으로만 그치지 않고 공익과 국익을 위한 대책과 대안 제시도 하고 싶었다. 단박에 해결하기 어려운 무수히 많은 사회적 현안과 과제를 놓고 국가를 경영하는 공직자 못지않게 많은 시간 동안 깊은 고민도 해 보았다.

그러나 그게 다가 아니란 것을 한 해의 끝자락에서 깨닫는다. 국민의 한 사람으로서 나라 걱정도 중요하고, 크고 작은 사회적인 문제에 대한 고민도 필요한 일이지만, 개인적인 책임이 딸린 '가정 문제'보다 중요한 것도 없다는 생각이 든다. 사회를 이루는 가장 기초적인 단위가 가정이라고 한다면 한 가정의 아버지로서 의무와 책임을 다하고 살았는지, 진지하게 돌아봐야 한다.

지난달, 대한의사협회와 한국노바티스가 '5대代 가족 찾기' 캠페인을 벌여 전국의 22가족을 찾아 시상했다. 5대 가족은 1대로부터 직계로 5대까지 세대별 1명 이상 생존해 있는 가족을 말한다. 대략 1세기를 아우르는 세월이다.

의사협회가 이들의 생활 습관과 건강 상태를 설문조사한 결과, 1대 모두에게 암에 걸리지 않았다는 사실이 특징적이었다. '화 안 내기', '빨리 결혼하고 출산하기', '술 적게 마시기', '금연하기'. 5대가 함께 사는 가족의 공통점이었다.

여기서 주목할 만한 것은 1, 2대가 후손(3~5대)에게는 어떤 존재로 인식되고 있느냐 하는 문제다. '가족의 중심' 또는 '버팀목'으로 생각했고, '힘들 때 우리를 항상 맞아 주시는 분'이라는 긍정적인 생각을 갖고 있었다.

어른에 대한 남다른 공경심이 강한 가족들이다. 임신과 출산도 빠른 편이었다. 1, 2대는 물론 3대도 20대 초·중반에 결혼과 출산을 했다. 국내 초혼 연령은 평균 30.5세, 출산 연령은 평균 31.33세다.

사회에 귀감이 될 만한 이 같은 부러운 가족들의 모습을 보면서 한 가정의 아버지로서 나의 삶을 돌아보게 된다. 내가 평소 꿈꿔 왔던 소박한 소망은 두 가지다. 자식이 더 나이 들기 전에 결혼하는 일. 그리고 선산을 찾아 부모님께 "아비로서 이제야 마땅한 도리를 했습니다."라고 인사드리는 일이었다.

마침내 그날을 맞았다. 아비로서 가장 먼저 하고 싶었던 일은 혼례식 하루 전날 아들을 데리고 온천탕에 가는 일이었다. 아비의 건강한 손으로 아들의 몸을 씻겨 주는 일은 유년시절이나 지금이나 즐겁고 기쁜 일이다. 아비가 자식에게 해 줄 수 있는 이보다 신성한 일도 없다는 생각이 든다.

나는 자식의 몸을 씻어 줄 때마다 감사와 희열을 느낀다. 군 입대를 앞두고서도 두 아들의 몸을 직접 닦아 주면서 무사와 건강을 기원했다. 이제 한 가정을 이뤄 새로운 인생을 시작하는 아들을 위해 아비가 등을 밀어 주면서 건강과 행복을 빌어 주는 일은 지극히 사소하지만 기쁘고 행복한 일이다.

아들도 가만히 있지 않았다. 아비의 등을 밀어 주면서 건강과 장수를 빌어 주는 자식이 새삼 고마웠다. '알몸의 부자父子'가 서로 등을 밀어 주는 순간만큼은 알 수 없는 야릇한 정이 도타워 짐을 느낀다. 잊고 살았던 사랑도 새록새록 되살아남을 느낀다.

이 세상에 가장 가까운 게 부자지간이라지만 서로 떨어져 바쁘게 살다 보면, 거리감이 생기고 소원해질 때도 있다. 오죽하면 옛 어르신들도 '자식은 결혼하면 손님'이라고 했겠는가. 그래서 꼭 찾아가야 하는 곳이 선산이다. 자식, 며느리와 함께 조상님 산소를 찾아 경건하게 인사드리면 무엇이 중요한 삶의 가치인지 의미를 되새길 수 있다.

새 며느리를 데리고 부모님 산소에 인사드리러 갈 때는 편지 한 통 써 가지고 가야 한다. 생시에 손자에게 베풀어 주셨던 각별한 사랑도 기억나는 대로 적고, 새로운 인생을 어떻게 살아갈 것인가, 부모의 소망과 자식 내외의 다짐도 담아 산소 앞에서 독축讀祝하듯 낭독하면 마치 살아 계신 분을 대하는 것처럼 가슴으로 느껴지는 것이 있다.

자식과 며느리에게 부모님 산소보다 더 좋은 '인생 교육장場'도 없다. 전통이 무시되고 가치관이 혼란스러운 세태에서 건강한 가정을 온전히 지키는 일보다 중요한 일은 없다. 오늘의 행복이 전적으로 나의 능력과 노력이라고 생각하지 않는다. '조상님의 음덕'이라는 말을 자식과 새 며느리에게 거듭 강조해 주고 싶었다. (금강일보 2012년 12월 27일)

부모님 산소 앞에서

새 며느리를 맞아 부모님과 조상님께 큰절 올립니다.
오늘은 참으로 기쁜 날입니다.
어머니께서 생시에 그토록 예뻐해 주시던 손자 준섭(옛 이름 종건)이가 결혼하여 새 색시와 함께 큰절로 인사 올립니다.
돌이켜 보면 어머니는 손자 준섭이를 유아 시절부터 금이야 옥이야 애지중지 업어 키우시면서, 누구보다 깊고 뜨거운 사랑을 주셨습니다. 준섭이는 어머니에게는 보물과 같이 귀한 존재였습니다. 이 세상 그 무엇과도 비교할 수 없는 귀하고 사랑스러운 손자였습니다.
생시에 간절히 기도해 주시고 염려해 주신 덕분으로 아무 탈 없이 훌륭하게 잘 자라 주었고, 육군 장교로 군 복무를 무사히 마치고, 학생들을 가르치는 교사 직업에 종사하고 있습니다.
새 며느리는 경주 김 씨 명문가의 훌륭한 자손으로서 얼굴도 예쁘고 귀여울 뿐 아니라, 지성과 덕성을 겸비한 부모님 슬하에서 현숙함과 지혜로움을 몸으로 익히면서 전통적인 가정교육을 착실히 받아 온 신세대 여성입니다.

이런 새 며느리를 맞아 부모님 앞에 큰절로 인사 올리게 되니, 가슴이 뿌듯해 오고, 굽어보고 계신 조상님들께도 마땅한 도리를 하는구나 싶어 가문의 일원으로서 큰 자부심이 생깁니다.

한 가정을 이뤄 인생의 새 출발을 하는 아들 준섭이와 새 며느리 가영이는 오늘 조상님 산소를 찾아 인사 올리면서 마음속으로 소박한 다짐을 하게 됩니다.

건강한 몸과 마음으로 화목한 가정을 이루고, 경제적으로도 풍요를 누릴 수 있도록 노력하면서, 더 나아가 국가와 사회에도 이롭게 이바지하는 인물로 살아갈 것을 다짐합니다.

이러한 저희들의 포부와 노력이 원만이 잘 이뤄지도록 부모님과 조상님들께서도 잘 살펴 주시기를 기원합니다. 아들 준섭, 그리고 새 며느리 가영에게는 할머니, 할아버지! 그리고 여기 선산에 잠드신 훌륭한 조상님들의 기대에 어긋남이 없도록 잘 살겠습니다.

오늘의 이런 행복과 기쁨이 저희들의 노력과 능력이 아니라고 생각합니다. 조상님 음덕이라고 생각합니다. '행복과 기쁨'의 오늘이 있기까지 촛불처럼 보살펴 주신 부모님과 조상님 음덕에 다시 한 번 깊은 감사드립니다.

2012년 12월 16일
- 아들 승원 · 유순 내외,
손자 준섭 · 새 손자며느리 김가영 삼가 올림

뒤늦은 후회

"할머니는 귀가 어두우셨습니다. 남의 말을 잘 알아 듣지 못해 동문서답하실 땐 조마조마했고, 상대가 큰 목소리로 같은 말을 되풀이할 땐 민망하기도 했습니다."

심야에 라디오에서 흘러나오는 한 청취자의 사연이었다. 노인을 모시는 집안에서는 흔히 겪는 일인데도 그냥 지나치기 어려운 것은 '남의 이야기'가 아니라 바로 '나의 이야기'였기 때문이다.

청취자의 사연에 진행자도 자신의 과거를 고백했다.

"저도 돌아가신 할머니 생각이 납니다. 저의 할머니는 진지를 드실 때, 자꾸 음식물을 흘리셔서 그릇을 입에 바짝 대고 드시라고 제가 책망하듯 말씀드린 적이 있습니다. 그럴 때마다 할머니께서는 '응, 알았어, 그렇게 할게.'라고 천진하게 말씀하시던 모습이 떠오릅니다. 노인이 되면 누구나 그런 장애를 겪는다는 것을 잘 알면서도 어르신께 핀잔했던 제 자신이 부끄럽네요. 살아 계실 때 좀 더 잘해 드릴 걸 후회가 돼요."

청취자의 사연이나 진행자의 고백이나 모두가 공감이 가는 내용이어서 가슴 뭉클한 여운이 좀처럼 가시지 않았다. 돌이켜 보면 그런 후회스러웠던 일들이 누군들 없으랴.

유년 시절, 연로하신 외삼촌이 멀리서 찾아오셨다. 그런데 어르신이 식사하실 때 입에서 이상한 소리가 났다. 치아가 없으셔서 잇몸으로 음식을 씹을 때 나는 소리였다.

노인의 입에서 나는 이상한 소리를 개구쟁이가 그냥 지나칠 리 없었다. 어머니 앞에서 흉내 내곤 했다.

당시 어머니의 심정이 어땠을까. 연로하신 친정 오빠가 모처럼 찾아오셨는데, 힘든 보릿고개 시절, 대접도 소홀한데다가 식사 땐 입에서 이상한 소리를 낸다고 어린 자식들이 흉까지 보았으니, 어머니 마음이 얼마나 불편하셨을까. 철부지 자식은 나이가 든 뒤에야 가슴이 아려 온다.

돌이켜 보면 죄송스러운 것은 그뿐이 아니었다. '기억장애'(나는 '치매'라는 표현을 잘 쓰지 않는다. 나를 낳아 주신 어머니에게 어리석을 '癡'와 '呆'자가 들어간 낱말을 죄송스러워 쓸 수가 없다)를 겪으시던 어머니께선 집을 나가시면 찾아오지 못하셨다. 큰형님의 말씀에 의하면 "어머니가 동생들이 보고 싶다면서 집을 자주 나가신다."고 했다. 그러나 자식들은 직장 일이 바쁘다는 이유로 어머니를 자주 찾아뵙지 못했다.

"어머니가 밖에 나가시면 온 식구들이 힘들게 찾아 나서야 한다."
는 큰형님의 안타까운 말씀을 듣고, 어머니의 저고리와 치마에 연락
처를 새긴 이름표를 달아 드렸다. 돌이켜 보면 이름표를 달아 드릴
일이 아니라 자주 찾아뵙고 정성을 다해 보살펴 드리는 일이 더 중요
한 일이었다.

얼마 전 EBS의 '인류원형탐험'에서 본 두마갓족의 삶의 모습이 뇌
리에서 떠나지 않는다. 병든 아버지를 찾아뵙기 위해 아들은 망망대
해에 쪽배를 띄운다. 쪽배엔 아버지가 좋아하는 호박·수박·가지·
쌀 등 선물을 실었다. 바닷길은 험난했다. 항해 도중 배가 뒤집혀 물
건이 떠내려가기도 한다. 그러나 호박만큼은 용케 건져 내어 천신만
고 끝에 아버지 곁에 도착한다.

병석의 아버지는 멀리서 찾아온 아들을 보고 반가워 미소 짓는다.
호박을 지극 정성으로 요리하여 아버지 입에 약처럼 떠 넣어 드리자
아버지가 놀랍게도 기력을 되찾는다. 아들의 눈물겨운 정성도 감동
이지만, 짧은 부자지정父子之情을 나누고 헤어질 때의 모습은 압권이
었다.

언제 다시 보게 될지 모르는 아들은 험난한 바다에 다시 배를 띄우
고 서서히 멀어져 간다. 아들이 사라질 때까지 그 자리에서 꼼짝하지
않고 손을 흔들어 주는 늙은 아버지의 모습은 무어라 형언하기 어려
운 감동이었다. 원시족도 부모를 봉양하는 효성만큼은 문명국의 자
식들보다 오히려 순수하고 극진해 보였다.

자식이 입에 떠 넣어 드린 호박성분이 병석의 아버지를 살린 것이
아니었다. 아버지의 기력을 회복하게 만든 것은 어떤 특효약이 아니

라 자식의 효심이었다. 아버지가 평소 좋아하셨던 것이 무엇인지 헤아려 소박하지만 진정어린 성의를 다하고 간 '두마갓족의 효자'야말로 당장 아버지가 돌아가신다고 해도 후회는 하지 않을 것 같았다.

(금강일보 2013년 8월 8일)

혼주婚主의
마음의 부채負債

주말과 휴일, 남의 혼사에 참석할 때마다 '잔칫집 술과 고기를 마음껏 먹을 수 있으니 즐거운 날' 또는 '귀한 자리에 초대해 주어 영광'이라고 생각한 적도 있지만, 그렇지 않은 적도 있다.

모처럼의 휴일에 나만의 귀중한 시간을 남을 위해 써야 하는구나 하는 생각을 가질 때도 있었다. 갑작스런 청첩을 문자메시지를 통해 받고 계획했던 여행을 포기한 적도 있다. 혼례식은 신성한 의식이다. 인간대사다. 예식장이 우선이란 생각에 개인적인 사정은 뒤로 미루는 것이 보통이었다.

이른바 '길일吉日'에 많게는 3~4곳 중첩될 때는 가족을 동원하고도 안 되면 부득이 축전과 함께 우편환을 이용할 때도 있었다. 그러면서 한 가지 원칙이랄까, 변함없이 지키려고 노력해 온 것이 있다.

아무리 번거롭고 힘들어도 남의 혼사에 참석할 때는 불만스런 내색을 하지 말자는 다짐이었다. 과거 공직에 있을 때, 직원들이 우편물을 가져다주면서 이렇게 말하곤 했다. "또 고지서 날아왔네요."

남의 청첩장을 건네주면서 농담으로 던지는 말이었지만, 왠지 듣기 거북해서 이렇게 대꾸하곤 했다.

"그런 말 쉽게 하지 마, 자식을 둔 부모는 그런 말 농담이라도 가급적 안 하는 게 좋아. 금방 자신에게 닥쳐올 문제거든! 청첩이란 '예禮'야. 보낼 분에게는 보내야 하는 격식이요 절차야. 꼭 보낼 분에게 안 보내는 것도 결례거든."

내가 이렇게 말하면 후배 직원은 '저이는 자식 혼사가 가까워 오는 모양이로군!' 생각했을 것이다. 맞다. 나만 그런가? 자네도 마찬가지야. 아무리 '작은 결혼식'을 조촐하게 치른다고 해도 자넨 청첩도 내지 않고 혼자 큰일을 치를 건가?

세월은 참 빠르다. 남의 일처럼 대수롭지 않게 여겼던 일이 바로 내 일이 돼 코앞에 닥쳤다. 인근 우체국에 가서 '요금별납' 우편물을 발송하고 나니, 까닭 모를 두려움이 거대한 파도처럼 밀려왔다.

경사스러운 일에 남들 다 보내는 청첩을 보내면서 나는 왜 이런 감정일까. 마치 남몰래 쓴 연애편지를 누군가에게 들켜 버린 것처럼 얼굴이 달아오르기도 하였다. 이 세상 모든 부모들이 이런 과정을 거쳐 자식들을 결혼시켰을까? 겉으론 표현하지 않았지만 아마도 그랬을지도 모른다는 생각이 들었다.

나도 평범한 그분들처럼 수첩과 비망록을 꺼내 두근거리는 마음으로 얼굴을 떠올려 보았다. 한 분 한 분과의 아련한 추억을 더듬고,

크고 작은 인연의 실타래를 새삼 풀어 보았다. 그분도 잊지 않고 나와의 각별했던 추억을 기억해 주실까? 내가 생각하는 것만치 그분도 나와의 인연을 소중히 간직하고 계실까? 소식도 없다가 갑작스럽게 자식 혼사에 청첩을 보내왔다고 혹여 씁쓸한 표정을 짓지는 않을까.

청첩장을 뜯어보면서 어떤 표정을 지을 것인지, 설렘보다는 두려운 마음으로 상상해 보았다. 내 청첩을 받고 "이 친구도 드디어 며느리 보는군. 제백사除百事하고 축하해 줘야지."라면서 달력에 동그라미를 치고 있을 다정했던 옛 친구의 얼굴이 떠올랐다.

"애경사가 있을 때는 꼭 연락하라."고 따뜻한 인정으로 당부했던 옛 직장 상사의 얼굴도 떠오르고, 남달리 따뜻한 사랑을 주셨던 문단의 어르신도 떠올랐다. 이 세상에서 가장 정중하면서도 아름다운 인사말은 무얼까, 감사하는 마음만 가득 담긴 한마디 인사말은 무엇일까, 우체국 창구 직원에게 청첩장을 넘겨주고 나서 나는 벌써 설레는 가슴으로 그분들을 맞이할 준비를 하고 있었다.

자식을 키워 짝을 맺어 주는 '생애 가장 성스럽고 가슴 벅찬 날'을 맞이하면서 이런 상상이 '나만의 착각'이 아니길 바랐다. '작은 결혼식'을 치르자는 사회적인 분위기를 감안하면 가족끼리만 모여 '비밀 결혼식' 치르듯 해야 한다.

당신 자녀 혼사에 나의 소중한 주말을 반납하고 힘들게 찾아다녔으니, 당신도 꼭 참석해 주길 바라는 것은 나만의 욕심이다. 이런저런 인연을 맺고 살았던 처지라서 청첩을 보냈으니 양해를 바라는 것도 염치없는 일이다. 그래서 혼주의 마음은 무겁다. 은혜를 입는다는 것은 '마음의 부채負債'다. 평생 갚아야 할 빚이다.

결혼 문화를 개선해야 한다고 말하면서도 막상 자신에게 닥치면 과감하게 실천하지 못하는 사람. 부채인 줄 알면서도 남들 하는 대로 따라가는 사람. 인간사 순리인가, 버릴 수 없는 풍습인가. 고민해 보지만 지혜로운 답이 나오지 않아 밤새워 고민한다.

　　절제와 겸양으로 전래의 미풍양속은 지키되, '나만의 착각'에 빠지지 않고 하객을 오로지 감사하는 마음으로 정중히 맞는 게 최소한의 양심이요, 도리라는 결론에 도달한다. (금강일보 2012년 11월 29일)

그분들의 정성과 사랑을 생각한다
명절이 다가오면

연암 박지원의 서간집 〈고추장 작은 단지를 보내니〉를 흥미롭게 읽었다. 그의 아들 박종채가 쓴 〈나의 아버지 박지원〉과 함께 이 책을 읽으면 연암의 인간적인 체취가 더욱 진하게 느껴진다.

〈연암선생 서간첩燕岩先生 書簡帖〉은 한글세대에게는 쉽게 접근할 수 있는 책은 아니다. 깊은 학문적 지식을 가진 번역자가 오늘날의 독자를 위해 자상하게 해설을 곁들어 놓지 않았다면 고전에 대한 어설픈 관심과 호기심만으로는 범접하기 어려운 책이다.

잘 알려진 대로 조선 후기 비판적인 지식인 연암은 실학자이자 사상가이며, 외교관이자 소설가였다. 그는 특히 산문의 대가다. 예리한 통찰력으로 근엄하면서도 풍자적이며, 때로는 통렬한 글을 썼다.

가슴 따뜻해지는 옛 선비의 편지글 한 대목

겉으로는 엄격한 선비의 풍모였지만, 자식들에게는 누구보다도 따뜻한 정을 보여 준 자상한 아버지였다. 그의 편지 중에서 가슴을 따뜻하게 하는 인상적인 대목은 공부하는 자식에게 '고추장 단지'를 보내면서 적은 글이다.

"고추장 작은 단지 하나 보내니 사랑방에 두고 밥 먹을 때마다 먹으면 좋을 게다. 내가 손수 담근 것인데 아직 푹 익지는 않았다."

연암은 52세 때 아내를 저세상으로 보내고 재혼하지 않고 혼자 살았는데, 이 때문인지 자식들을 각별히 챙기는 모습이 편지에서도 애틋하게 나타난다. 멀리 떨어진 자식을 생각하면서 보내는 물건 중에는 '작은 고추장 단지'와 함께 '포脯 세 첩'과 '곶감 두 첩' 그리고 '장볶이 한 상자'도 있었다.

바쁜 공직 생활을 할 때, 대강 읽고 책장에 꽂아 두었던 이 책을 요즘 들어 마음의 여유를 갖고 차근히 다시 읽어 보니, 자식을 둔 아비로서 가슴에 와 닿는 게 있다.

비록 2백여 년 전 선비의 편지지만 오늘 날 자식을 키우는 부모에게도 큰 울림으로 다가오는데, 마침 아내가 아들에게 보낼 물건을 작은 단지에 넣어 보자기로 정성들여 싸고 있다. 다름 아닌 사골곰탕이었다. 마치 보약을 다리는 심정으로 사골과 도가니를 사다가 장시간에 걸쳐 곰국을 끓이는 그 정성이 보통이 아니었다.

사골곰탕을 보약 다리듯…

집안에서 해 먹는 음식 중에 가장 힘들고 시간이 오래 걸리는 음식이 사골곰탕이 아닌가 한다. 아내의 사골 끓이는 방법은 좀 유난스런 데가 있다. 쇠뼈를 사오면 우선 손질하는 데 오랜 시간이 걸린다. 고깃집에서 일단 손질을 해온 것이지만 다시 기름을 세밀히 제거하고 나서야 물에 담가 핏물을 뺀다. 그런 다음, 큰솥에 보통 4~5시간 푹 곤다.

처음에는 센 불에서 끓이다가 펄펄 끓기 시작하면 차차 불을 약하게 하면서 오래 끓여야 진국을 낼 수 있다. 끓이는 도중에도 떠오르는 기름을 말끔히 걷어 내는 일을 거듭한다. 정성은 물론 인내력이 필요한 음식 조리 방법이다.

그런데 알 수 없는 일이다. 영하의 추운 날씨에 그렇게도 힘든 과정과 긴 시간을 기다리면서 끓여내야 되는 '사골 고는 작업'을 아내는 왜 힘들다는 소리 한 번 내지 않고 즐거운 마음으로 하는 걸까. 2백년 전 연암이 자식을 위해 손수 고추장을 담갔던 심정이 이러했을까.

돌이켜 보면 실수도 많았다. 건망증이 심한 아내는 집안에서 곰탕을 끓이다가 깊은 잠이 들어 바싹 태운 적도 한두 번이 아니다. 쇠뼈 국물 태운 냄새만큼 역할까. 집안 구석구석 뼈다귀 태운 냄새가 스며들면 적어도 열흘 정도는 지나야 냄새가 가신다.

그런 실수를 한두 번 겪은 게 아니지만, 아내는 아랑곳하지 않고 또다시 쇠뼈를 사다가 곤다. 자식들이 그 정성을 알까? 도가니진국은 자식에게 먹이고, 사골 국물은 떡국을 끓이거나 시래기를 넣고 담백한 곰탕을 만든다.

그저 '주는 것이 사랑'이다

민족의 대 명절인 설이 다가왔다. 객지의 자식들이 저마다 고향의 부모님을 찾는다. 단 하루나 이틀, 얼굴만 반짝 보고 떠나는 자식들을 위해 부모님들은 온갖 정성을 다해 음식을 준비하고, 떠날 때는 또 한 보따리 싸 준다. 그저 '주는 것이 사랑'이다.

부모님이 건강하신 자식들만큼 행복하랴. 부모님이 병석에 계시거나 저세상으로 가신 자식들은 명절이 즐겁지만은 않다. 살아 계실 때 잘 보살펴 드리지 못하고 효를 다하지 못한 자식들은 설날 아침, 사골국물로 맛있게 끓인 떡국 한 그릇 앞에 놓고서도 죄송한 마음을 떨치기 어렵다.

선친께서도 명절이 되면 사골을 사 오셨다. 어머니가 가마솥에 정성들여 끓이실 때, 아버지는 앞마당에서 장작을 힘 있게 패시던 모습이 가슴 아리게 그리워진다. 그때는 몰랐다. 자식을 키워 보니, 돌아가신 부모님의 그 깊은 사랑과 정을 조금은 알 것만 같다. 명절은 그래서 소중하다. 은혜에 감사하는 날이니까. (금강일보 2013년 2월 7일)

고마운 독자

내 책의 진정한 독자는 '콜밴기사'였다

평범한 소시민으로서 책을 한 권 내기도 어렵지만 출간된 책을 많은 독자들이 읽을 수 있도록 알리는 일도 쉽지 않다. 책이 나오자마자 베스트셀러가 되는 인기 작가도 아니다. 흔히 '좋은 책은 독자가 먼저 알아본다'고 하지만, 이른바 '좋은 책'이라고 광고할 만한 책도 못 된다.

사정이 이러하니, 수년간 모아 놓은 원고를 책으로 펴내려고 마음먹었을 때의 부푼 소망과는 달리, 출간 후엔 공허감이 밀려온다. 이때 혼잣소리로 하는 말이 있다. '많은 독자가 필요 없어. 한두 사람이라도 내가 쓴 책을 알아주는 이가 있다면 그게 진정 내 책의 독자지!' 순전히 자기 위안이다. 바쁜 직장 생활하면서 몇 권의 산문집을 펴낼 때마다 반복해 왔던 소리였다.

그런데 지난해 펴낸 졸저 에세이집은 그런 부질없는 걱정이나 푸념을 하지 않아도 됐다. 출판사에서 저자에게 제공하는 증정본을 자식의 혼사에 하객들에게 답례품으로 증정할 요량이었다. 자전적 에세이집이므로, 그동안 안부 드리지 못하고 지내 온 분들에겐 단편적이나마 내 삶의 여정과 가족사史를 자연스럽게 소개하는 방법도 될 듯 싶었다.

그런데 걱정거리가 생겼다. 400쪽이 넘는 두툼한 책을 20~30권 단위로 묶어 놓으면 돌덩이처럼 무겁다. 이런 책을 식장까지 어떤 방법으로 운반하느냐가 고민이었다. 그러다가 결국 콜밴을 불렀다. 처음 이용해 보는 운반수단이었다.

하지만 요통으로 고생하고 있는 나로서는 거들어 주기조차 어려웠다. 콜밴기사가 말했다. "손대지 마세요. 양복에 먼지가 묻을 수도 있으니, 제게 다 맡기시고 혼주님은 지켜만 보세요."

이른 아침, 무거운 짐을 혼자서 힘겹게 차량에 옮겨 싣는 50대 기사를 보면서 적이 미안한 마음이 들었다. 식장까지 함께 차를 타고 가면서 그와 많은 이야기를 나눴다. 사업이 뜻대로 안 되어 생계를 걱정하다가 급기야 콜밴을 운전하게 됐는데, 처음 해 보는 일이라 서툰 점이 많고, 수입도 만족스럽지 못하다고 했다.

하지만 고객을 대하는 서비스 업종이므로 나름대로 최선을 다해 보려고 한다고 말했다. 식장에 도착해서도 책을 고층까지 운반해야 하는데도 혼주는 손도 대지 못하게 하고 혼자서 손수레에 가득 실어 비지땀을 흘리면서 옮겼다. 묵묵히 자신에게 주어진 일에 성심성의를 다하는 기사의 모습을 보면서 큰 감동을 받았다.

이윽고 짐을 모두 옮기고 나서 헤어지려고 하니, 사전에 약조한 운송료만으로는 왠지 미안한 마음이 들어 책을 한 권 증정했다. "그렇잖아도 책을 운반하면서 한 권 갖고 싶었는데, 저자가 직접 선물로 주시니 고맙다"고 했다. 그리고 나서 까마득히 잊고 지냈는데, 엊그제 뜻밖의 전화를 받았다.

"저를 기억하실는지요? 지난해 자제분 혼사 때, 책을 운송해 드린 콜밴 기사입니다. 선생님이 주신 책을 틈틈이 읽으면서 많은 것을 깨닫습니다. 나름대로 행복한 삶의 실마리를 선생님의 저서를 통해 발견하고 전화 한 번 꼭 드리고 싶었습니다. 독자의 한 사람으로서 고마운 마음을 이렇게 전화로밖에 전하지 못하는 것을 양해해 주십시오."

콜밴기사의 목소리에선 시종 겸손이 묻어났지만, 어딘지 모르게 신명이 나고 당당해졌다. 실직의 아픔도 거뜬히 이겨 냈고, 새로운 일에 도전하여 성실함을 인정받아 생계 걱정도 나름대로 해소해 나가고 있다고 했다. 힘든 생활전선에서 땀 흘려 일하는 그가 보잘것없는 내 책을 틈틈이 읽어 주었다는 것만으로도 그지없이 고마운 일인데, 책에서 인상 깊었던 대목까지 독후감 말해 주듯 전해 주니, 저자로서 이만한 행복이 어디 있는가.

설령 상대가 듣기 좋으라고 하는 말일지라도 기사의 과분한 전화 한 통이 모처럼 나를 들뜨게 했다. 그리고 보면 '저자의 행복'이란 꼭 많은 독자가 필요한 것만은 아닌 것 같다. 단 한 사람의 독자라도 아픔과 사랑을 공유하면서 허물없이 정을 나눌 수 있다면 천만금의 돈보다 소중하다는 생각이 들었다. 콜밴기사에게 말했다. "저의 글보다 땀내 나는 기사님의 진솔한 삶이 더 값지고 위대합니다." (금강일보 2013년 11월 11일)

절제의 미학

글 중에 으뜸은 군더더기 없는 깔끔한 문장에 있다. 뺄 것 빼지 않고, 다듬어야 할 것 다듬지 않고서는 간결한 문체가 되지 않는다. 절제란 운문에서만 요구하는 것은 아니다. 산문도 그렇다.

문단文壇에서 명문名文으로 존경받는 문인 중에는 주어나 접속사마저 불필요하다고 생략하는 분도 있다. 의미 전달에 있어 주어나 접속사가 오히려 문장을 진부하게 하고 유치하게 만드는 경우도 있다고 지적한다.

제거해 버려도 의미 전달에 아무 문제가 없는 수식어 역시 신문 기사에서는 군더더기로 보는 것이 수준 높은 독자의 안목이다. 이러한 문장 훈련은 하루아침에 되지 않는다. 좋은 책을 많이 읽고 작문도 많이 해 봐야 그런 문장이 나온다.

글에는 품격이 있다. 글에서 품격이란 언어의 정제 여부에 달려 있다. 정교한 문장구사가 품격을 좌우한다. 적절한 표현과 격이 떨어지지 않는 문장 하나를 만들기 위해 글 쓰는 이들은 밤을 새우고 피를 말린다.

가끔 '말도 글쓰기와 같았으면······.' 할 때가 있다. 말을 잘한다고 하는 것은 달변과 번설煩說을 뜻하는 것이 아니다. 할 말과 하지 않아야 할 말을 잘 가려서 하는 사람이 '말 잘하는 사람'이다.

목소리도 좋고 유머기질도 탁월한 시사평론가 김 모 씨가 과거 어느 인기 라디오 방송에서 아침 뉴스브리핑을 할 때, 나는 '채널고정 애청자'였다. 그 어떤 방송사의 뉴스브리핑보다 세상 돌아가는 관심사에 대한 '요점정리'가 간결했고, 인기 성우 못지않은 부드러운 목소리 역시 듣기 좋아서였다.

나중에 그가 '막말 파문'을 일으켰을 때, 귀를 의심했다. "아, 사람은 저렇게 두 얼굴을 가지고 살아가는구나!" 싶어 새삼 놀랐다. 그의 막말 파문이 서서히 사그라질 무렵, 남달리 선한 인상을 풍기던 이 모 의원의 '그년' 파문이 불거져 또 한 번 세상이 시끄러웠다. 학벌 좋고, 가문 좋은 유력 정치인은 여성을 비하하는 '년'자 하나 때문에 훌륭한 인품으로 추앙받던 조상에게까지 면목 없는 후손이 됐다.

퇴계 선생은 제자들과의 강론講論에서도 지극히 말을 아꼈다고 한다. 제자가 질문을 하면 비록 대단찮은 것이라도 잠시 생각하는 여유를 가진 뒤에 대답했다고 한다. 찬성할 수 없는 점이 있더라도 단번에 틀렸다고 하지 않고 "이치로 보아 이러이러한 것이 아닌지 모르겠다."는 식으로 답했다고 한다(퇴계가훈집 '戒擇言'편).

요즘 '트위터의 즉흥성', '카카오톡의 무분별한 소통언어'가 공적이

든 사적이든 끊임없이 말썽을 일으키고 있다. 엊그제 한 지인으로부터 이런 얘길 들었다. 스마트폰을 가지고 있으면서도 왜 손쉽게 소통할 수 있는 '무료 메신저(카카오톡)'를 이용하지 않느냐고 물었더니, "카카오톡 때문에 집안에 난리가 난 적이 있다."는 것이었다.

얘기인즉슨, 집안 며느리가 '카카오 스토리'에 올린 특이한 사진과 민감한 집안 이야기 한마디 때문에 큰 불화가 일었고, 그 뒤로 온 가족들이 '카카오톡 중단'을 선언했다는 것이다. 요즘 '카카오 스토리'가 유행하다 보니, 별의별 부작용이 속출하고 있다.

첨단기기가 다 그렇듯 잘만 사용하면 유용한 도구지만 자칫 정제되지 않은 언어, 여과되지 않은 감정을 즉흥적으로 올렸다간 사이좋던 관계가 갑자기 '원수지간'이 되는 경우가 허다하다. 스마트폰뿐만 아니다. 남의 글에 '댓글쓰기'도 마찬가지다. 정제되지 않은 거친 언어와 인격과 품위를 상실한 댓글은 오해를 넘어 적대감으로까지 발전한다.

이와는 반대로 남의 글에 대해 정중하고 품격 있는 언어로 댓글을 달아 주는 일은 쓰는 이도 즐겁거니와, 보는 이도 흐뭇하고 유익하여 좋은 반응(선플)이 꼬리를 물고 이어진다. 회원 수는 그다지 많지 않지만 '대전수필문학회 카페'에는 한 편의 수필보다 정곡을 찌르는 촌철살인의 댓글 한 줄에 더 깊은 '글맛'을 느낄 때가 있다.

문학카페의 댓글은 단순한 감상문에 그치지 않는다. 작가가 미처 글에서 언급하지 못한 부분을 보완해 주는 역할도 한다. 그래서 댓글을 쓸 때는 누구나 신중을 기한다. 오죽하면 '댓글 한 줄 쓰기가 글을 한 편 짓는 것보다 더 어렵다'고 하겠는가. 품격과 교양을 지닌 댓글

한 줄을 통해 이 시대 건강한 삶을 추구하는 사람들은 '절제의 미학'을 배운다.

　요즘 '자기 알리기' 좋아하는 정치인이나 저명인사들이 트위터와 카카오톡에 열중한다. 평생 쌓아 온 인격을 한마디 언어로 무너뜨리지 않으려면 SNS를 너무 좋아하지 말고, 감정의 '절제 미학'부터 익혀야 할 일이다. (금강일보 2012년 8월 23일)

독서실에서 본
젊은이들의 열정

대전 서구 도마동에 위치한 80여 석 규모의 J독서실. 이 독서실의 휴게실 벽에는 맹자의 '진심장盡心章' 한 구절이 붙어 있다.

"하늘이 장차 큰 임무를 사람에게 내리려고 할 때에는 반드시 먼저 그 심지를 지치게 하고, 생활은 빈궁에 빠뜨려 하는 일마다 어지럽게 한다. 이는 그의 마음을 두들겨서 참을성을 길러 주어 능히 못하는 일이 없게 해 주려는 것이라."天將降大任於斯人也 必先勞其心志 苦其筋骨 餓其體膚 窮乏其身行 拂亂其所爲 是故動心忍性 增益其所不能

휴게실에는 또 이런 액자도 걸려 있다. '독서실 앞 작은 화단'이란 제목의 필자 글이다.

독서실 앞 작은 화단

"봄에는 라일락꽃 향기 골목길 행인 유혹하고 / 여름엔 능소화가 독서
실 벽 타고 오르며 그리움 삼키네.
가을엔 고운 단풍 잎 앙증맞은 손 내밀고 / 겨울엔 어린 소나무 기개가
영하의 추위도 녹이는 곳
도솔산 줄기 아래 J독서실 앞 작은 화단은 / 그들의 열정 보고 있다
사계절, 저마다 제 멋 자랑하고 / 아름다워야 하는 존재 이유 드러내
지만
'참을 忍字 이마에 새기고 / 뜨거운 용광로, 풀무질하는 그들.
온갖 유혹 떨치고 오로지 성취의 그날 위해 / 영혼 사르는 뜨거운 가슴
의 젊은이들. / '苦盡甘來' 네 글자 가슴에 끌어안고 묵묵히 정진하네.
(중략)
독서실 앞 작은 화단 풍경은 그래서 / 아는 사람만 아는 희망의 따스한
바람이다. / 자아실현 의식 바늘처럼 일깨우는 엄숙한 바람이다."

– '청촌일기'에서 –

 칸막이가 돼 있는 어느 학생의 책상 앞에는 '참을 인忍'자 3개가 붙
어 있다. 치열한 경쟁의 공무원 시험을 준비하는 청년들도 있고, 대
학입시 재수생도 있다. 한 재수생은 장래 희망이 '정치인'이라고 당당
하게 말했다. 꿈이 남달리 당돌해서 멋져 보인다.
 정치인의 꿈을 이룰 수 있는 대학의 학과를 가기 위해 다시 도전을
시작했다. 정치인에 대한 세간의 부정적인 평가엔 상관하지 않는다.

선망의 직업, 정치인이 꼭 돼야 하는 이유를 당당하게 밝히는 젊은이가 아름답고 멋져 보인다.

젊은이의 패기는 이래야 한다. 당돌함과 저돌적인 투지가 젊음의 특성 아닌가. 박사학위 논문을 준비하는 가정주부도 있다. 아내와 엄마, 며느리의 역할도 잠시 접고, 자아실현 목표를 향해 주말이 되면 이곳을 찾는다.

독서실에 오면 집중도가 높아지고 공부 능률도 향상된다고 한다. '학습장소 제공'시설로 관할 교육청에 등록된 '독서실'은 일반 '도서관'의 개념과는 다르다. 각종 시험에 도전하는 수험생의 학습 공간으로 이용된다.

독서실의 가장 중요한 요소는 '정숙'이다. 문을 열고 닫을 때도 소리 내지 않도록 주의를 환기하는 문구가 곳곳에 붙어 있다. 발걸음은 사뿐사뿐해야 하고, 전기 스위치에도 '소리 나지 않게 살짝!'이라는 문구가 붙어 있다. "절대 정숙! 여기서는 미세한 잡음도 다 신경 쓰여요. 복도에서도 속닥속닥하지 마세요."라는 문구가 붙어 있다.

이렇게 숨죽여 정숙한 분위기를 자아내는 독서실 공간은 어찌 보면 숨통이 막히는 곳인지도 모른다. 그렇다면 이들에게도 휴게공간이 필요하다. 커피 마시며 잠시 머리를 식힐 수 있는 기분전환 공간과 정서를 순화할 수 있는 책자도 필요하다.

문을 열고 나가면 계절의 변화를 알리는 몇 그루의 나무가 있다. 계절 따라 색깔이 달라지는 꽃들도 볼 수 있다. 흡연 공간도 마련돼 있다. 그러나 날씨가 추워지면 밖에 나가는 횟수가 줄어든다. 이때 필요한 공간이 실내 휴게실이다. '독서실 앞 작은 화단'이란 액자 글은 그래서 창밖의 풍경을 실내로 옮겨 놓은 셈이다.

나는 요즘 이곳 독서실로 '등교'하여 글을 쓰면서 젊은이들의 정기를 받고 있다. 저마다 찬란한 미래의 꿈을 안고 열정을 불태우는 젊은이들과 호흡하면서 '제2의 인생'을 살고 있다. 치열한 경쟁에서 한두 번 실패는 오히려 자극이 된다. 의기소침하지 않는다.

풋풋하면서도 패기 넘치는 그들의 장차 소망을 듣고 있노라면 생의 의욕이 용솟음친다. 꿈은 그래서 언제나 살아야 하는 이유가 되고, '존재감'의 요소가 된다. 오늘도 그들의 성취를 빈다. (금강일보 2013년 11월 28일)

제

5

부

마음의 풍요를
누리는 사람들

마음의 풍요를
누리는 사람들

깊어 가는 가을, 보문산 단풍을 즐기고 내려오다가 한밭도서관에 들렀다. 마침 본관 1층 전시실에서는 뜻깊은 사진 전시회가 열리고 있었다. 〈손안애서(愛書) 사진전〉. '손안愛書'이란 이름은 한국출판문화산업진흥원에서 국민의 독서활동을 장려하기 위해 개발한 독서 권장 브랜드로, '책을 언제나 손 안에 두고 사랑하며 읽자'는 의미를 담고 있다.

책과 독서를 소재로 한 30여 점의 사진작품 모두 인상적이었지만, 그중에서 나의 눈길을 유독 잡아 끈 것은 〈독서의 즐거움〉(권영환 作)이란 작품이었다. 노점상을 운영하며 각종 액세서리를 파는 아주머니가 잠시 한가한 틈을 이용해 책을 펼쳐 든 모습을 담은 사진이다.

사진이든, 그림이든, 글이든 자연스러운 것이 좋다. 억지로 꾸미고 연출한 것은 감동을 주기 어렵다. 노점상 아주머니가 활짝 웃는 얼굴로 책을 읽는 모습은 평범한 일상이면서 연출되지 않은 자연스러운 모습으로 비쳐져 눈길을 좀처럼 떼기 어려웠다. 읽고 있는 책은 어떤 책일까? 어떤 내용이기에 고단한 일상의 시름도 잊은 채, 저렇게 활짝 웃는 것일까?

사진 한 장이 많은 상상을 하게 만들었다. 이런 평범하면서도 자연스러운 모습을 순간적으로 포착한 작가의 눈도 대단하지만, 작품성을 인정하여 최우수작으로 뽑은 심사위원들의 눈도 역시 오랜 작품 경력을 통해 축적된 탁월한 선별 능력이 아닌가. 사진 속 주인공과 굳이 장시간 인터뷰하지 않아도 그 속에 숨어 있는 파란만장한 '삶의 스토리'가 줄줄 이어질 것만 같다. 오늘의 삶은 비록 힘들지만 책과 더불어 마음의 풍요를 누리는 사람이다.

내가 좋아하는 명 수필 가운데 김태길 박사의 〈멀리서 가까이서〉 끝 부분에 이런 대목이 나온다.

"평소 멀리서 바라보고 별로 대수롭지 않은 사람으로만 여겨 왔으나, 어떤 계기에 가까이서 자세히 보고 대단히 훌륭한 인물이라는 사실을 알고 놀라는 경우가 있다. 흔히 '진국'이라고 불리는 사람들이 이 부류에 속한다. 억새풀이나 바랭이 그늘에 숨어서 피는 작은 꽃들처럼 사람도 진국은 화려한 인물들의 그늘에 묻혀서 사는 경우가 많다. 그들은 대개 세상의 뒷구석에서 신문 기자들도 모르게 조용히 살고 있다. 아주 가까운 사람들만의 알뜰한 사랑을 받으면서 조용히 살고 있다."

이 얼마나 아름다운 사람인가. 얼마나 귀한 존재들인가. 내세우지 않아도, 애써 드러내지 않아도 남이 알아보고 보석 같이 여기는 귀한 존재들. TV 휴먼다큐멘터리 프로그램에 소개되는 특별한 인물들도 재미와 함께 나름대로 삶의 열정과 교훈을 주지만, 이 세상에 알려지지 않은 숨어 있는 아름다운 인생도 많다.

그들은 아직까지 방송과 신문에 크게 소개되진 않았지만 나름대로 보람 있는 인생의 텃밭을 알뜰히 가꾸면서 그윽한 인간의 향기를 지니고 살아간다.

'숨어 있는 진국'. 그들의 특성은 애써 찾으려고 하면 안 보인다. 우연히 지나치다가 또는 평소 대수롭지 않게 여기다가 어느 날 무슨 계기로 만나게 되면 따뜻한 인간적인 냄새를 풍기는 이가 있다.

대전 구도심의 작은 사무실에서 공인중개사 일을 보면서 수많은 책을 가까이하고 있는 Y수필가의 모습도 그중 한 사람이다. 내가 처음 선생의 사무실을 방문했을 때, 전혀 '부동산 중개 사무실'로 보이지 않았다. 수많은 책이 사무실에 꽂혀 있는 걸 보고 놀라움을 금치 못했다. 대한민국 어느 부동산 중개 사무실에 이처럼 많은 책이 비치돼 있을까.

선생의 직업도 바쁠 때는 바쁘지만 항상 손님이 북적이는 것은 아니다. 액세서리 파는 노점상 아주머니가 손님이 뜸할 때, 잠깐 책을 펼쳐 들듯이 Y선생도 손에서 늘 책이 떠나지 않는다. 선생이 책을 읽고 글을 쓰는 일은 돈벌이나 명예를 위한 수단이 아니다. 책을 가까이 해서 무슨 시험에 도전하거나 제2의 인생설계를 위한 목적이 있는 것 같지도 않다.

삶을 좀 더 풍요롭게 하고, 소박하지만 행복한 가정의 꽃밭을 가꾸기 위해서, 혼탁한 세상 마음의 정화를 위해서 책을 읽는 것은 아닐까. 그것이 건강한 삶의 원동력이 되고 생활의 활력소가 된다면 그 가치를 어찌 금전으로 계산하랴. 조용히 자신의 일에 최선을 다하면서 평범하게 산다는 것도 실은 얼마나 어려운 일인가.

선생의 책꽂이에서 낯익은 표지의 헌책 한 권을 뽑았다.《마음의 샘터》(1962년 개정판, 삼중당)다. 아! 감탄사가 절로 나왔다. 책이 귀했던 그 옛날, 시골집에서 애지중지 돌려 가면서 읽었던 바로 그 책이 아닌가. 옛 향수에 젖어 한동안 몰입하다 보니, 해가 저무는 줄도 몰랐다.

(금강일보 2012년 11월 1일)

노인과 스마트폰

"청춘은 봄이요 봄은 꿈나라 / 언제나 즐거운 노래를 부릅시다 / 진달래가 쌩긋 웃는 봄봄……."

여기서 그치는 줄 알았다. 그런데 아니었다. 음악소리는 또 이어진다. "가슴은 두근두근 청춘에 꿈 / 산들산들 봄바람이 춤을 추는 봄봄……." 노인은 발장단까지 맞췄다.

참다못한 시내버스 운전기사가 한마디 했다. "할아버지, 그만 하세요. 할아버지는 스마트폰이 신기하고, 음악소리가 즐거울지 몰라도, 승객들은 짜증난다고 해요." 갑자기 승객들의 시선이 쏠리자 무안해진 노인은 들고 있던 스마트폰 볼륨을 줄였다.

하지만 여전히 음악소리는 완전히 꺼지지 않고 운전기사의 귀를 괴롭혔다. 다시 한 번 운전기사가 뒤를 힐끗 보면서 짜증 섞인 목소리를 낸다. "할아버지, 귀에 꽂는 장치, 이어폰이란 거 있잖아요? 정들고 싶으시면 그걸 꼽고 들으세요.”

운전기사의 핀잔에 또 한 번 승객들의 시선이 확 쏠리자, 노인은 그제야 스위치를 끄고 가슴에 단추 달린 큼지막한 호주머니에 스마트폰을 집어넣었다. 도심에서 시내버스를 이용하다 보면 별의별 승객을 다 보게 된다.

휴일 아침 시내버스 안에서 만난 백발의 노인도 흔히 볼 수 있는 이 시대 노인이지만, 스마트폰 때문에 공연히 민망한 꼴을 당하는 것을 보았다. 예의범절이라면 소싯적부터 몸에 배도록 익힌 분일 텐데, 공중도덕을 몰라서 이렇게 젊은 운전기사한테 책망을 듣는 것은 아닐 것이다.

이 노래 제목이 〈청춘의 꿈〉이다. 구성진 목소리의 원로가수 김용만 씨가 '가요무대'에 나와 덩실덩실 춤을 추면서 부르는 노래 아닌가. 무슨 스마트폰이 아침부터 이런 동영상을 나오게 해 노인을 무안하게 만드는가. 스마트폰이 죄다. 꾸지람을 듣게 만든 것은 신나는 리듬의 '청춘의 꿈'이지, 노인의 죄가 아니다.

그렇다. '청춘의 봄'과 '회춘回春'은 동의어다. 스마트폰이라는 이 신기한 물건이 그걸 가능케 한다. 무기력한 노인의 호기심을 자극하고, 하릴없이 먼 산만 쳐다보며 세월 보내던 노인의 시선을 손바닥 안으로 확 잡아끌 만큼 온갖 요술을 부린다.

노래를 끄고 싶어도 좀처럼 중단하지 못하게 하는 마력이 트로트 가요 '청춘의 꿈' 리듬에 숨어 있었다. 계절이 엄동설한이면 무슨 상관인가. 이 '노인의 봄'은 계절의 변화와 자연의 이치로 오는 게 아니라 '스마트폰 동영상'으로 온다.

남을 배려해야 하는 시내버스 안이지만 이 '노인의 봄'을 승객들은 잠시 용서했으면 한다.

"기사 양반! 조금만 참읍시다. 저 노인이 신나는 노래를 다 들으시고 자진해서 스위치를 끄실 때까지 우리 잠시 귀를 너그럽게 열어 둡시다."

내가 진작 이렇게 말하지 못한 것을 후회했다.

노인이 살면 얼마나 더 사시겠는가. 신세대 손자가 사다 드린 스마트폰인지, 어른 공경 잘하는 착한 며느리가 사다 드린 스마트폰인지 알 순 없지만, 분명한 것은 어르신이 이걸 가지고 다니면서 젊은이들한테 핀잔이나 들으라고 사다 준 물건을 필시 아닐 것이다.

천장 손잡이를 붙잡고 노인 바로 옆에 있었던 나는 노인이 다급하게 스마트폰을 호주머니에 넣을 때, 그 쓸쓸하면서도 굳은 표정을 놓치지 않았다. 노인은 왜 운전기사의 짜증 섞인 핀잔에 아무런 대꾸도 하지 않았을까. 그 흔한 '미안하다'는 말씀도 어찌 하지 않았을까.

알고 보니, 귀가 어두운 노인이었다. '노인성난청老人性難聽'이란 장애는 그래서 이 세상 듣기 거북한 소린 아예 듣지 못하게 신이 내려준 선물인지 모른다.

이윽고 노인이 버스에서 내려 어디론가 걸어가는 뒷모습을 바라보면서 '청춘의 봄'은 육신을 통해 오는 게 아니라 영원히 늙지 않는 마음으로부터 잔잔히 피어오르는 불꽃이란 생각이 들었다. 어르신의 만수무강을 빈다. (금강일보 2014년 1월 23일)

교양 있는 노인
곱게 늙어 가는 노인

지난 1월 23일자 '노인과 스마트폰' 제하의 필자 칼럼을 읽고 몇 분이 의견을 주셨다. 대학교수를 지낸 분도 있고, 언론사에서 종사하셨던 분도 있다. 지금은 현역에서 물러나 건강하고 아름다운 노년을 보내고 계신 분들이다. 지방 일간지에 실린 칼럼 한 편도 예사로 지나치지 않고 적극적으로 의견을 주실 만치 세상을 보는 '열정'만큼은 '만년 현역'이란 생각이 든다.

그 어르신들 말씀의 요지는 이렇다. 나이 든 것이 '벼슬'은 아니라는 것, 젊은이들이 '노인 대접'을 안 해 준다고 서운해 할 것도 없다는 것, 노인은 사회적 약자이니 언제나 보호만 받아야 할 대상으로 여기고, 경로사상을 가장 중요한 덕목으로 앞세우면서 '노인 위주'로만 생각해서도 안 된다는 것이다.

즉, 신세대 젊은이들의 행동양식을 곱지 않게만 볼 게 아니라 그들 입장에서 이해하려고 노력해야 하고, 노인 스스로도 공중예절 등에 있어 모범을 보여야 한다는 것이다.

우리나라가 '고령사회'가 되면서 노인 범죄도 늘고 있다. 노인 빈곤률이 45% 수준으로 OECD 평균보다 3배나 높다 보니, 생활고에 따른 범죄는 10년 동안 6.3배나 증가했다고 한다. 노인 범죄 증가는 노인들이 버림받고 있다고 느끼며 갖는 '분노'가 중요한 원인이라는 분석도 있다.

노후의 빈곤과 소외감은 우리 사회가 안고 있는 깊은 고민이고, 복지국가를 지향하는 정부가 풀어 가야 할 주요 정책과제이긴 하지만, 노인 스스로도 자존自尊을 지키는 노력이 필요하다. 더 이상 '어르신 대접'만 원할 게 아니라, 노인 자신도 존경받을 수 있게 품위를 지켜야 한다는 데 공감한다.

시내버스 이야기를 또 해야겠다. 어느 연세 지긋한 어르신이 '경로석'에 앉지 않고 꼿꼿하게 서서 간다. 어린 학생이 벌떡 일어나 자리를 권하는데도 털썩 주저앉지 않았다. 이때 안내방송이 흘러나왔다. "어르신이나 노약자에게 자리를 양보해 달라."는 멘트다. '권유'가 아니라 '반 강제적'인 뉘앙스가 풍긴다. 급기야 노인은 승객 모두 들어보라는 듯이 큰 목소리로 말했다.

"기사 양반, 난 시내버스를 타면 가장 못마땅한 게 저 안내방송이라오. 어르신께 자리를 양보하라는 저 음성안내 때문에 불편해서 견딜 수가 없어요. 공중예절은 권유가 아니라 마음에서 우러나는 자발적인 것이 돼야 해요. 왜 불특정다수를 향해 공연히 가시방석 만들어 주듯 강요를 해요? 노인들도 불편해요. 난 저 음성안내 좀 제발 없애 주었으면 좋겠어요."

완고하면서도 한편으론 공감이 가는 노인의 진지한 말씀에 승객들
은 고개를 끄덕였다. 대체 '교양'이란 무엇인가. '염치'란 무엇인가.
어르신이 가져야 할 최소한의 품위와 에티켓은 무엇인가. 학생이 자
리를 양보하면 교양 있는 어르신이라면 '냉큼' 혹은 '털썩' 자리에 앉
지 않는다. 버스에 오르자마자 마치 '내 자리 내놓으라'는 식으로 학
생 옆에 가서 '끙끙'거리지도 않는다.

학생이 벌떡 일어나 자리를 양보하면 "고마워서 어쩌나, 학생도 피
곤할 텐데, 미안하구려!" 하면서 조심스레 자리에 앉거나, "난 조금
만 가면 돼요. 아직은 그냥 서서 갈만하오."라면서 애써 자리를 사양
하는 노인의 모습이야말로 '곱게 늙어 가는' 이 시대 교양 있는 노인
으로 보인다.

선진국 국민이란 경제적인 부를 누리는 것만을 의미하진 않는다.
하찮은 것일지라도 남에게 폐를 주지 않는 신사적인 태도를 갖는 것,
사소한 것일지라도 남에게 혜택을 받았으면 반드시 고마움을 표시할
줄 아는 양심과 품위가 반듯한 선비정신을 온전히 이어 온 대한민국
노인들의 몸에 밴 아름다움이 아닐까.

연세 드신 것이 이른바 '벼슬'이 아니라면, 노인도 공경받기에 앞서
겸손과 겸양지덕으로 몸을 낮추는 모습이야말로 곱게 늙어 가는 노
인의 상징이요, 존경받는 아름다운 노년의 풍모라는 생각이 든다.

(금강일보 2014년 2월 13일)

듣기 좋은 말만 하고 살아야 하는 이유
따뜻한 위로와 용기 주는 말이 필요한 시대

새끼손가락에 가시가 박혔다.
혼자 어찌 할 수 없어 아내를 불렀더니,
눈이 침침해 안 보인다고 했다.

그럴 테지, 갑년甲年이면 그럴 테지.
아들을 불렀다. 밝은 눈으로 가시 좀 빼 보라고 했더니,
얼른 달려와 손을 덥석 잡는다.

자식이 손가락을 잡고 요모조모 살피는 순간,
묘하게 기분이 좋았다.
바늘로 살을 헤집는데도 아프지 않았다.
가시를 아직 빼내지도 않았는데 기분이 좋은 건 왜일까?

'조금 더 오래 가시가 나오지 말았으면' 하고
은근히 바라는 야릇한 심사.

시원하게 가시를 빼낸 뒤, 아들의 얼굴을 바라보았다.
"아버지 왜요?"

아니다. 아무 것도. 속으로 말했다.
네가 그저 기특하고 고마워서…….

그 옛날 밭일 하시던 어머니 손가락의 가시는
내가 전담했는데,
어머니도 날 그런 눈으로 바라보셨겠지.

　　　　　　　　　　　　– 블로그 일기 〈손가락 가시 빼내던 날〉

　자식은 곁에 있으면 든든할 때가 많다. 집안에서 컴퓨터를 하다가
고장 나면 손쉽게 고쳐 주는 것도 아들이다. 자식이 곁에 없으면 나
는 하찮은 컴퓨터 고장수리도 서비스센터에 의뢰할 수밖에 없다. 이
렇게 필요할 땐 자식을 마치 조수助手나 비서처럼 불러 대다가도 못마
땅할 때는 나무라기 일쑤다.
　아버지로서 자식을 늘 염려하고 걱정하는 마음에서 비롯된 잔소리
지만, 아들의 입장에선 듣기 싫을 때도 있을 것이다. 그럴 때마다 아
내가 충고한다.
　"당신은 자식에게 미안하지도 않아요? 나는 자식이 딱하고 안쓰러

울 때가 더 많아요. 자식이 뭔가요. 이 세상에 태어난 게 부모의 책임 아닌가요? 자식들은 자신의 의지와는 무관하게 태어났잖아요. 아름다운 세상, 태어나게 해 주었으니 부모의 은혜에 감사라고요? 꼭 그렇게만 생각할 수 있나요. 고해苦海라고 하는 거친 인생의 바다에서 온갖 풍랑을 헤쳐 나가야 하는 게 자식의 고단한 행로인데, 부모가 무엇을 바라요. 따지고 보면 딱하고 안쓰러운 게 자식들이에요. 힘든 세상 살아가게 '낳아 준 원죄原罪'도 알아야지요."

아내의 '설교'를 들으면서 '아내의 말도 옳다'는 생각이 들었다.

"부모가 자식을 그렇게 고생스럽게 살아가도록 한 것이라면 평생 미안하게 생각해야지요. 부모는 그저 과도한 욕심 버리고 자식이 제 능력으로 살아가면서 돌부리에 넘어지지 않고 평탄하게 살기를 기도만 해도 부족해요."

평소 말이 없던 아내로부터 이런 '인생철학 강의'를 듣는 것도 처음이어서, 결론이 무엇인지 '마무리 말씀'까지 진지하게 경청하기로 했다.

"그러니 앞으로는 자식한테 다소 못마땅하고 서운한 게 있더라도 절대 잔소리하지 말고, 무엇을 더 잘해 줄 것인지 그것만 고민하시구려. 나는 애들한테 정말 잘해 주고 싶어요. 당신도 자식 염려하는 말씀만 하지 말고, 듣기 좋은 말씀만 하시구려."

아내의 진정어린 충고를 받아들여 요즘 나는 '듣기 좋은 말' 실천에 노력하고 있다.

그런 자식이 요즘 결혼 40여 일을 앞두고 방을 구하러 다닌다. 자식이 신혼방을 구하러 다니는 일은 '둥지 떠나기' 첫 단계다. 부모의 둥지를 떠나 그보다 더 좋은 둥지를 마련하면 좋은데, 가진 것이 넉넉지 않으니 썩 마음에 드는 둥지를 마련할 수가 없다. 여러 군데 방을 보러 나니느라 얼마나 힘이 들었는지, 저녁엔 지친 기색이 역력하다.

집에 오자마자 "오늘 본 것도 역시 마음에 드는 것은 너무 비싸고, 내 돈으로 구할 수 있는 것은 마음에 안 드네요." 했다. 자식은 이렇게 어려움을 온몸으로 느끼는 가운데, 새 둥지를 찾고 있다. 내가 과거 단칸 셋방을 전전하면서 힘든 인생을 시작한 것처럼, 자식도 똑같이 그런 여정을 시작하고 있는 것이다.

"처음부터 모든 것을 이루고 사는 사람은 행복하지 않아. 힘들게 방을 구하는 경험부터 해 봐야 진짜 인생의 참맛을 느끼는 거야. 어려움을 겪어 보지 않고 어찌 진정한 행복을 느끼나? 부모가 능력이 부족하여 남들처럼 풍족하게 못해 준다고 원망하지 마라. 아비도 그렇게 힘들게 살아오면서 부모님을 원망해 본 적 없어."

어찌 보면 이율배반이다. 말로는 자신이 겪은 고생을 자식에게는 대물림하지 않겠다고 다짐해 왔으면서 자식이 힘들게 방을 구하러 다니는 것을 보면서 '인생 공부' 운운하다니……. 이 말도 입 밖으론 꺼내지 않기로 했다.

신혼 설계에 오직 행복만이 충만해 있을 아들은 아직 고생을 몰라도 된다. 내가 겪은 고생을 결코 자식 앞에서 강조할 것이 못 된다. 그러니 아내의 충고대로 살자. 따뜻한 위로와 용기를 주는 '듣기 좋은 말'만 하면서……. (금강일보 2012년 10월 18일)

의사를
잘 만나야 한다

　　　　　환자는 경험이 많은 의사를 선호한다. 아무리 명문 대학을 나와 전문지식을 가지고 있다 해도 경험이 부족해 보이는 앳된 의사를 만나면 환자는 은근히 걱정부터 하게 된다. 내 병을 제대로 잡아낼 수 있을까, 혹여 섣부른 진단으로 환자를 힘들게 하고 병을 악화시키지나 않을까? 병원에 갈 때마다 이런 걱정을 하는 데는 이유가 있다.

　의사의 결정적인 오진도 의료사고를 부르지만, 의사의 '경솔한 판단'도 환자에게 큰 고통을 안겨 준다는 사실을 실제로 경험했기 때문이다. 의사의 섣부른 판단은 '불필요한 검사'를 하게 만들고, 불필요한 검사는 환자에게 불안을 넘어 공포감을 안겨 준다.

　과거 공직에 있을 때, 건강검진 결과 혈뇨가 나오니 정밀검진을 받아 보라는 소견이 나왔다. 대전의 모 종합병원에 갔다. 비뇨기과 젊은 의사가 전립선과 신장 초음파검사를 하더니, 방광내시경 검사도

해야 한다는 것이었다. 물론 병의 근원을 알기 위해선 다각도의 검사가 필요하다.

그러나 방광내시경 검사는 단순한 검사가 아니다. 환자에겐 큰 공포감을 주는 검사다. 여자 간호사들이 남자의 벗겨진 하체를 이리저리 다루는 일도 식은땀 나는 일인데, 요도에 내시경을 집어넣을 때의 통증이란 가히 살인적이다. 그런데 화가 나는 것은 간호사의 태도였다.

여자 간호사 2인이 환자의 벗겨진 양쪽 가랑이를 붙잡고 담당 의사를 기다리면서 잠시 대기하는 순간, 늘 그래 왔다는 듯이 일상적인 잡담을 지껄이면서 키득거리고 있었다. 환자가 가지는 공포감 따윈 아랑곳하지 않고 그들의 잡담은 그칠 줄 몰랐다.

드디어 내시경이 요도를 타고 들어가고 검사가 얼마쯤 진행되고 있을 때, 다급한 목소리가 들렸다. "빼, 빼! 어서 빼란 말이야. 방광이 아니고 신장 쪽에서 발견했어." 황급히 검사실 문을 열고 들어오면서 호들갑을 떠는 의사의 '다급한 외침'에 이미 검사를 진행하던 의사는 어쩔 줄 모르고 있었다.

요도와 방광을 사정없이 헤집고 다니던 내시경을 급히 빼자, 유혈이 낭자했다. 아뿔싸, 방광 이상이 아니라 신장결석이라니……. 혈뇨는 결석 때문이었는데, 의사는 방광내시경부터 서둘러 진행했던 것이다.

이 광경을 지켜보던 또 다른 의사가 혀를 찼다. "쯧쯔, 번번이 신중치 못해!" 환자로선 낭패스럽기 그지없는 그들끼리의 핀잔이었다. 이쯤 되면 환자로선 부아가 치밀지 않을 수 없다. 공연히 막심한 고통을 당한 것을 생각하면 참을 수 없는 분노가 치민다.

의사는 구차한 변명을 했다. "정확히 알아보기 위해선 다각도로 검사해 보는 겁니다." 그러면서 그는 "방광암이 아니고 신장결석이라 다행이네요."라고 했다. 누구에게 항의해 볼 수도 없는 억울하기 짝이 없는 환자의 입장이었다.

의사의 잘못된 판단으로 환자가 정말 죽을 수도 있겠구나, 그제야 깨달았다. 환자는 그래서 의사를 잘 만나야 한다는 말이 실감났다. 그 후 다시는 그 병원을 찾지 않았다. 지인의 소개로 다른 전문병원에 갔더니, 레이저 체외쇄석碎石장비로 결석을 깨 주었다.

하지만 결석은 단번에 나오지 않았다. 양파껍질 벗기듯 수차례에 걸쳐 깼으나 완전무결하게 제거되진 않았다. 혈뇨는 더 이상 나오지 않았다. 결석으로 인해 다른 문제도 발생하지 않았다. 의사가 말했다. "걱정하실 필요 없어요. 문제를 일으키지 않을 정도이니, 정기적인 검사만 받으면 돼요."

이 같은 사실을 가족들에게 말했더니, 아들은 '불필요한 검사'를 받느라 큰 고통을 당한 것에 대해 분개했고, 아내는 당장 수술해야 할 병이 아니라는데 안도하면서 이렇게 위로했다.

"무욕無慾의 스님들한테서는 사리舍利라는 게 나오잖아요. 큰 욕심 없이 살아온 것은 내가 인정해 줄 테니, 몸속에 사리 하나 지니고 산다고 생각하세요."

아내의 농담어린 위로에 슬며시 웃음이 나왔다. 무욕? 내가 얼마나 욕심 많은 사람인지, 정작 가장 가까운 사람도 인간의 깊은 내면

은 모른다니까……. (금강일보 2013년 12월 26일)

'행복의 기준'은
소박할수록 좋다

재기才氣 넘치는 말솜씨로 대중적인 인기를 모으고 있는 여성 음악인 Y씨가 얼마 전 방송 대담에서 흥미로운 말을 했다. 진행자가 '행복의 기준'은 어디에 두느냐고 질문한데 따른 답변이었다.

"저는 행복한 사람의 기준을 세 가지로 보고 있어요. 첫째, 값싸고 맛있는 음식점을 두 곳 이상 아는 사람. 둘째, 취미가 직업이 된 사람. 셋째, 귀신도 모르는 애인을 가진 사람!"

Y씨의 평범하면서도 상상을 뛰어넘는 재치 있는 대답에 진행자도 웃었고, 시청자인 나도 공감할 수 있는 대목이 있어 고개를 끄덕였다.
"그래 맞아, 보통 사람도 평소 그렇게 느끼고 살지. 그런 사소한 것도 나름대로 행복이라면 행복의 기준이 될 수 있지. 자기만의 은밀한 행복은 멀리서 거창한 것을 찾을 일이 아니야!" 혼자 중얼거리면서,

그렇다면 나는 과연 저 명사가 말하는 세 가지 행복의 기준을 모두 충족하고 사는지, 슬며시 자문해 보았다.

먼저, '값싸고 맛있는 음식점을 두 곳 이상 알고 있다'는 것은 사소한 일 같지만 Y씨의 부연 설명처럼 쉬운 일은 아니다. 거리에 나가면 많고 많은 게 음식점이고, 거의 매일 출입하는 곳이 음식점이어서 평소 대수롭지 않게 여겼을 뿐, 막상 그런 조건을 갖춘 '만족스러운 음식점'을 찾는다는 것은 쉽지 않은 일이다.

음식점 업주들이 이런 말을 들으면 서운할지 모르지만 엄밀히 따지면 '값싸고 맛있는 음식점'이 어디 있는가. 맛있는 음식이면 당연히 값도 비싸야 하는 것이 시장 원리인데, 값도 싸고 맛도 있다니, 그런 '밑지는 장사'가 어디 있나. 그러나 그런 음식점이 어딜 가나 존재한다. '박리다매薄利多賣'의 경영철학을 가진 서민적인 음식점이 얼마나 많은가.

손님들은 이런 음식점을 알게 되면 혼자 만족하지 않는다. 입소문을 내기 마련이다. 손꼽아 보니, 나도 그런 음식점을 몇 군데 알고 있다. 하지만 '값도 싸고 맛도 있다'는 판단기준은 전적으로 나의 주관적인 느낌이라서 귀한 손님을 대접할 때 안내하기가 조심스럽기만 하다.

그다음, '취미가 직업이 된 사람'이야말로 가장 자신 있게 행복을 말할 수 있는 사람이다. 적성에 맞지 않는 직업을 가졌다고 노상 불평하고 짜증내는 사람이 얼마나 많은가. 하지만 적성과 취미에 맞지 않는 직업을 선택했더라도 직업이 취미 이상으로 전문성을 갖춘 사람도 많다.

비록 직업이 취미와 연결되진 않았지만 자신이 선택한 일에 대해 보람과 긍지를 가지고 살아가는 사람들이 얼마나 많은가. 굳이 취미에 맞지 않는 직업일지라도 그들은 행복을 말할 수 있는 자격을 가진 사람이다.

세 번째 '행복의 기준'에선 고개를 갸웃하게 한다. '귀신도 모르는 애인을 가진 사람'도 행복한 사람이라니, 얼핏 농담으로 들려 피식 웃음이 나왔지만 그런 행복을 누리는 사람도 있겠구나 싶었다. 하지만 독신이 아닌 이상, 유부남 또는 유부녀가 배우자 모르게 애인을 두고 산다면 살아가면서 얼마나 많은 날 '마음 졸이는 상황'을 겪어야 할까.

'남녀 간의 우정이란 노년에 가서야 가능하다. 본능이 정지되어 있기 때문이다.'라는 옛말도 있잖은가. 숨겨 둔 애인과 친구 관계를 넘어 '혼외婚外자식'이라도 생긴다면? 더구나 그가 공직자 신분이라면 축첩蓄妾이라는 공직윤리 위반으로 불명예스러운 감찰을 받게 될지도 모를 일이다.

사람마다 '행복의 조건'은 취향이나 삶의 방식에 따라 다를 것이다. 공감이 가는 수많은 '행복의 기준' 가운데 은밀하고 위험부담이 큰 행복은 수신修身이 전제돼야 하는 일이어서 크게 부러워할 것은 못 된다.

현실적으로 절실한 나의 '행복의 가치 기준'은 소박한 것일수록 좋다는 결론에 도달한다. 가장 기본적인 것으로는 건강 문제, 경제적인 문제로 자식들에게 짐이 되거나 걱정을 끼치는 일이 없어야 행복을 말할 수 있다.

조금 더 욕심을 낸다면 아내와 자식·며느리가 공감하면서 빙그레 웃어 줄 만한 따뜻한 '삶의 이야기' 한 편 써서 읽어 주는 '소박한 행복'을

오래오래 누릴 수 있다면 더 바랄 게 없겠다. (금강일보 2013년 10월 10일)

산책길에도
예의와 품격이 있다

도솔산에 오른다. 매연과 소음의 도심에서 이만큼 운동하기 좋은 산책길이 있다는 것은 이 지역 주민들의 큰 행복이다. 사계절 가릴 것 없이 틈만 나면 오르는 산책길이지만 5월의 도솔산은 그 느낌이 사뭇 다르다. 연두색이 진초록으로 변하는 완만한 산등성이 곡선을 바라보면 경탄이 절로 나온다.

도솔산은 도심에 위치한 작은 산이지만 명색이 산으로서 갖출 것은 다 갖춘 산이다. 새소리, 바람 소리, 물소리까지 다 들을 수 있는 보배로운 산이다. 코스도 다양하다. 어느 방향을 택해도 2~3시간 적당히 운동을 즐길 수 있는 아기자기한 산책길이 나 있다.

시민의 한 사람으로서 이런 솔향기 그윽한 산책길을 무상無償으로 즐길 수 있다는 것은 감사한 일이다. 그러나 혜택을 누리고 사는 만큼 몇 가지 미안한 마음도 가지고 있다.

첫째, 이곳에 잠든 '묘지의 영혼'들에게 미안한 마음이다. 이곳은 시민들의 휴식공원이기 이전에 산주山主에게는 문중 어르신들이 묻힌 '선산先山의 개념'이 먼저였을 것이다. 수많은 묘지 옆을 지날 때마다 산소가 훼손될 것을 염려하는 후손들의 걱정과 우려하는 마음을 읽는다.

행여 묘지가 등산객들의 거친 등산화로 해를 입지나 않을까 경계하는 마음에서 말뚝을 박고 밧줄까지 쳐 놓은 곳도 있다. 바라건대 묘지 바로 옆으로 난 등산로는 폐쇄하고, 다른 길로 다녔으면 한다.

둘째, 등산객들의 요란한 라디오 소리이다. 산새소리, 바람 소리, 물소리를 즐기려고 산에 왔으면 청량한 자연의 소리를 들어야지, 어째서 라디오 볼륨을 높이고 다니는지 모를 일이다. 눈만 뜨면 듣게 되는 잡다한 뉴스를 잠시라도 잊고 '산의 소리'를 들으려고 찾은 이에겐 방해가 된다.

법정스님의 〈소음기행騷音紀行〉이란 글에 이런 대목이 나온다.

"모처럼 소음의 일상에서 벗어나 맑고 조용하게 날개를 펴고자 나그네가 되었는데 소음은 카스테레오라는 기계장치를 통해 줄곧 나를 추적해 오고 있는 것이다. 아, 이런 소음이 문명文明이라면 나는 미련 없이 정적靜寂의 미개未開에 서겠다."

또 누군가 애써 나무에 매달아 놓은 '글귀'도 조용히 내면의 소리를 들으며 '묵언黙言의 산책'을 하려는 이에겐 방해가 될 때가 있다. 산에 오르면 산이 지닌 향기를 맡고, 산이 들려주는 소리를 들어야 한다. 인위적인 '가르침형 문구'들이 오히려 '무상무념無想無念의 산책'을 방해하는 경우도 있다.

문제는 사후관리事後管理가 제대로 되지 않아 퇴색하거나 떨어져 나간 것이 대부분이다. 이제 몇 개 남은 것마저 볼품없이 사라지기 직전에 놓여 있어, 보는 이로 하여금 안타까움을 준다. 시민들이 개인적으로 설치한 이런 설치물은 비단 등산로에서만 볼 수 있는 것은 아니다. 복개覆蓋형 천변 산책로에도 삶의 지혜가 담긴 명언명구 등 갖가지 형태의 게시물이 설치돼 있다. 처음 설치한 분의 좋은 뜻과는 달리, 지속적인 관리에는 많은 어려움이 따르므로, 관계 당국에서는 좀 더 품격 있는 전시공간으로서 개선방안을 찾았으면 한다.

굳이 시민들의 정서에 도움이 되는 글과 그림 등을 공공장소에 설치하려면 관계 당국에서 게시물을 선별하여 견고한 아크릴 형태의 액자 등 미관상 품격이 느껴지는 전시물로 한 단계 발전시켜 잘 관리되도록 신경을 써 주었으면 한다.

피로에 지친 도시인들이 잡다한 세상사를 잠시 잊고 심신을 달래려고 둘레 산길을 찾고, 잘 가꾸어진 도심천변을 찾는다. 하지만 뜻하지 않게 눈살을 찌푸리게 하는 일도 종종 벌어진다. 요즘 산책길엔 견공犬公들이 부쩍 많이 쏟아져 나오고 있다. '반려동물'이 주인에겐 그지없이 사랑스럽고 귀여운 존재지만, 두려움과 공포감을 갖는 시민들도 많다는 것을 알아야 한다.

지난 휴일 대전 유등천변에서 있었던 일이다. 몸이 불편하여 지팡이를 짚고 산책 나온 어느 70대 노인이 난데없이 개가 달려드는 바람에 그 자리에 털썩 주저앉는 황당한 일이 벌어졌다. 개의 눈에는 절뚝거리는 노인이 '비정상'으로 보였던지, 마구 짖어대는 바람에 노인이 그만 기겁을 했던 것이다.

　건강을 위해 산책길에 나섰다가 이처럼 불쾌한 마음으로 돌아온다면 운동효과는커녕 스트레스가 쌓일 일이다. 산책길에도 예의와 품격이 있다. 품격은 '시민의식'에서 나온다. 어느 한 사람만을 위한 산책길이 아니라는 공동체 인식이 시민의식이다. 더불어 살아가는 세상, 남을 배려하고, 자연 그대로를 즐기려는 순수한 마음을 가졌으면 좋겠다. (금강일보 2013년 5월 30일)

어느 순박한
가정주부의 절실한 소망

　　심야에 라디오 방송에서 흘러나오는 한 여성 청취자
의 사연이 가슴을 따뜻하게 했다. 남편이 실직하여 2년여 동안 방황
도 많이 했다고 한다. 직장을 잃은 남편 자신의 고통은 말할 것도 없
고, 온 가족이 깊은 수렁에 빠진 것처럼 말 못할 마음고생을 해왔는
데, 드디어 남편이 가게를 차렸다고 한다. 평소 하고 싶었던 낚시용
품 가게를 개업한 것이다.

　남편의 적성과 취미에도 잘 맞는 업종을 찾았다면서 "이젠 우리 세
식구 먹고사는 데 지장이 없었으면 좋겠다."고 가정주부로서의 소박
한 소망을 이야기하고 있었다. 어찌 보면 지극히 평범한 소망일 수도
있다. 그보다 더 힘든 과정을 겪어 본 실직자 가정의 주부라면 이 여
성의 사연은 '행복 스토리'인지도 모른다.

　내 주변에도 그렇게 어렵게 살아가는 이웃이 많다. 그러나 그들은
결코 낙담하거나 비관만 하진 않는다. 잠시의 시련이 한 번쯤 거쳐

가야 할 숙명인 것처럼 받아들이면서 겉으로는 아무렇지도 않은 표정으로 살아간다. 남편의 갑작스러운 실직으로 가계소득이 일시에 끊겨 버린 가정주부의 참담함, 눈물로 아이들을 키우면서 겪어야만 했던 남모르는 고통을 어찌 다 필설로 표현하랴.

그저 '우리 세 식구 먹고사는 데 지장이 없었으면 좋겠다.'는 이 순박한 가정주부의 '겸손'이야말로 예사 내뱉는 진부한 소망이 아니다. 먹고사는 문제에 크게 고민할 것 없는 중산층이나 고소득층 부자들은 쉽게 이해하기 어려운 소망이다.

국민소득 2만 3천 불 시대에 TV방송 채널을 돌리면 온갖 이름난 '맛 집'을 찾아다니면서 너도 나도 '잘 먹고 잘 사는 세상'이라고 자랑하고 떠벌리는 이 시대에, 실직자 가정의 주부로서 '먹고사는 문제'가 얼마나 절박한 과제였으면 가슴에 맺힌 소망처럼 이야기할까.

가게를 낸 남편의 얼굴에서 모처럼 생기가 돌고, 아침에 일어나면 콧노래가 절로 나오는 모습을 보면서 이젠 정말 '먹고사는 데 걱정이 없길' 바라는 심정은 이 시대 모든 가정주부들의 한결같은 염원일 것이다. 그런데 여기서 그치지 않았다. 이 여성의 긍정적인 삶의 태도가 또 한 번 가슴을 잔잔하게 적셨다.

'남편을 위해' 신청한 노래는 '사랑을 위하여'(김종환 작사·작곡). 평소 남편에 대한 신뢰가 어떤 것인지, 이 노래 몇 소절만 들어 봐도 짐작할 수 있었다. 좌절하지 않고 꿋꿋이 살아가는 남편의 모습. 거기에 변함없는 아내의 성원과 사랑이 보태지는 노래였다.

"이른 아침에 잠에서 깨어 / 너를 바라볼 수 있다면 / 물안개 피는 강

가에 서서 / 작은 미소로 너를 부르리 / 하루를 살아도 행복 할 수 있
다면 / 나는 그 길을 택하고 싶다 / 세상이 우리를 힘들게 하여도 / 우
리들은 변하지 않아 / 너를 사랑하기에 저 하늘 끝에 / 마지막 남은 진
실 하나로 / 오래 두어도 진정 변하지 않는 / 사랑으로 남게 해 주오."

(하략)

노랫말이 묘한 힘을 발휘한다. 평소에는 대수롭지 않게 한 귀로 흘
렸던 가사가 한 청취자의 애틋한 사연으로 하여금 더 큰 울림으로 다
가온다. 절망의 늪에서 빠져나와 새로운 마음가짐으로 인생을 힘차
게 출발하는 남편에게 힘과 용기를 주는 노랫말이었다.

그 여성은 이 같은 '희망가歌'를 남편이 실직해 깊은 시름에 잠겼을
때도 속삭이듯 불러 주었을 것이다. 그러니, 힘과 용기를 얻어 의욕
적으로 가게를 낸 것이 아니겠는가. 실직한 남편을 향해 걸핏하면 인
격을 무시하는 언사로 모멸감을 주거나 심리적인 압박을 주지 않고,
늘 긍정적인 태도로 위로하면서 애정을 표시해 왔기에 재기再起할 수
있었던 것이다.

가정주부의 따뜻한 눈빛은 남편의 기氣를 살려 준다. 큰 용기와 힘
으로 작용한다. 가게를 낸다고 모두가 성공하는 것은 아니다. 많은
어려움이 따를 것이다. 어찌 그것을 모르랴. 알면서도 미리 걱정하
지 않을 뿐이다.

지혜로운 아내는 조바심치지 않는다. 어려울 때일수록 남편에게
용기를 북돋아 주는 지혜를 발휘한다. 인내로 남편을 지켜 주고 위로
해 주는 일이야말로 진정한 신뢰의 표현이라는 것을 현명한 아내는

이미 실직이라는 역경을 통해 몸으로 터득한 것이다.

출발은 누구에게나 희망이다. 부디 그들 가족이 '밥 먹고 사는 데 지장이 없도록' 가게가 잘 되길 기원하는 마음은 한 개인의 소박한 소망이 아니라 어느새 이 세상 모든 사람의 간절한 소망으로 번지고 있었다. 굳이 얼굴을 보지 않아도 안다. 신뢰와 사랑이 가득 담긴 아내의 그윽한 눈빛이 노랫말 속에 절절이 녹아 흐르고 있었다. (금강일보 2013년 3월 7일)

제
6
부

화제의 수필 選

어떤 선물

　　'○○도자기 연구원'은 시내를 한참 벗어난 대덕의 어느 작은 마을 어귀에 자리하고 있었다. 도자기공장이란 말만 듣고 찾아간 곳인데, '연구원'이란 간판이 좀 색다르게 느껴졌다. 상업성보다는 어떤 예술적인 면을 나타내기 위한 간판처럼 보였기 때문이다.

　　삐걱거리는 문을 열고 들어서자, 심부름하는 듯한 소년이 금방 고령토를 개다가 나온 손으로 의자를 권했으나, 뽀얀 먼지를 뒤집어쓴 의자에 앉을 수는 없었다.

　　"사장님은 어디 계시냐?"고 물었더니, "사장님은 안 계시고 공장장님이 계세요."라고 했다. '연구원이라고 했으면 원장님이어야지, 어째서 공장장님이라 할까?' 생각하고 있는데, 40대로 보이는 수염이 덥수룩한 공장장이 작업복 바지에 묻은 흙가루를 툭툭 털며 나왔다.

　　"도자기 구경 좀 하러 왔습니다." 내가 먼저 인사하자 공장장은 정중하게 허리를 굽혀 맞아 주었다. 처음 와 보는 곳이어서 다소 생소한 느낌이 들었지만, 그의 부드러운 첫인상이 예술을 하는 사람처럼 어렵게 느껴지지 않았다.

"선물용으로 하나 만들었으면 하구요."

그는 진열된 것들을 몇 점 보여 주며 좋은 것 하나 골라 보라고 했다. "그런데 이렇게 고급스럽게 만들어 놓은 게 아니고……."

"아, 네, 직접 하시게요. 글씬가요, 그림인가요?" 그는 첫인상과는 달리, 적어도 이 방면에서는 관록이 있는 전문가처럼 손님의 의중을 금방 알아보았다.

"글씨는 직접 넣고, 거기에 그림을……."

그는 더 이상 얘기하지 않아도 알았다는 듯이 각종 그림 문양을 자상하게 소개해 주는 것이었다. 그러나 정작 큰형수님 회갑 선물로 색다른 문양이 없을까 고르려니 얼른 눈에 띄는 게 없었다.

모란꽃에 나비는 너무 화사해 보이고, 뱃사공이 한가로이 낚시질하는 산수도山水圖는 어쩐지 청승맞아 보이고, 장수를 의미한다고 공장장이 권하는 노송老松에 학鶴그림은 화투장이 연상되어 얼른 제쳐 놓았다.

그밖에도 얼마든지 많았으나 시장에 수북이 쌓인 애들 양말 하나도 소심하여 선뜻 고르지 못하는 사람이 막상 작품이라 생각하고 고르자니 선택에 혼란이 왔다.

그래서 한동안 망설이고 있는데, 깨알 같은 글씨로 반야심경般若心經을 새겨 놓은 자기 하나가 얼른 눈에 들어왔다.

"형수님이 실은 불교신자거든요." 그래서 생각해 낸 게 연꽃이었고, 지난봄 어머니 49재齋 때 불정사 큰스님께서 들려준 연꽃에 대한 이야기가 떠올랐다.

"연꽃은 고대 인도의 민속에서 풍요와 행운, 그리고 건강과 장수를 의미하는 꽃으로, 영원불사의 상징이며, 부처님 탄생의 꽃으로 피어나 중생들은 진흙 속에 물들지 않는 군자의 꽃으로 여기게 되었지요."

내가 주문한 대로, 공장장은 화공畵工의 손으로 연꽃 문양을 각刻해 놓겠다고 약속했다. 그리고 일주일이 지난 토요일 오후, 나는 공장을 다시 찾았다. 설구이(초벌구이)가 끝났을 때 글씨를 넣으러 오라고 했기 때문이다.

언젠가 친구가 이사를 했을 때, 가훈을 써서 표구해 주었더니 제법 마음에 든다고 평을 해 주었던 그 부끄러운 솜씨로 글씨를 직접 넣어 볼까 하는 생각이었다.

이미 주문해 놓은 작품의 초벌구이는 나와 있었다. 문양도 그런 대로 근사했다. 화공인 아가씨는 내가 글씨 쓰기에 알맞게 도자기를 좌대에 올려놓고 붓과 안료를 가지런히 갖다 놓았다.

"아마추어라 워밍업이 좀 필요한데……."

내가 연습지를 요구하자, 그녀는 미처 챙기지 못했다는 듯이 부끄러워하며 또 다른 도자기 하나를 얼른 옆에 갖다 놓았다.

"이렇게 좋은 곳에 연습을 해요?" 초벌구이가 끝난 멀쩡한 자기 하나를 그냥 버릴 셈이냐고 묻자, 이미 버린 작품이라면서 괜찮다고 하였다.

두어 번 써 보았다. 그러나 종이 위에 쓰는 것과는 달리 붓이 잘 나가지 않았고, 쓰다가 버리면 어쩌나 하는 염려로 손끝이 약간 떨렸다.

'琴瑟百年' [금슬백년]

전면에 이렇게 쓰고, 밑 부분에 작은 글씨로 "祝, 형수님 甲日에 末弟 드림"이라 썼다. 어린 나이가 아니더라도, 부모님이 돌아가시고 막냇동생으로서 느끼는 큰형수님의 존재란 부모님과 같은 위치라 아니할 수 없다.

그래서 힘주어 쓴 '百年'이란 글자가 담고 있는 의미는 두 분이 오래오래 해로借老하시라는, 평소 나의 간절한 마음이 담겨 있는 것이라 할 수 있다. 변변찮은 솜씨로 붓 탓을 할 수는 없는 노릇이었지만, 내가 집에서 습자習字를 하는 싸구려 붓보다 상태가 좋지 않은 붓이어서 화공 아가씨한테 "붓이 참 많이 닳았군요." 했더니, 아가씨 대답이 그럴 듯했다.

"전문가들은 화선지에 써도 붓털이 닳는다고 하는데 거친 설구이 자기에다 쓰는 붓이 오죽 닳겠어요?"

"허긴 그렇군요."

글씨는 그래도 정성 들여 구워 달라고 부탁하면서 일어나는데 아가씨가 말했다.

"아마추어 솜씨 같지 않아요. 잘은 볼 줄 모르지만."

"별 말씀을……."

아가씨의 그 말은 찾아온 손님을 기분 좋게 해 주려는 의례적인 인사쯤으로 여기고 나는 그곳을 나왔다. 그 후, 또 한 주일이 지나고 막상 형수님의 회갑 날이 다가왔지만 용기가 나지 않았다. 내 글에 대한 두려움과 부끄러움 때문이었다.

그래서 집사람에게 약간의 수공료(그분들의 성의에 비하면 보잘것없는 아

주 작은 것이지만)를 주면서 고맙다는 내용의 편지와 함께 전하고 찾아
오도록 했다.

그랬더니 집사람이 그곳을 다녀와서는 매우 기분 좋아하는 것이었
다. 의외였다. 이 사람이 작품이 제대로 잘되어서 기분 좋아하는가
싶어 반갑게 물었더니, "도자기 값을 그렇게 받을 수는 없다고 사양
해서 반은 남겨 왔어요."

작품보다도 돈이 요렇게 조금 들 수 있느냐고 좋아하는 아내가 그
렇게 천진스러워 보일 수가 없었다.

"그래, 당신이 보니까 어때?"

"내가 볼 줄 아나요, 뭐. 형님께서 조금 보시다가 미워지면 부엌에
놓고 고추장 단지나 하시겠지요, 뭐."

"고추장 단지?"

난 더 이상 할 말이 없었다. 어쨌든 형수님 회갑연은 온 가족과 가
까운 이웃이 참석한 가운데 조촐하게 치러졌다. 우리 4형제뿐 아니
라, 모두 성장하여 결혼한 조카 5형제도 제각기 성의 있는 축하 선물
을 준비해 온 것 같았다.

그들에 비하면 내가 준비한 물건은 너무 보잘것없는 것이어서 그
자리에서 차마 펴 놓지 못하고 주방 구석에 가만히 놓고는, 무슨 말
인가 자꾸 하고 싶어 하는 아내의 입을 가까스로 막으면서 돌아왔다.
아내의 말대로 고추장 단지나 하셔도 좋다는 생각으로.

이튿날이었다. "넌 자랑 좀 하지, 그냥 갔냐? 이웃 아주머니들이
보고 안아 가고 싶다고 하고, 우리 학교 선생님들도 동생이 작품 하
는 사람이냐고 묻더라. 허허."

평소 좀처럼 기분을 내색치 않으시던 노 교장 선생님께서, 갑자기 성적이 올라간 꼴찌에게 주시는 찬사처럼 웃음이 담긴 전화를 주셨고, 난 아무 말씀도 드릴 수가 없었다. 그저 동생으로서 형님에 대한 어려움의 무게를 느낄 뿐. 《警察考試》1990년)

| 選者 評 **작가 김주영** |

때때로 글을 쓰는 일을 전문으로 하지 않는 분들의 글을 읽으면서 느끼는 것은 그 솔직함과 대담성, 그리고 그 소박함에 놀라게 된다는 사실이다. 그래서 이른바 명사들이 쓴 글 보다 가슴이 저려 오는 감동이 더 진한 글을 만나게 되는 데, 그때마다 부끄러움과 쑥스러움을 느끼곤 한다.

내게 주어진 글이 60여 편이었는데, 그중에서 최우수작으로 뽑은 〈어떤 선물〉은 한국인의 얼과 생활을 담고 있는 도자기만큼이나 은은하다. 문장 표현이나 전체의 구성과 하고자 하는 이야기가 잘 드러난 근래의 수작이다.

드러내 놓지 않으려는 필자의 겸허한 인격마저 엿보이고 있어 더욱 호감이 간다. 형수의 회갑에 막냇동생이 준비한 작은 선물의 이야기가 담고 있는 사랑의 무게가 고스란히 가슴에 전달되었다. 꾸며서 아름답게 만든 글은 어딘가 어색하고 꿰어 맞춘 느낌이 드는데, 진솔성을 담고 있는 글은 사람을 이끄는 힘이 있다.

최우수작 〈어떤 선물〉

윤승원(충남도경)

성실과 인내로 꿋꿋하게 살아가는 경찰가족의 진실 된 삶의 모습을 진솔하게 엮은 귀하의 작품은 읽는 이 모두에게 풍요로운 마음의 양식이 되었기에 이를 기리고자 이 상패를 드립니다.

1991년 1월 30일

警察考試社

| 작가노트 |

변변찮은 물건에 대한 송구스러움의 표현이라고나 할까, 이 글을 잡지사에 보내면서 형님께도 보내 드렸더니 형님께선 다음과 같은 답장을 주셨다.

昇遠에게

보낸 편지와 옥고 잘 받았다. 오랜 옛날부터 모셔 오는 부처님에게는 복장유물腹藏遺物이라고 하여 부처님을 만들 때, 그 속에 불사와 관계되는 귀중한 물건을 내장한다고 들었다. 이 큰 그릇 속에 무엇을 넣어 둘까 생각 중이었는데, 네 귀한 글을 받고 보니, 이 글과 之遠이가 선물한 묵주黙珠를 함께 넣어서 우리 내외 생시는 물론이고 가보로 물려 보관하고 그 뜻을 기렸으면 한다.

선물이란 값지고 진귀한 것보다 마음과 뜻이 담겨 있고, 받는 사람의 취향과 기호에 맞으면 최상이 아닌가 싶다. 보관에는 어려움이 좀 따르겠다. 가끔 이사도 하고 또 높이 올려놓고 보니 안전하기는 하나, 학鶴 무늬가 보이지 않고, 낮은 곳에 놓아 보니 손 자녀들 손에 닿기도 하여 좀 더 안전한 보관방법을 찾고 있는 중이다.

지금에 이르러 생각하니, 지난 60평생이 말 그대로 꿈처럼 흘렀고, 기쁘고 행복했던 시절보다는 어렵고 괴로웠던 때가 더 많았음은 사실이다. 또 잘한 일보다는 잘못하였던 일들이 많아서 부끄럽기 그지없다. 그러나 이제 와서 흘러간 옛날에 매달려 연연한들 무슨 소용이 있겠느냐? 과거를 거울삼아 여생을 알뜰히 보람 있게 지내도록 노력하고 무엇보다도 신앙심이랄까, 마음속 깊이, 오로지 조상님과, 부모님의 명복을 빌고 부처님의 영명靈明으로 가문에 영광과 행운이 더하도록 빌겠다. 이러한 우리 내외의 뜻을 펴고 사는 집안 분위기를 조상하는 데 한몫할 수 있는 선물을 주어서, 물적인 면보다 심적이 면까지 구비된 좋은 물건이니 가까이 두고 보겠다. 고맙다.

연말이 되어 한결 바쁘리라 생각된다. 여러 가지 조심하여 건강히 잘 지내고, 머지않아 해가 바뀌면 또 새해가 된다. 희망과 보람을 가지고 열심히 살도록 하여라. 다행다복多幸多福하길 기원한다.

1989년 12월 14일

舍兄 佶遠 보냄

허리띠

    선물이라고 하면 어떤 것이든 각별하지 않은 게 없지만, 그중에서 내겐 유독 정이 느껴지는 물건이 하나 있다. 다름 아닌 허리띠가 바로 그것이다. 어찌 보면 하찮은 물건이다. 그러나 그게 선물로 받은 것이니, 내겐 소중하게 느껴지는 물건이다.

  지금까지 나는 이걸 선물로 받았다고 누구에게도 말하지 않았다. 괜스레 웃음을 살 것 같다는 생각에서였다. 그러나 언제까지 비밀로 간직할 수는 없다. 그걸 선물로 준 분의 뜻을 고맙게 여기면서, 한편으론 누구에게 은근히 자랑하고 싶어 조바심이 난다.

  이런 고급스런 허리띠는 처음 매 보았다. 내가 여기서 굳이 혁대나 벨트라 하지 않고, 허리띠라 하는 것은 우리말의 순수한 점도 있지만, 그보다는 어릴 적부터 익숙하게 써 온 말이기 때문이다.

  이것을 내게 선물한 사람은 여경인 K여사다. K여사는 몇 해 전에 나와 같은 부서에 근무한 적이 있는데, 내가 다른 부서로 자리를 옮기게 되었다고 하니까, 서운하다면서 이걸 선물로 주었다. 같은 부서에 근무했던 동료 직원이라는 것밖에는 특별히 잘해 준 것도 없는데, K여사는 내게 남다른 관심을 보였다. 물론, 그러한 느낌은 내 쪽에서 일방적으로 느낀 친근감 같은 것이니, 아무도 오해(?)할 소지는 없다.

그러나 K여사와 남달리 스스럼없는 대화를 나누고 가깝게 지낼 수 있었던 가장 큰 이유는 둘 다 개구쟁이 아들을 둘씩 두었다는 점이다. 내가 어쩌다 집안 이야기를 하다가, "아이들 말썽이 이만저만이 아니야." 하면, 그도 "어쩌면 우리 애들하고 똑같은지 몰라요!" 하면서 맞장구를 쳐 주는 것이었다.

짓궂은 사내아이들을 둔 비슷한 처지의 부모가 겪는 동병상련이라고나 할까? 그런데 나는 그런 선물을 받기만 하고 그 뒤로 K여사에게 아무런 보답도 하지 못했다. 서로 각기 떨어져 다른 부서에 근무하는 탓도 있지만, 안부 전화조차도 못하고 살아온 나의 무성의가 더 크다. 물론 일과 중에 여경과 사담私談이나 나눌 만큼 한가한 직장 분위기도 아니지만.

결국 나는 허리띠를 맬 때나 가끔 K여사를 떠올리게 되는데, 그럴 때마다 나도 언젠가는 보답을 해야겠다는 마음뿐이다.

K여사는 많고 많은 선물 가운데 왜 하필이면 내게 이 같은 선물을 하였을까? 백화점에 갔다가 우연히 눈에 띄어 이걸 선물한 것일까? 아니면, 박봉에 헤프게 살지 말고 허리띠나 졸라매고 살라고 내게 이걸 선물하였을까?

그 뜻을 내가 어찌 헤아리랴! 어차피 이것은 이미 나를 구성하는 일부분이 되었고, 이젠 손때가 묻어 웬만큼 정도 들었다. 고장도 잘 나지 않고 질기기도 하다. 색깔도 까만 것이어서 아무 바지에 매도 무난하다. 그러니 이것을 나는 언제까지 매고 다닐지 모른다.

그동안 살아오면서 많은 허리띠를 매 보았지만 금방 고장이 나거나 퇴색하여 버린 것이 부지기수다. 어디 그뿐인가. 좀 더 거슬러 올라가 보면 이 같은 고급 혁대가 없었던 나의 어린 시절, 어머니의 치마끈을 바꿔 매도 좋을 '무명 끈'으로 바지춤을 질끈 동여매고 다니기도 하지 않았던가! 그건 '허리끈'이라 해야 어울린다.

'내핍생활의 상징'으로 그걸 졸라맨다고도 하고, 진수성찬을 앞에 놓고 그걸 끌러 놓고 먹어 보자고도 하는 물건! 어찌 보면 상체와 하체를 구분 짓는 선線이요, 사람의 중간 부분을 적당히 조여 긴장을 시켜 주기도 하는 매듭이다. 배가 나온 중년中年은 한 칸씩 늘어 감이 걱정이고, 연만하신 노인이면 한 칸씩 줄어듦이 서운하다.

온종일 흘러내리지 않도록 하는 기능도 중요하지만, 하루의 일과를 끝내고 귀가하여 그것을 풀어 내리는 홀가분함 또한 맛볼 수 있게 하는 장치인 것이다. 이만 하면 겉으로 드러나게 치장하고 다니는 그 어떤 호화스런 액세서리보다 귀한 선물이 아닌가 싶다. (1990년 12월 13일 KBS1라디오 〈시와 수필과 음악과〉)

| 윤승원 수필 〈허리띠〉를 읽고 |

감상평 / 박태진(수필가 · 고등학교 국어교사, 학생동아리 〈신춘문예〉반 창설 문
예지도)

▶ 들어가며, 수필이란 무엇일까?

요즘 새파란 30대 초반을 지나고 있는 필자는 '도대체 이 세상은 어
떤 세상인가? 이 세상에서 살아가고 있는 사람이란 누구이며 이 사람
을 창조하였을지 모를 신은 있는가? 신이 있다면 나란 존재는 누구인
가? 그리고 이런 나란 존재는 어떻게 살아야 하며 어떻게 죽어야 하
는가?' 등등 종교 철학적인 질문을 던지면서 〈수필창작 및 수필산책,
어떻게 잘 할 수 있을까〉 수필문학 탐구생활에서 긴장을 풀지 않고
있었습니다. 물론 누군가는 이미 10대 초반이나 20대 초반에 겪었을
이런 삶의 고민에 대해 어느 정도 해답을 찾고 태평한 생활에서 희희
낙락 홀가분한 생을 즐길지도 모르겠습니다.

이런 필자의 근황과는 다르게 어느새 불혹의 나이를 지나 지천명
의 연륜에 도달한 靑村 윤승원 수필가의 원숙한 글 〈허리띠〉를 탐독
한 필자는 '이번 수필산책을 하면서 진정한 수필은 무엇인가?' 질문을
하면서 〈나란 존재는 어떻게 살아야 하는가?〉 요즘 필자가 찾고자 하
는 삶의 정도를 바로 찾고자 했습니다. 이는 수필을 창작하는 입장에
바로 서려면 먼저 기성세대의 작품을 읽으면서 동시에 필자만의 수
필창작의 길과 어떤 일치점을 발견할 수 없을까 하는 생각도 해 보았
습니다. 따라서 일단 필자는 아래와 같이 윤승원 수필가의 수필 〈허
리띠〉를 필자 나름대로 단락별로 나눠 보고, 중요 어구에 밑줄을 그

으면서 감상한 작품 원문을 분석하면서 수필창작의 기법을 찾아볼까 합니다.

수필 〈허리띠〉 / 청촌 윤승원

가) 선물이라고 하면 어떠한 것이든 각별하지 않은 게 없지만, 그 중에서도 내겐 아주 긴요하게 느껴지는 선물이 하나 있다. 다름 아닌 허리띠가 바로 그것이다.

나) 어찌 보면 하찮은 물건이다. 그러나 그게 선물로 받은 것이니 내겐 소중하게 느껴지는 물건이다. 지금까지 나는 이걸 선물로 받았다고 누구에게도 말하지 않았다. 괜스레 웃음을 살 것 같다는 생각에서였다.

다) 그러나 언제까지 비밀로 간직할 수는 없다. 그걸 선물로 준 분의 뜻을 고맙게 여기면서, 한편으론 누구에게 은근히 자랑하고 싶어 조바심이 난다. 허리띠라고 하면 무슨 끈인가 여기기 쉬운데, 내가 선물 받은 것은 국산품 혁대로서 웬만큼 이름이 나 있는 메이커 제품이 아닌가 생각된다.

라) 이런 고급스런 허리띠는 처음 매 보았다. 내가 여기서 굳이 혁대나 벨트라 하지 않고, 허리띠라 하는 것은 우리말의 순수한 점도 있지만, 그보다는 어릴 적부터 익숙하게 써 온 말이기 때문이다.

마) 이것을 내게 선물한 사람은 여자 경찰인 K여사다. K여사는 몇 해 전에 나와 같은 부서에 근무한 적이 있는데, 내가 다른 부서로 자리를 옮기게 되었다고 하니까, 서운하다면서 이걸 선물로 주었다. 같은 부서에 근무했던 동료직원이라는 것밖에는 특별히 잘해 준 것도 없는데 K여사는 내게 남다른 관심을 보였다.

바) 물론, 그러한 느낌은 내 쪽에서 일방적으로 느낀 친근감 같은 것이니, 아무도 오해할 소지는 없다. 그러나 K여사와 남달리 스스럼없는 대화를 나누고 가깝게 지낼 수 있었던 가장 큰 이유는 둘 다 개구쟁이 아들을 둘씩 두었다는 점이다.

사) 어쩌다 내가 집안 이야기를 하다가, "아이들 말썽이 이만저만이 아니야!" 하면, 그도 "어쩌면 우리 애들하고 똑같은지 몰라요!" 하면서 맞장구를 쳐 주는 것이었다. 짓궂은 사내아이들을 둔 비슷한 처지의 부모가 겪는 동병상련同病相憐이라고나 할까? 그런데 나는 그러한 선물을 받기만 하고 그 뒤로 K여사에게 아무런 보답도 하지 못했다.

아) 서로 각기 떨어져 다른 부서에 근무하는 탓도 있지만, 안부 전화조차도 못하고 살아 온 나의 무성의가 더 크다. 물론 일과 중에 여경과 사담私談이나 나눌 만치 한가한 직장 분위기도 아니다.

자) 결국 나는 허리띠를 맬 때나 가끔 K여사를 떠올리게 되는데, 그럴 때마다 나도 언젠가는 보답을 해야겠다는 마음뿐이다.

차) K여사는 많고 많은 선물 가운데 왜 하필이면 내게 이 같은 선물을 하였을까? 백화점에 갔다가 우연히 눈에 띄어 이걸 선물한 것일까? 아니면, 박봉에 헤프게 살지 말고 허리띠나 졸라매고 살라고 내게 이걸 선물하였을까? 그 뜻을 내가 어찌 헤아리랴!

카) 어차피 이것은 이미 나를 구성하는 일부분이 되었고, 이젠 손때가 묻어 웬만큼 정도 들었다. 고장도 잘 나지 않고 질기기도 하다. 색깔도 까만 것이어서 아무 바지에 매도 무난하다. 그러니 이것을 나는 언제까지 매고 다닐지 모른다.

타) 그동안 살아오면서 많은 허리띠를 매 보았지만 금방 고장이 나거나

퇴색하여 버린 것이 부지기수다. 어디 그뿐인가. 좀 더 거슬러 올라가 보면 이 같은 고급 혁대가 없었던 나의 어린 시절, 어머니의 치마끈을 바꿔 매도 좋을 '무명 끈'으로 바지춤을 질끈 동여매고 다니기도 하지 않았던가! 그건 '허리끈'이라 해야 어울린다.

파) 내핍생활의 상징으로 그걸 졸라맨다고도 하고, 진수성찬을 앞에 놓고 그걸 끌러 놓고 먹어 보자고도 하는 물건! 어찌 보면 상체와 하체를 구분 짓는 선線이요, 사람의 중간 부분을 적당히 조여 긴장을 시켜 주기도 하는 매듭이다.

헤헤) 배가 나온 중년中年은 한 칸씩 늘어감이 걱정이고, 연만하신 노인이면 한 칸씩 줄어듦이 서운하다. 온 종일 흘러내리지 않도록 하는 기능도 중요하지만, 하루의 일과를 끝내고 귀가하여 그것을 풀어 내리는 홀가분함 또한 맛볼 수 있게 하는 장치인 것이다. 이만 하면 겉으로 드러나게 치장하고 다니는 그 어떤 호화스런 액세서리보다 귀한 선물이 아닌가 싶다.

▶ 분석 및 감상 / 박태진

수필가 청촌 윤승원 선생은(필자는 이후부터 수필가 윤승원님을 청촌 선생이라 지칭) 현직 경찰관입니다. 한 사람이 태어나서 적정한 학교 교육을 받으면 적정한 연령에 도달하게 되고, 한 사회 구성원의 소속집단에서 자아실현을 위해 한 직장을 가지게 마련입니다. 이런 면에서 청촌 선생은 이 시대 민중의 지팡이인 경찰이란 직장을 택하여 참다운 자아실현을 하는 가운데 보람을 찾고 있습니다.

아울러 이런 현직 경찰의 직장 세계에서 삶을 관조하는 가운데 수필을 쓰고 있습니다. 그런데 며칠 전부터 청촌 선생은 계간 문예지

《문학사랑》 인터넷 글 잔치 수필 란에 〈허리띠〉란 귀한 작품을 선보였는데, 수필문학을 탐구하는 필자 중촌(中村-공교롭게도 필자는 현재 성남시 분당구 푸른 마을에 살고 있습니다. 언제부턴가 '푸른 마을'이란 호를 스스로 지어 보고자 했으나, 뜻밖에 '청촌'이란 아호를 지닌 분을 인터넷상에서 만나게 되니, 필자가 태어난 곳도 비슷한 의미(중촌)여서, 참으로 필자와 닮은 점이 많이 있다고 봄)은 지난날 가난에 많이도 고달팠던 나머지 이 작품을 그냥 지나칠 수가 없었습니다.

그렇다면 〈허리띠〉란 수필작품은 문학적으로 어떻게 읽어나가야 할까? 필자는 우선 이 작품을 읽고 나서, '내게도 〈귀한 선물〉이다!'라고 생각하였습니다. 이 귀한 선물(작품)을 다시금 모든 독자들에게 드리려는 뜻으로 〈수필문예 산책〉 코너에 감상평을 올려야겠다고 마음먹었습니다. 필자가 이런 생각을 하는 순간, 갑자기 가수 송창식의 노래 "가나다라마바사아자차카타파하, 헤헤……"하는 노래가 떠올랐습니다. 이 작품을 읽고 난 후, 가수 송창식을 떠올린 것은 다름 아닙니다. 한 가수가 인생을 달관하여 웃음 띤 얼굴로 노래를 부르는 것처럼, 삶에 대한 여유로운 태도를 지향하는 청촌 선생의 모습과 다름없었기 때문입니다. 어쨌든 필자는 위 귀한 선물 〈허리띠〉란 작품을 여유로움과 관조의 태도로 가수 송창식의 노래를 떠올리면서 14개의 단락으로 나누고, 과연 이 단락들은 필자가 내세운 〈귀한 선물〉이란 함축적 제목에 걸맞은지 살펴보고, 삶의 모습을 어떻게 수필로 형상화시킬 수 있을 것인지, 수필 창작 기법을 탐구해 보기로 했습니다.

청촌 선생은 위 작품 첫머리 [가] 단락에서 당신에게 〈아주 긴요하게 느껴지는 선물이 하나 있다〉고 작품의 말문을 여셨습니다(필자는 첫 단락에서 수필 창작을 하려는 사람은 자신에게 가장 소중한 일을 모티브로 글로 쓰려 하며, 또한 자신에게 제일 소중한 사연이 수필의 소재가 될 수 있음을 엿볼 수 있습니다).

[나] 단락에서는 보통 남들이 보기엔 〈너무도 하찮은 물건〉으로 보일 테지만, 평소에 남에게서 받는 선물을 감사히 여기는 청촌 선생은 너무도 하찮은 선물이 그렇게도 소중하지 않을 수가 없다고 표현합니다. 그리하여 그 소중한 선물을 남 몰래 간직하는 행복을 느낍니다 (수필가는 일상 주변의 하찮은 물건에도 애정 어린 관심을 보이며, 삶의 보물을 찾으려고 '수필가의 눈'을 뜨고 있음을 엿볼 수 있습니다).

그러나 [다] 단락으로 가 보면 청촌 선생도 어찌 보면 보통 사람과 함께 어우러져 살고 계심을 보이고 있습니다. 청촌 선생도 보통 사람과 같이 선물을 받으면 한동안 그 선물을 주변 사람들에게 자랑하고 싶은 본능이 있는 것입니다. 그래서 누구에게 〈은근히 자랑하고 싶은 조바심〉이 난다고 고백합니다(여기에서 필자는 문학하는 사람이면 누구나 자신의 선물 - 선천적으로 하늘에서 받은 선물 - 즉, 문학능력을 남에게 선보이고 싶어 하는 본능적 표현욕구가 있음을 봅니다. 문학을 포함하여 인류 전체의 예술행위가 발생할 수밖에 없는 이유는 바로 사람이면 누구나 하늘에서 부여받은 표현 욕구를 잘 갈고 닦느냐, 못 닦느냐에 따라 어떤 사람은 작가가 되기도 하고 어떤 사람은 작가가 되지 못할 것입니다).

[라] 단락에 오면 청촌 선생이 이 고급 허리띠는 처음 매 본다고 합니다. 그만큼 청빈생활을 엿볼 수 있는 청촌 선생은 이제 이 단락에서 또 다른 사연 속으로 들어가기 위한 관문의 역할을 하는 단락을 설정합니다.

물론 굳이 '벨트'라고 사용해야 하는 현대식 언어표현보다 '허리띠'

라는 순수한 우리말의 중요성을 언급하면서도 지난 어린 시절 허리띠와 얽힌 사연을 연결고리로 설정하고 있는 것은 주목할 만한 단락입니다(여기에서 필자는 한 편의 수필은 한 소재로 말문을 열되, 이 소재와 연관된 지난 경험과 연결 지음으로써 그 지난 경험을 다시금 새롭게 조명해 보고, 그 경험에서 어떤 삶의 예지(보물)를 찾아 다시금 독자들에게 선물하고자 하는지, 창작기법을 엿볼 수 있습니다).

[마] 단락은 [라] 단락과 함께 이 작품의 중간 다리 역할을 하고 있는데, 청촌 선생이 허리띠를 얻게 된 사연이 다름 아닌 한 직장의 같은 업무 부서에서 다른 업무 부서로 옮기게 됨에 따라 동료 직원인 K여사가 선물로 주었다는, 허리띠 선물의 자초지종을 독자에게 알리는 대목입니다.

[바] 단락에서는 마 단락에서 K여사가 청촌 선생에게 허리띠를 선물하게 된 배경의 깊은 인맥관계는 다름 아닌 가정을 둔 아버지와 어머니의 입장에서 두 사람간의 스스럼없는 대화를 하는 친밀한 관계임을 독자에게 구체적으로 설명하고 있습니다(이 단락에서 다시금 수필 이야기의 영역은 한 가정이나 직장생활이란 일상을 좀처럼 벗어나지 않는 '수필 소재의 밭'임을 엿볼 수 있습니다).

[사] 단락에 오면 역시 [바] 단락과 맞물려 진행되는 단락으로, 동병상련간의 스스럼없는 대화의 실례를 짤막하게 선보임으로써 격의없는 직장인끼리 일상적인 대화조차도 따뜻한 정을 느끼게 하고 있습니다다(수필작품도 어쩌면 수필가와 독자 사이의 대화양식인 글을 매개로 동병상련의 아름다움을 일상생활에서 찾는지도 모릅니다).

[아] 단락에 오면 다시금 [사] 단락과 맞물려서 진행되는 가운데 허

리띠를 선물 받고도 업무 부서를 옮긴 나머지 선물 받은 감사함을 갚을 수 없는 직장사회의 바쁨을 보여 주고 있습니다(보통 사람의 양심으로서는 어떤 선물을 받았으면 그 고마움을 갚고자 하는 마음은 천리와 다름없을 것입니다).

[자] 단락에 오면 청촌 선생은 선물을 받았으면 당연히 갚아야 하는 도덕적 양심을 바로 확인하게 됩니다(여기에서 문학의 영원한 시초는 어느 장르에 관계없이 우리 인간의 양심을 주관하는 천리의 프로그램에서 샘솟는 것임을 알 수 있습니다).

[차] 단락에 오면 [자] 단락에서 청촌 선생 당신의 내면을 되돌아봄과 동시에 선물을 한 당사자의 마음을 엿보려 하지만, 열 길 물 속 깊이는 알아도 한 길 사람의 마음속은 모르기 때문에 일단 청촌 선생의 내면에 초점을 맞추고 있는 상황임을 엿볼 수 있습니다(먼저 자신의 마음의 본체를 본 사람 - 득도한 사람 - 만이 다른 사람의 마음속까지 꿰뚫어 보듯이, 진정 깨달은 자가 되기 위해서는 내 마음속을 먼저 보는 것이 옳다고 생각합니다. 문학도 결국 내 마음속 풍경을 형상화 작업을 거쳐 표현하는 예술 행위일진데, 그만큼 마음의 비밀은 좀처럼 그 실체를 드러내지 않습니다. 그러기에 문학은 인류가 생겨난 이래로 아직까지 영원한 생명의 신비와도 같이 우리네 사람들의 성역으로 남아 있기도 합니다).

[카] 단락으로 오면 그러나 일단 선물을 준 직장 동료의 마음 깊이는 모르지만, 일단 선물을 받은 이상 그 선물은 생명력이 다하는 그날까지 청촌 선생의 생활의 일부분으로 자리매김하고 있습니다(선물은 진정한 사랑의 마음에서 순수하고도 감사한 마음에서 우러나오는 것이면 그 선물은 가치가 있는 보배입니다. 그리고 그런 가치가 있는 선물은 영원한 생명력을 지닐 것입니다. 진실한 마음에서 우러나오는 글 또한 억만금보다 가치가 있듯이 말입니다).

[타] 단락에서는 청촌 선생이 직장 K여사에게 받은 고급제품을 보자,

지난 어린 시절, 가난을 견뎌야 했던 〈허리끈〉을 반추하게 됩니다.

그 가난한 시절에는 지금처럼 물질적으로 고급화한 문화생활을 할 수 없었고, 오로지 가난을 해결하려 했던 시기였기에 허리띠의 상징성은 더 큰지 모릅니다.

[파] 단락에 오게 되면 지금까지 허리띠에 대한 내력과 함께 본격적인 말문이 열리기 시작하면서 마침내 청촌 선생이 허리띠에 관해서 독자들에게 말하고자 하는 메시지가 무엇인지 보여 줍니다.

[하] 단락의 인용부문 〈내핍생활의 상징으로 그걸 졸라맨다고도 하고, 진수성찬을 앞에 놓고 그걸 끌러 놓고 먹어 보자고도 하는 물건! 어찌 보면 상체와 하체를 구분 짓는 선線이요, 사람의 중간 부분을 적당히 조여 긴장을 시켜 주기도 하는 매듭〉을 살펴보면, 청촌 선생께 있어서 허리띠는 현대의 물질문명의 고급문화생활을 하는 가운데에서도 〈과거, 가난으로 허리띠를 졸라매야 했던 배고픈 시절〉을 잊지 말자는 암시를 하고 있습니다. 이는 현대의 물질문명을 호화롭게 누리는 세대에게 지난날의 가난을 잊지 말자는 당부와도 같습니다.

[헤헤] 단락은 진정 수필가다운 지혜의 눈을 뜨고 있는 대목인데, 직장 동료에게서 선물 받은 아주 사소한 허리띠에서 〈배가 나온 중년中年은 한 칸씩 늘어 감이 걱정이고, 연만하신 노인이면 한 칸씩 줄어듦이 서운하다. 온종일 흘러내리지 않도록 하는 기능도 중요하지만, 하루의 일과를 끝내고 귀가하여 그것을 풀어 내리는 홀가분함 또한 맛볼 수 있게 하는 장치〉로까지 읽어 내어, 수필가 특유의 눈을 독자들과 함께 뜨고 싶음을 엿볼 수 있습니다. 이는 지난날의 가난으로 얼룩진 상처를 벗어 버리는 홀가분함 또한 맛보게 하는 장치이기도 합니다.

▶ 나오며, 수필에 눈을 뜬다

그렇다면 수필이란 무엇일까요? 이런 화두를 지니고 필자는 며칠 전 청촌 선생의 홈페이지를 방문하였습니다. 홈페이지를 방문한 첫인상은 관조와 여유로움이었습니다. 이런 관조와 여유로운 삶의 태도는 수필문학이란 장르에서 우러나오는 것임을 살필 수 있었습니다.

평소 평범한 보통 사람들이 살아가면서 겪는 삶의 갖가지 사연 속에서 삶의 여유와 철학을 제시해 주는 수필문학은 즐거움이 아닐 수 없습니다. 아울러 우리네 삶에 대한 애정 어린 관심은 삶의 예지를 발견해 나가는 수단이 될 수도 있겠구나 생각해 봅니다.

수필의 정체는 행복한 삶을 추구하는 자체가 아닐까 하는 생각도 들었습니다. 수필을 억지로 쓰려고 하는 사람들을 주변에서 많이 보았기 때문입니다. 이런 면에서 수필은 무기교의 기교, 솔직함에서 우러나오는 삶의 자연스러움이 아닐까요? 삶의 체험에서 우러나오는 예지라고도 할 수도 있습니다.

필자는 오늘 다시금 수필이란 무엇일까? 질문을 던지며 청촌 선생의 수필 〈허리띠〉를 분석하고 감상해 보면서 수필 창작기법까지 탐구해 보려 했습니다. 그리하여 대학에서 말하는 격물치지格物致知를 궁구하는 유학자의 태도로 우리네 삶의 이치를 문학적으로 형상화한 수필 〈허리띠〉를 산책해 보았습니다.

이제는 〈배가 나온 중년中年은 한 칸씩 늘어 감이 걱정이고, 연만하신 노인이면 한 칸씩 줄어듦이 서운하다. 온 종일 흘러내리지 않도록 하는 기능도 중요하지만, 하루의 일과를 끝내고 귀가하여 그것을 풀어 내리는 홀가분함 또한 맛볼 수 있는 현대인〉으로 거듭날 것을 안

내하고 있습니다.

이 같은 수작秀作 선물을 받은 필자로서는 작품에 대한 감사함으로 부족한 필력이지만 스스로 하고픈 글쓰기의 발상에서부터 다양한 각도의 수필문예 산책의 길을 걸어 보았습니다. 그럼, 다시금 필자는 외딴 세상으로 출타했다 돌아올까 합니다. 귀한 선물을 선사해 주신 청촌 선생께 감사를 드리면서 말입니다. (《문학사랑》 수필문예 산책 2002년 5월 12일)

※ 餘滴 : 일선 학교에서 문예 지도를 담당하고 있는 '국어 선생님 스타일'로 자상하고 꼼꼼하게 해설한 감상평이라서 필자로서 이 과분한 옥고를 오히려 〈귀한 선물〉로 여긴다. 졸고 수필 한 편을 이렇게 큰 애정의 눈길로 보아 주었다는 것만으로도 큰 영광이고, 깊은 감사를 드려야 할 일이다. 신세대 선생님이 다양한 각도에서 분석한 감상평을 읽어 보니, 정작 글을 쓴 필자 자신이 미처 염두에 두지 못한 점까지 재미있게 해설한 부분도 있어 신선한 수필공부가 됐다. ▲이런 글이 인터넷상에서 화제가 된 후, 뜻밖에 이와 똑같은 검은색 허리띠 선물을 또 하나 받았다. 이번엔 동료 경찰관이 아닌 직속상관인 충남지방경찰청장으로부터 고급 허리띠 선물을 받았다. 재임 중 각종 지면에 수많은 명칼럼을 발표했던 김중겸 충남지방경찰청장이 붓 펜으로 손수 쓴 격려문과 함께 '허리띠'를 예쁘게 포장하여 공보실 직원을 통해 보내온 것이다. 이 허리띠 역시 소중하여 낡고 헤질 때까지 오랜 동안 매고 다녔던 기억이 난다. 두고두고 많은 추억을 떠올리게 하는 수필이다. (著者)

구식 남자

　　여름방학이 끝나기 전에 아이들은 어디든지 한 번 다녀오리라 여기고 있었다. 그러나 아이들의 기대감을 충족시켜 주지 못한 채 나의 휴가는 계속 늦어지고 있었다. 그렇다고 일요일에 가까운 물가라도 가자고 조르는 아이들의 성화를 묵살할 수 없어서 간 곳이 인근에 있는 괴곡천변槐谷川邊이었다. 아이들은 참으로 즐거워했다.

　　피라미가 보일 만큼 맑은 물에는 다슬기도 많아서 아이들은 연신 탄성을 질렀다. 단지 도심지와 가까운 곳이어서 사람들이 좀 많은 게 흠이었다.

　　냇가 위로는 철길과 국도가 나란히 나 있고, 그 다리 밑 그늘은 파라솔이 필요 없는 시원한 피서지였다. 납작한 돌을 주워다가 자리를 평평하게 만들고 그 위에 비닐돗자리를 까니, 장사꾼들이 설치한 유료 들마루보다 한결 운치가 있어 좋았다. 큰 녀석은 어항을 들고 뛰어다녔고, 막내 녀석은 고무튜브를 가지고 오리처럼 동동 떠다녔다.

주위 사람들도 저마다 찜통 도심을 벗어났다는 해방감으로 만족한 얼굴들이었다. 반바지 차림의 어느 아주머니는 어린애를 안고 물속에 털썩 주저앉아 남편한테 사진을 찍어 달라며 포즈를 취했고, 어떤 이들은 물수건을 등에 걸치고 앉아 고스톱 판을 벌이는가 하면, 물속에 발을 담그고 뺑 둘러서서 공놀이를 하는 사람들도 있었다. 그야말로 천태만상이었다.

우리 내외는 아무것도 하지 않고 그냥 물속에 발을 담그고 앉아 사람들을 구경하는 것만으로도 즐거웠다. 그런데 아까부터 유료 들마루 하나를 차지하고 옆자리에 누워 있는 여인에게 남자가 오이를 썰어 얼굴과 팔뚝에 붙여 주는 모습이 여간 특이하지 않아서, 나는 아내가 눈치 채지 않게 슬쩍슬쩍 훔쳐보았다.

그 남자는 참으로 정성이었다. 누워 있는 아내의 하얀 장딴지가 햇볕에 그을릴까 봐 수건을 물에 적셔 덮어 주기도 했고, 아내가 잠결에 몸을 흔들어 오이조각이 바닥에 떨어지면 붙여 주는 등, 실로 나는 그 광경을 쉽게 외면할 수 없을 만치 감동어린 눈으로 쳐다보았다.

그러나 아내는 관심 없다는 듯 애들하고 다슬기나 잡아야겠다면서 돌아다녔다. 한편으론 다행스런 일인지도 몰랐다. 아내에게 정성을 다하는 저 남자를 보고 아내가 한마디쯤 할 줄 알았는데, 전혀 관심 없는 표정이라니…….

나는 아내를 만나 십 년 넘게 살면서 아직 한 번도 아내에게 아기자기한 잔재미를 느끼게 해 준 적이 없는 사람이다. 그만큼 무미건조한 사람이고, 나이에 비해 구식 남편이란 소릴 간혹 듣는다. 지난날 아버지께서 어머니께 그러하셨듯이 나도 아내에게 다정다감한 편은 못된다.

어디 그뿐인가. 어쩌다 백화점에 들러 눈에 띄는 산뜻한 여자 옷한 벌 사들고 집에 들어가 입어 보라고 하고 싶은 충동을 느낄 때도 있지만, 실행에 옮기지 못했다. 용기가 없다. 그러나 요즘 청년들은 얼마나 대범한가. 거리에서 팔짱을 끼고 다니는 것은 이제 아무나 하는 일이고, 심지어 멜빵 달린 포대기로 아기를 캥거루처럼 안고 다니는 남편들도 얼마든지 볼 수 있다. 아내는 기저귀 가방만 달랑 들고 다니면 되고…….

속으로는 그런 남자들이 진정 아내를 아끼는 사람일 거라고 생각하면서도, 겉으로는 흉내도 못 내고 살아온 나는 아무래도 대장부 기질이 없는 사람인가 보다. 남성의 체통을 지키기 위해서는 당연히 그래야 한다는 고정관념 때문이다. 예禮를 숭상하는 동양의 가르침이 그러하듯이 진정한 애정의 표현은 겉으로 드러내는 게 아니라고 하지만, 그것은 나처럼 잔재미가 없는 사람들이나 하는 자기합리성 변명이 아닌지 모르겠다.

그렇다고 여자 앞에서 어설프게 흉물을 떨 수는 없는 노릇이다. 점잖지 못한 것이다. 그런데 요즘은 겉으로 표현하지 않는 애정은 구식 사랑으로 여긴다. 그래서 나는 아이들 앞에서 가끔 걱정될 때가 있다. 아버지의 유전으로 내가 아내에게 멋없고 퉁명스런 사람이 되었다면, 내 아이들도 그 걸 은연중 배워 이다음에 내 며느리에게 그런 식으로 하지 않을까 하는 생각이다. 애정 둔감증 시아버지 때문에 피해만 보게 되었다고 며느리가 원망이나 하지 않을는지…….

거기까지 생각이 미치면 지금 당장이라도 아이들이 보는 앞에서 어떻게든 애정의 표시를 하고 싶어진다. 그러나 못한다. 돈 안 드는 일인데도 못한다. 알량한 자존심 하나 때문에 못한다. 나는 왜 말로는 현대인임을 자처하면서도 아이들과 아내에게 주는 사랑만큼은 구식 티를 벗지 못하는 것일까?

이것이 나의 불가사의이다. 나의 아이러니이다. 나의 독선인 것이다. 사랑을 주는 것만큼 값지고 기분 좋은 일도 없다는데, 받기만 하려는 이기심은 무엇이며, 아내가 내게 조금만 서운케 할라치면 난 무슨 자격으로 잔소리를 하는가! 어느덧, 해가 한 뼘쯤 남았음을 보고 우리는 냇가에서 나왔다.

온종일 물에서 지낸 아이들의 쪼글쪼글해진 손을 잡고 논둑길을 걸으면서 그래도 나는 넉넉한 마음이고 싶었다. 아이들이 노는데 조금의 기쁨도 주지 않았으면서, 무슨 큰 선심이라도 베푼 것처럼 아이들의 재잘거림을 듣는다. 하지만 아까 오이 마사지를 해 주던 그 남자의 모습이 머리에서 지워지지 않아 온종일 충격처럼 마음 한자리를 차지하고 있는데, 아내는 정말 아무렇지도 않은 듯했다.

그래서 돌아오는 차 안에서 넌지시 아내에게 물었다. "아까 우리 옆에 있던 부부 말이야, 아내는 미인인데, 남자가 좀 못생겼더라." 그 말을 바꾸어 말하면, '잘난 남자 같으면 여자에게 오이 마사지나 해 주겠느냐'는 뜻이나 마찬가지였다. 그랬더니, "누구 말이에요? 난 기억에 없는데요." 한다.

아내는 전혀 무슨 소리인지 모르겠다는 투였다. "오이로 아내 마사지 해 주던 녀석 말이야. 정말 못 봤어?"

괜히 알면서 모르는 체하는 줄 알고 조금 큰소리로 되물었으나, 아내는 정말 모르겠다는 것이다. 그렇다. 그렇게 예민한 아내가 아니다. 소녀의 감수성처럼 그렇게 섬세하지 않은 중년의 여인인 것이다. 소심한 나의 착각일 뿐이다. 많이 아는 체하지도 못하고 어수룩하게 사는 사람인 것이다. 그러니 나 같은 구식 남자와 이렇게 살아가는지도 모른다. 《韓國文學》1990년 11월)

| 選者 評 **한마디** |

《한국문학》지령 200호 기념 산문 공모 장원 당선작 〈구식 남자〉에서 돋보이는 점은 사물을 관찰하고 묘사하는 점이 물 흐르듯 유연하다는 점이다. (김윤식 / 문학평론가, 서울대학교 교수)

우리 동네
교장 선생님

　　　　　이른 아침, 동네 골목길 청소를 도맡아 하시는 이웃 할아버지 때문에 젊은 내가 늘 미안한 생각이 든다. 허리가 유난히 꾸부정하시고, 가까이 다가가야 비로소 누군지 알아보시는 칠순의 노인인데, 부지런함을 젊은이가 따를 수 없다.

　그런데 동네 사람들은 이분을 그냥 할아버지, 혹은 노인 양반이라 하지 않고 꼭 '교장 선생님'이라 부른다. 시골에서 면장을 지낸 사람이 퇴직 후에도 계속 면장님으로 불리듯이, 할아버지도 지난날 몸담 았던 교직의 지위가 자연스런 호칭으로 된 것 같다. 그런 호칭은 보통 할아버지라는 호칭보다 더 친근감이 가는데, 듣는 쪽보다는 부르는 쪽에서 더 정감을 느끼는 부름이기도 하다.

　그러나 요즘은 이 같은 전력前歷 존중의 예우가 모든 이에게 다 적용되는 것은 아닌 것 같다. 평생을 두고 쌓아 온 직위와 명예를 하루 아침에 물거품이 되게 하는 사람이 많은 것이다.

인생 덕목을 지키고 산다는 게 현직에 있을 때도 중요하지만, 정년 퇴직을 한 뒤에도 중요하다는 생각이 든다. 전직의 명예에 걸맞게 처신해야 추앙도 받게 되는 것이다.

평범한 노인 같지만, 그런 면에서 선생님은 내가 본받을 만한 분이구나 하고 느낄 때가 많다. 과거의 자신을 조금도 내세우려 하지 않고 무언의 실천으로 검소한 생활을 하시는 분이다.

채송화, 맨드라미, 들국화 같은 꽃씨를 알뜰히 모아 두셨다가 길가에 심기도 하고, 봄에 호박씨 모종을 부어 이웃 담장 밑까지 일일이 심어 주시고, 주렁주렁 열리면 받침대까지 설치해 주시는데, 동네 사람들은 몸 둘 바를 모른다.

어찌 보면 하찮은 일 같지만, 오랜 세월 아이들을 가르치면서 몸에 밴 근면성으로 손을 잠시도 멈추지 않고, 소일하는 모습을 보면 늘 부족한 자신을 돌아보게 된다.

그래서 이젠 선생님을 골목에서 하루라도 뵙지 못하면 집안 어른의 안부만큼이나 궁금해진다. 그런데 어찌된 일인지, 벌써 사흘째 선생님의 모습이 보이질 않는다. 어디 편찮으셔서 누우신 거나 아닌지 궁금하여 초인종을 눌러 볼까 했는데, 아내가 말렸다.

요즘 갑자기 선생님 심기가 불편하다는 것이다. 아내의 말을 그대로 빌리면 누구와 다투셨다는 것이다. 선생님이 다투시다니, 당치 않은 소리라고 했지만, 사연을 들어 본즉 이러했다.

선생님이 청소를 하신 뒤에는 으레 주택지 공터에 불을 놓아 가벼운 쓰레기는 태우시곤 했는데, 그 연기가 창문을 열면 집안으로 매캐하게 스며들었다. 나도 평소에 조금은 역겹게 느껴지긴 했지만, 표현을 하지는 않았다.

쓰레기라야 기껏 휴지조각이나 아이들의 과자봉지 정도이고, 어쩌다 화단에서 뽑은 잡초 따위가 고작인데, 태우는 것도 잠시이거늘 참을 수 없을 만큼 괴로운 것은 아니었던 것이다. 그리고 소일거리 없는 노인이 스스로 좋아서 하시는 일이고, 남들이 하지 않는 궂은일을 솔선해서 하고 계시는데, 그 연기를 누가 감히 공해라고 하겠는가!

그런데 사람이 느끼는 정도에는 차이가 있게 마련이다. 어느 회사의 중역 되는 분이 아침 일찍 부인과 함께 조깅을 하면서 그 연기가 싫었던지, "제발 새벽 공기 좀 망가뜨리지 마세요."라고 한 말씀드렸다는 것이다.

그러니 노인이 얼마나 서운하셨을까? 도시인들은 이렇게 당장 자기 앞에 작은 불편을 참지 못하고, 하고 싶은 말을 다하고 산다. 그래야 손해 보는 것 같지 않고, 제몫을 다하고 사는 것이라 생각하기도 한다.

그렇다고 속이 좁으신 분도 아닌데 두문불출하시다니, 이제 선생님도 연만하셔서 노여움을 타시는 걸까? 그러면 이번 기회에 젊은 내가 선생님 하시던 일을 대신해 보리라. 작심이 며칠이나 갈지 모르지만, 아침 신문을 보는 시간을 10분만 할애하면 가능할 것도 같았다.

그래서 여느 때보다 일찍 일어나 빗자루를 들고 밖으로 나갔는데, 어느새 선생님이 청소를 끝내고 공터에 앉아 쓰레기를 태우고 계신 게 아닌가. 모처럼 빗자루를 들고 나간 내가 머쓱해질 수밖에 없었다.

"선생님, 그간 어디 편찮으신 데라도……." 하면서 인사 여쭈었더니, "아프긴요, 아침엔 잔소리하는 분들이 있어 한나절쯤 돼서 나오곤 하지요. 하지만 청소는 아침에 해야 산뜻해요." 하신다.

그래도 난 짐짓 한마디 더 여쭙고 싶어서, "누가 잔소릴 해요? 좋은 일 하시는데요." 했더니, "코만 달고 다니는 사람들이지!" 하면서 웃으셨다.

선생님께서 쓰레기를 태우는 까닭은 지나치게 많은 쓰레기가 청소 차에 실려 가는 것을 조금이라도 줄여 보자는 뜻도 있지만, 재를 얻고자 하는 목적도 있었다. 호박구덩이에 넣으면 결실이 좋고, 화단에 뿌려도 좋은 거름이 된다고 하셨다. 어느새 선생님과 함께 쪼그리고 앉아 불을 헤집다 보니 아침 출근길이 바빠졌다. (1990년 KBS)

| 選者 評 |

KBS와 《한국수필》 공동공모 수필 추천작 〈우리 동네 교장 선생님〉은 평범한 생활 속에서 삶의 지혜와 진실성을 찾아내는 것이 아주 밝은 내용으로 되어 있습니다. 문장력도 탄탄하고 심사위원들이 볼 때 글의 저력이 느껴져, 즐거운 마음으로 추천작을 뽑게 되었습니다. / KBS 추천사에서 (서정범 / 경희대학교 교수, 수필가)

| 프로그램 진행자의 말 |

지난날 교장 선생님이었던 분, 그러나, 자신의 과거를 조금도 내세우려 하지 않고 말없이 실천을 하고, 검소한 생활을 하시는 분. 채송화, 맨드라미, 들국화 같은 꽃씨를 알뜰히 모아 두었다가 이웃 집 담장 밑에도 심어 주시는 분, 그런 분이 골목 안에 함께 살아간다는 것, 하나의 축복일 수도 있고, 기쁨일 수도 있습니다.

그러나 세상 사람들은 하나같지 않습니다. 이런 사람 저런 사람, 모두가 모여서 사는 것이 우리네 세상입니다. 쓰레기를 버리는 사람이 있고, 버려진 쓰레기를 줍는 사람이 있는가 하면, 그 줍는 행위를 놓고 이러쿵저러쿵 말하는 사람도 있습니다.

그런저런 사람들이 함께 살아가는 이 세상에서 그냥 아무렇지도 않게 흘려버리고 살아가는 수도 있고, 윤승원 씨처럼 글로 표현해 두는 경우도 있습니다. 글을 쓴다고 하는 사실, 우리의 삶을 기록하는 이 작업이 우리의 삶을 살찌게 할 수 있다면 참으로 유익한 일입니다. (KBS 이규항 아나운서)

만원 버스에서

    택시를 잡으려고 뛰어 다니는 사람들을 보면 마음이 덩달아 바빠지고, 시내버스 승강장에서 느긋이 줄 서 있는 사람들을 보면 나는 왠지 마음이 편안해진다. 고급승용차 이름 하나 제대로 외우지 못해도 시내버스 번호만 대면 노선을 척척 알아맞히는 사람에게서 나는 정을 느낀다.

    그는 분명 자가용이 없는 소시민이지만 결코 초라하거나 외롭게 느껴지지 않는다. 시내버스를 타고 다니는 사람은 사람의 냄새를 맡고 사는 사람이다. 만원 버스에서 나는 냄새는 아침저녁이 다르다. 아침 출근 길, 시내버스에서 나는 냄새는 향기롭다. 아가씨의 머리칼에서는 향긋한 비누 냄새가 나고, 면도 자국이 파르스름한 남자의 얼굴에서는 산뜻한 스킨 냄새가 풍긴다.

    도시락의 온기가 따스하게 느껴지는 학생의 책가방을 무릎 위에 올려놓으면 반찬 냄새가 약간 묻어나는 듯하다. 그 냄새는 싫지 않은 냄새다. 내 학창시절의 냄새이기 때문이다. 그러나 퇴근길, 만원버스에서 느끼는 냄새는 조금 다르다. 손잡이를 붙잡고 묵묵히 서 있는 사람들, 그들은 모두 각기 다른 인생의 냄새를 풍기고 있다.

차창 밖을 내다보고 있는 어느 중년의 입가에선 소주 냄새가 난다. 그 냄새가 조금은 역겹게 느껴지지만, 그래도 꾹 참아 줘야 한다. 무거운 책가방을 들고 서 있는 고등학생의 목덜미에서 나는 냄새도 맡을 만하다. 이것이 곧 삶의 향기다. 그 향기는 자가용이나 택시를 타면 맡을 수가 없다.

마침 빈자리가 하나 났는데 학생이 날더러 앉으란다. 그러나 난 아직 털썩 주저앉기엔 망설여지는 나이다. 잠시 머뭇거리는데, 또 한 번 권하니 눈인사를 하고 얌전히(?) 앉는다. 그러나 책가방은 내 몫이다. 두어 개 받아 올려놓으니 묵직하다. 그래도 도시락을 비운 가방이니, 등굣길 가방보다는 한결 가볍다. 좌석에 앉긴 앉았지만 왠지 마음이 편치 않다. 자가용 없는 아저씨가 여기 이렇게 앉아 가게 되니, 고단한 학생의 자리 하나를 빼앗은 셈이나 아닌지⋯⋯.

혹시라도 곁에 서 있는 저 학생이 버스를 이용하는 나더러 지지리도 못난 아저씨라고 나무라지나 않을까? 그러나 이 정도의 미안함은 참을 만하다.

내가 제대 후 시골에서 잠시 농사짓던 시절이 생각난다. 이른 새벽, 이십 여리 장에 가서 돼지새끼 한 마리 사 가지고 오다가 버스를 만나게 된다. 버스에 오르면 우선 안내양의 눈치를 살피게 되는데, 자루 속에 든 놈의 역한 냄새는 물론, 소리라도 한번 꽥 지르면 내 얼굴은 금방 홍당무가 된다.

그래서 운임이라도 더 준다고 사정하면 안내양이 생긋 웃으며 한마디 한다.

"사람 태우고 요금 받으라는 버스지, 돼지 싣고 운임 받으라는 버스는 아니니까 걱정 마세요." 하는 것이다. 그놈을 안고 가시방석에 앉은 사람처럼 좌불안석 집에 오던 생각이 난다.

그 같은 생각을 갑자기 하는 것은 나의 과민인지도 모른다. 그러나 버스는 사람 차별을 하지 않는다. 노점상 아줌마의 광주리도 올라오고, 귀걸이 한 마나님도 앉아 가는 곳이다. 어디 그뿐인가. 머리가 희끗희끗한 노학자님도 타고 다니는 게 시내버스요, 10부제 지키는 날, 운전기사를 둔 사장님도 한 번쯤 타 보게 되는 게 시내버스다. 그 가운데 더러는 보따리를 챙기느라 긴장되어 가는 시골 아저씨도 있다.

그러나 무엇보다도 우리의 시름을 잊게 해 주는 것은 엄마의 등에서 방싯거리는 갓난아이의 천진스런 웃음이다. 그 웃음을 받아 주느라 '깍꿍'을 연발하시는 할아버지의 이 빠진 웃음도 있다. 이렇듯 각양각색의 사람들이 모여 호흡을 같이하는 곳이 시내버스다. 그런저런 사람들을 일일이 관찰하다보면 어느새 목적지에 이른다. 그래서 만원 버스에 이골이 난 사람은 구두가 밟혀도, 옷단추가 떨어져 나가도 화를 내지 않고, 그날의 운수소관으로 돌리고 만다는 사실이다.

(KBS와 《한국수필》 공동공모 수필 당선작, 1991년)

이 작품에서 재미있게 느껴진 부분을 보면 '시내버스를 타고 다니는 사람은 사람의 냄새를 맡고 사는 사람이다. 시내버스에서 나는 냄새는 아침저녁이 다르다.'라고 했는데, 아침저녁으로 타고 다니는 버스를 냄새를 통하여 파악했다는 것이 돋보이는 점이죠.

사실, 시내버스 안에는 살 냄새, 땀 냄새 등 역한 냄새가 나죠. 그러나 그러한 냄새를 "택시나 자가용을 타면 맡을 수가 없다."라고 한 것은 이 작가가 '인생을 꿰뚫어 보는 눈'이라 할 수 있지요. 다시 말하면, 역한 냄새 뒤에는 삶의 진지한 모습이 있고, 그 진지한 모습이 곧 인생을 열심히 살아가는 사람들의 참된 모습이죠.

"만원 버스에 이골이 난 사람은 구두가 밟혀도 옷 단추가 떨어져 나가도 화를 내지 않고 그날의 운수소관으로 돌리고 만다."고 한 것도 긍정적인 삶의 태도이고, 달관된 여유죠. (서정범 / 경희대학교 교수, 수필가)

단조로움과
반복에 대한 단상

 택시기사에게 미안하다. 승차하자마자 "○○까지 가 시죠." 하니까, 대답 대신 힐끗 한 번 쳐다본다. 그리고는 이내 무반 응이다. 그렇다고 안 가겠다는 것이 아니다. 내가 가고자 하는 방향 으로 자동차는 굴러간다. 그러나 운전자의 마음이 썩 내키지 않는 듯 하다. 웬만큼 눈치로 살아온 사람에게 잡히는 '감'이라고나 할까? 기 사의 표정을 정면으로 읽을 수는 없어도, 뒤통수만 보고도 감지할 수 있는 어떤 불만스런 느낌 같은 것.

 무슨 언짢은 일이라도 있나 싶어 조심스럽게 물으니, "방금 갔다 온 길을 또다시 가자고 하는 승객을 만났을 때, 솔직히 맥이 빠진 다."고 말한다.

 그렇다. 우리는 가고 싶지 않은 길을 가야 할 때가 있다. 태어날 때 부터 자신의 의지와는 무관하게, 신께서 점지했다고 하지 않는가. 삶이 내 의지대로, 핸들 돌리고 싶은 대로 갈 수만 있다면 얼마나 좋으랴! 가고 싶어도 마음대로 갈 수 없는 길이 있고, 내키지 않지만 가야 하는 길이 있다.

무슨 핑계를 대더라도 승객에게 다른 택시를 이용하라고 할 수도 있다. 승차 거부가 아니라, 양해를 구하는 것이다. 그러나 기사는 그런 구차한 방법을 택하지 않았다. 양심적인 직업의식, 그 신뢰감이 우리를 안도케 한다.

직장에서는 매달 한 번씩 정기 교육이 실시된다. 전 직원을 집합시키면 민원인에게 불편을 주게 되고, 업무에도 공백이 생기므로, 갑·을 반으로 나누어 실시한다. 매번 을반에 편성된 나는 조금 싱거운 생각을 하게 된다. 강단에 선 강사가 왠지 딱해 보이는 것이다. 엊그제 갑반에서 한 말을 앵무새처럼 똑같이 되풀이하는 그 모습이 안쓰럽게 느껴진다.

'질리겠다!' 엉뚱하게도 그런 생각에 이르면, 더욱 진지하게 경청해야겠다는 마음이 생긴다. 그런 청중의 마음을 헤아리기라도 한 듯, 강단의 외래강사는 오늘이 두 번째가 아닌, 처음인 것처럼 열강을 한다. 고마운 일이다.

강연 도중에 몇 차례 박수가 터져 나왔다. 갑반 직원들도 요런 대목에서는 틀림없이 손뼉을 쳤을 것이다. 그러므로 을반 직원들은 갑반 직원들보다 더 열렬히 손뼉을 쳐 줘야 하는지 모른다. 수고하는 분에 대한 최소한의 예의요, 보답이다.

고등학생인 아이가 집에 돌아오면 학교에서 있었던 이야기를 곧잘 들려준다. 그중에서 학교 선생님들의 이야기도 빠지지 않는다. A반에서 한 이야기를 B반에서 해야 하고, 작년에 3학년생들에게 한 이야기를 올해 또 3학년에 올라온 학생들한테 똑같이 되풀이하는 선생님들이지만, 신학기에 새로운 선생님들을 대하는 아이들에게는 신선하게만 느껴지는 모양이다. 선생님인들 직업에 대한 권태를, 그 단조로움을 왜 느끼지 않으실까? 아이들 앞에서 늘 새로워지려고 노력하는 선생님들께 새삼 고마운 생각이 든다.

지난해 지역방송국의 요청으로 TV생방송 프로에 출연한 적이 있다. 그런데 생방송이란 것도 사전에 '입을 맞추는' 리허설이라는 게 있었다. 구성작가가 써 준 대로 미리 한 번 해 보는 것이다. 실수를 줄이기 위해 의당 하도록 되어 있는 연습이지만, 그 반복의 시간이 왠지 아까운 생각이 들었다. 그래서 "오! 하느님, 제 생에서 이런 연습의 시간은 부디 계산하지 말고 빼 주십시오!"라고 기도하였더니, 제작진들이 웃으면서 더 이상 되풀이하지 않고 단 한 번으로 끝내 주었다.

요즘 영화관에 가려면 예측 가능한 몇 가지 상황에 대비해야 한다. 이른바 '야한 장면'에 대한 심적 대비. 흥행에 성공했다고 하는 영화라면 그런 장면이 양념처럼 몇 차례 나오기 마련이다. 본래 단조로운 것을 싫어하는 관객의 심리를 제작자들은 잘도 간파하여 작품을 만드는 것 같다.

관객의 입장에서 보더라도, 그렇고 그런 싱거운 장면들뿐이라면 굳이 돈과 시간을 낭비하면서 영화관에 갈 필요가 없을 것이다. 그래서 온 가족이 모처럼 영화나 한 편 보자고 나설 때는 그런 장면이 어느 정도 진하게 나오는 영환지 미리 정보를 알고 가야 민망함을 모면할 수 있다.

얼마 전에 기회가 있어 문학동인과 함께 화제의 영화를 본 적이 있다. 정직하게 말하면 그런 야한 장면이 나올 때마다 젊은 남자들은 애써 태연을 가장해야 한다. 아무리 예술성이 뛰어난 영화일지라도, 인간의 말초와 관능을 최대한 자극하여 어떤 극한 상황에까지 이끌어 가고야 말겠다는 제작자의 강렬한 의지가 화면에 드러날 때, 관객들은 앉은자리를 추슬러 보려고 하지만, 다리조차 꼬기 어려운 영화관의 비좁은 의자가 원망스러워지는 것이다.

이런 곤란한 상황에 직면하면 옛 어른들은 '어~흠!' 하고 헛기침으로라도 긴장을 해소했을 터인데, 다 같이 숨죽이고 있는 공간에서는 무엇보다 에티켓이 더 중요하므로 그저 꾹 참아야 할 도리밖에 없다. 더구나 옆자리에는 '점잖은 여성'이 함께하고 있질 않은가. 영화가 끝나고 나오면서 시인은 내게 말했다.

"남녀 간의 우정은 노년에 가서야 가능하다는 걸 보여 주는 영화군요. 인간의 본능이 정지되었기 때문이죠." 갑작스런 시인의 관람 평에 나는 그만 당황하여 이렇게 동문서답을 하고 말았다.

"임자 있는 여자는 호랑이도 안 물어 간다는 옛말도 있잖습니까? 옛 어른들 말씀대로 살아간다면 불행을 자초하는 일은 없을 텐데……."

그러자 시인은 태연한 표정으로 이렇게 말했다.

"저는 영화를 보고 나올 때마다 언제나 궁금한 게 있어요. 영사기 돌리는 저분들 말예요. 이렇게 여러 날, 길게는 한 달여 동안 연속 상영하는 영화를 질리게 볼 거 아녜요? 얼마나 권태로울까 싶어요. 본 걸 또 보고, 본 걸 또 보고……."

순간, 나는 점잖지 못한 말을 내뱉고 말았다. "걱정도 팔자시네요! 영사기 돌려놓고 한소끔(숨) 졸면 되지, 본 걸 또 보고 본 걸 또 보고 하겠어요?"

내 말에 어처구니가 없는지 시인은 "그럴까요? 참 재미있는 답변이 네요. 윤 선생님은 세상을 참으로 편하게 생각하셔요."

편하게 생각한다는 시인의 말은 틀렸다. 나를 모르고 하는 소리이 다. 내가 얼마나 엉뚱한 생각을 잘하는 사람인지 모르고⋯⋯.

모처럼 이발소에 가서 머리를 깎으면서 오늘은 이발사가 몇 명의 머리를 깎았는지 궁금해서 물어보았다.

"열 분 정도 깎은 것 같아요."

"힘드시겠어요. 그런데 실례의 말씀이지만, 온종일 남의 머리를 만 진다는 거, 질리지는 않으세요?"

"왜 안 질려요, 지겹지요. 그런데 이 세상엔 두상 스타일이 똑같은 사람이 하나도 없어요. 그래서 지겨운지 모르고 해요."

놀라운 사실이었다. 일상 반복되는 일이지만, '두상이 똑같질 않아 서 지겨운지 모른다'는 이발소 주인의 말이 내겐 예사롭게 들리지 않 았다.

택시 기사가 방금 다녀온 길을 또 가게 되었다고 잠시 우울해 하지 만, 아까 모셔다 드린 손님과 나는 그 얼굴이 다르지 않는가! 온 길을 다시 되짚어 갔다가 혹시 아는가! 다음번 손님은 임산부라도 태워 병 원에 당도하기 전에 자동차 안에서 순산이라도 하게 될지? 그리하여 좋은 일 했다고 회사 사장님으로부터 격려받고, 길조吉兆 명목의 보 너스 봉투라도 받게 될지? 비약이 아니라, 건전한 상상이길 바란다.

단조로운 가운데서도 이런 미지의 시간에 대한 예측할 수 없는 기대 감으로 일상의 권태를 잠시라도 극복할 수 있었으면 좋겠다.

'웃음이 묻어나는 편지'라는 라디오 프로그램을 가끔 듣게 된다. 이 프로를 듣고 있노라면, 편지 내용보다도 '까르르'를 연발하며 편지를 읽어 주는 여성 진행자의 특이한 웃음소리에 매료되어 덩달아 웃게 된다. 하루 이틀도 아니고, 아무리 좋은 이야기도 날이면 날마다 되 풀이해 읽다 보면 지겨울 법도 하다.

그러나 전혀 그런 빛이 없이 웃어댄다. 조금은 허풍스러워 보이지 만, 청취자들을 즐겁게 해 주기 위해 애써 특유의 웃음을 아끼지 않 는 방송진행자도 이 시대의 몇 째 안 가는 '투철한 직업인'이 아닌가 싶다.

나의 직장 역시 오늘도 변함없이 무미건조하고 피곤한 삶의 영역에 서 벗어나지 못한다. 수사과 직원들은 인생을 한순간에 망쳐 버린 고 개 숙인 피의자들과 온종일 대좌하면서 그들의 온갖 험악한 말들을 들어야 하고, 날이면 날마다 매연과 소음의 도로에서 와장창 부서진 자동차와 삿대질이 오가는 인간들의 살벌함만을 보고 돌아오는 교통 사고조사반 직원들의 피곤에 지친 얼굴도 본다.

어디 그뿐인가. 험악한 욕설과 발길질이 난무하는 집단 시위 현장 에서 방패 하나로 버티다가 무사히 돌아온 대원들의 안도와 지친 표 정도 만난다. 내일 또 그런 일들은 어김없이 되풀이되지만, 정말 아 무 걱정도 없는 사람들처럼 오늘의 표정은 그저 태연하고 담담하게 만 보인다.

미지의 시간이어! 비록 단조로움과 반복의 연속일지라도, 좀 더 나은 내일을 기대하는 사람의 소박한 희망을 부디 저버리지 말기를……. (2000년 〈전국공무원문예대전〉 입상 작품집)

내 안에 스승을 찾아서

초임 시절 지방경찰청에서 근무할 때였다. 일거리가 많아 공휴일에도 출근하는 날이 많았다. 그런데 식사시간이 되면 직원들이 서로 눈치를 보면서 걱정을 했다. 크고 작은 상황과 끊임없이 걸려오는 전화 때문에 사무실을 잠시라도 비울 수 없으므로, 누군가 한 사람은 으레 당번으로 남아야 했기 때문이다.

그러던 어느 날이었다. 관내 치안 상황이 비교적 조용한 편이니 잠시 밖에 나가서 식사를 하고 오자고 하여 모처럼 전 직원이 한자리에 모여 즐겁게 식사를 하였다. 그런데 뜻하지 않은 일이 생겼다. 식사를 마치고 사무실로 돌아와 문을 열려고 하니 열쇠가 없지 않은가.

모처럼 전 직원이 외식을 한다는 들뜬 분위기에 급히 서두르다가 그만 열쇠를 안에 놓고 잠근 것이다. 마침 안에서는 전화벨이 울렸고, 복도에서 기다리던 동료 직원들은 마음이 다급해졌다. 키가 큰 직원은 환기용으로 만들어 놓은 천장 밑의 창문이라도 열려 있나 싶어 흔들어 보았다. 다행히 작은 창문 하나가 열렸다.

동료 한 사람이 등을 구부렸다. 가장 막내 격인 내가 그의 등을 타고 창문으로 기어 올라갔다. 힘이 들긴 했지만 간신히 들어가 출입문을 열 수가 있었다. 그런데 문제는 거기서 끝나지 않았다.

이튿날 아침, 연세 지긋한 상사가 직원들을 모두 집합시켰다. 순경에서 출발하여 삼십여 년을 수사 분야에서 이력을 쌓은 이른바 '수사통'이었다. 정년이 얼마 남지 않은 고령인데도 직무에 대한 열의와 패기는 젊은 경찰관 못지않은 분이었다.

그는 직원들 앞에서 격노한 어조로 말했다.

"경찰관서 벽을 타는 통 큰 놈이 있습니다. 간덩어리가 이만저만 큰 게 아닙니다. 수사해서 반드시 잡아야 할 것입니다."

그리고는 서무반장에게 실내외 벽을 한 번 둘러보라고 명령했다. 선명하지는 않지만, 벽의 상단에 보기 싫을 정도의 족적足跡 하나가 발견되었다. 언뜻 보면 2단 옆차기에 능한 유단자가 힘차게 한 방 날려 본 흔적이요, '수사통'의 시각으로 보면 도둑이 자신도 모르게 남긴 족적임이 분명하였다. 평소 상사의 불같은 성품을 누구보다 잘 아는 서무반장인지라, 당장 벼락이라도 떨어질 것을 염려한 나머지 이렇게 얼버무렸다.

"잠긴 문을 열려다가 직원들이 실수한 것 같은데, 용서하십시오."

그러자 상사는 또 한 번 대노했다.

"뭐야, 우리 직원들이 벽을 탔단 말이야?"

동료 직원들은 잔뜩 긴장한 채 상사를 바라보고 있었고, 문제의 발자국 주인공인 나는 쥐구멍이라도 찾고 싶은 심정이었다. 그러자 상사가 말했다.

"안 될 말이야, 용서 못할 일이야! 경찰관이 벽을 넘다니? 도둑 잡는 것을 업으로 하는 사람들이 어찌 벽을 넘나?"

이처럼 화를 내는 상사의 얼굴을 일찍이 본 적이 없다. "대체 누구의 행위냐"고 캐묻는 상사 앞에서 서무반장은 끝내 밝히지 않았다. 동료 직원을 애써 덮어 주고 감싸느라 그는 진땀을 흘렸지만, 용기가 부족한 나는 끝내 자수하지 못했다. 그 순간의 분위기에 위축되어 앞에 썩 나서지 못한 나의 용렬함이야말로 그 어떤 변명으로도 용서받을 수 없는 것이었다.

이윽고 상사는 전 직원들을 공범으로 간주하고, 이렇게 훈시했다.

"공직자의 가장 큰 덕목은 정직과 도덕성입니다. 그것을 지키려면 해야 할 일과 해서는 안 될 일을 분명히 가릴 줄 알아야 합니다."

그러고 나서 노 상사는 자신이 손수 걸레를 빨아다가 벽에 남아 있는 발자국을 말끔히 지우는 것이었다. 이제 경찰 생활을 웬만큼 한 것 같다.

그동안 크고 작은 우여곡절을 많이 겪었지만 쉽게 잊히지 않는 분이다. 지금은 고인이 되었지만, 당시 그분으로부터 들었던 훈계 한마디가 내게는 알게 모르게 생활의 밑거름이 되었다. 소심하리만치 매사를 챙기고, 조신操身하지 않으면 공직을 당당하게 이어 가기 어렵다는 나름대로의 상식도 가지게 되었다.

그렇다고 완벽을 추구하는 동료 직원들의 축에는 끼지도 못한다. 인간적으로 많이 부족한 사람이어서 더러는 잘못도 범하고 산다. 그래도 이만큼이나 안정적인 정서로 살아갈 수 있는 것은 보람 있는 나의 직장에서 만나는 다양한 유형의 상사와 동료 경찰관들이 있기 때문이다. 그들은 모두 나의 삶을 비춰 보게 하는 거울과 같은 대상이다.

그래서 나의 직장을 일컬어 '인생종합대학'이라 했던가. 가족보다 오히려 함께하는 시간 더 많은 동료들, 그리고 직무상 만나게 되는 각양각색의 민원인들도 나에게는 좋은 스승이 된다. 몇 해 전에는 잘 아는 선배 한 분이 안타깝게 불명예 퇴직했다.

'겸상兼床'을 해서는 안 될 상대와 자리를 함께했다는 사실이 감찰 조사결과 드러났다는 것이다. "호랑이를 잡으려면 호랑이 굴속으로 들어가야 한다"는 말처럼 경찰관이 때로는 범죄자와도 겸상을 해야 정보를 입수할 것이 아닌가. 문제는 공직자로서 적당한 '선線'을 긋지 못한 것이 큰 불찰로 드러난 것이다. '인생종합대학'의 스승은 그래서 후배 경찰관들에게 '선을 잘 그어야 생존한다'는 교훈을 남기고 옷을 벗은 셈이다.

지난겨울에는 파출소에서 근무하는 후배 직원 한 사람이 주취자酒醉者를 잘 보호하여 가족에게 인계하였다. 추운 날씨에 그대로 방치했더라면 어찌 되었을지도 모르는 한 집안의 가장이었다. 뒤늦게 이 사실을 안 그의 가족들이 성의껏 잘 보살펴 주어 고맙다며 현금 봉투를 건넸다. 그는 정중히 거절하였지만, 그 가족들은 막무가내로 봉투를 던져 놓고 도망치듯 달아났다.

그는 경찰관으로서 의당 해야 할 일을 하였으므로 대가를 받을 수 없다는 판단으로, 이 현금 봉투를 경찰서 청문감사실에서 운영하는 '포돌이 양심방'에 신고했다.

어찌 보면 흔히 있을 수 있는 사소한 일이지만, 그는 그 후 '깨끗한 손'이라는 칭호와 함께 많은 동료 직원들로부터 매사 청렴성을 인정받게 되었다. 그 또한 연조로 보면 까마득한 후배지만, 직무현장에서는 스승의 본을 보여 준 인물이었다. 사욕私慾을 버릴 줄 아는 삶의 기본 방식, 공직자로서 그 소중한 일깨움을 공유케 해 준 것만으로도 조직의 건강성을 입증한 셈이다.

'교훈敎訓은 안내하지만, 모범模範은 잡아 준다'는 옛말이 있다. 모범은 추구해야 할 이상理想이 아니라, 경찰관에게 있어 삶의 바탕이 되어야 한다.

그러므로 공직자라는 이름에 부과된 값을 하려면 살아가면서 조심해야 할 것이 참으로 많다. 능력과 자질도 중요하지만, 정직과 도덕성이라는 인생 덕목을 유달리 강조하는 것도 그런 연유에서일 것이다.

내가 오늘 걸어가는 길은 결코 평탄치 않다. 살얼음판과도 같다는 생각이 들 때가 많다. 나는 술을 좋아하지만, 많이 마시지는 못한다. 치질의 고통을 경험한 바 있기 때문이다. 그래서 주석酒席에서는 으레 마음속으로 계산하기 마련이다.

정량을 초과하면 고생한다는 지극히 평범한 상식을 벗어나지 않기 위해서다. 그래서 옛 어른들은 '몸속에 작은 질병 하나 가지고 있는 것도 보배'라고 했던가? 역설적이지만 '지병持病이 때론 수호신守護神'이 되는 셈이다.

살아가면서 일행삼사一行三思의 정신도 잠언箴言처럼 귀한 덕목이지만, 늘 자신을 성찰하면서 정도를 일탈하지 말자는 자신과의 약속. 스스로 건강한 삶을 돌보는 지혜가 아닌가 새삼 생각해 본다. (2001년 〈경찰문화대전〉 금상 수상작)

빨간 띠

비디오테이프를 빌렸다. 영화 〈죽은 시인의 사회〉
다. 평소 영화를 자주 볼 기회가 없는데, 이 영화를 매우 감명 깊게
보았다는 어느 스님의 칼럼을 읽고 호기심이 일었다.

테이프를 들고 집에 들어오니 아이들이 반색을 한다. 그러나 아이
들 앞에서 선뜻 비디오를 틀지 못했다. 빨간 띠가 붙어 있었기 때문
이다.

그런데 왜 이런 건전한 비디오에 빨간 띠를 붙여 놓은 걸까? 아직
영화를 보지 못한 나로서는 걱정이 되어 아이들에게 먼저 양해를 구
했다.

"이런 말하면 너희들이 더 보고 싶어질 테지만 조금만 기다려다오.
일단 아빠가 점검하고 나서 괜찮으면 너희들에게 보여 주마." 아이들
은 신통하게도 아비의 말을 잘 듣는다. 막무가내로 떼를 쓰던 아이들
이 중·고등학교에 들어가면서 어른의 말을 고분고분 잘 따라 준다.

아이들은 각자 저희들 방에 가서 책을 보고, 나는 볼륨을 낮추고 마루에 앉아 비디오를 보았다.

영화를 보면서 비디오 가게 주인이 한 말이 떠올랐다.

"출시된 지가 꽤 오래된 영화지요. 주로 학교 선생님들이 많이 빌려다 보는 영홥니다. 그런데 아이들에게는 정서상 안 좋은 것 같아요."

'정서상'이라는 말과 '같아요'라는 말이 좀 지나치다 싶을 정도로 많이 쓰이는 세상이지만, 그래도 이 분야에서는 전문가가 하는 말이니 염두에 두지 않을 수 없었다.

나는 테이프에 빨간 띠가 붙어 있는 이유를 영화를 다 보고 나서야 알았다. 영화의 전편全篇에 흐르는 정서라든지 주제와는 구별해야겠지만, 주인공이 자살하는 마지막 장면은 충격적이었다.

어른들에게는 지적인 충족감과 교훈을 주는 영화일지라도 감수성이 예민한 아이들에게는 얼마든지 해가 될 수도 있다는 것을 '빨간 띠'가 말해 주는 듯싶었다. 영화가 아니더라도 우리 사회에서 빨간 띠를 붙여야 할 대상은 참으로 많다.

'쉬었다 가세요 골목'도 그중 하나다. 흔히 '텍사스촌', 또는 'ㅇㅇ번지'라고도 부르는 곳이다. 경찰에서는 이곳에 경찰력을 집중적으로 배치하고 연일 검문을 실시했다. 포주들이 가만히 있을 리 없었다.

장사가 안 된다고 항의했다. 그러나 경찰은 아랑곳하지 않고 이들을 고집스럽게 단속했다. 이에 다급해진 포주들이 꾀를 내었다. 정당하게 세금을 내겠다고 세무서를 찾은 것이다.

그런데 재미있는 것은 세무서에서는 그들의 영업(?)행위가 세원税源이 아니라는 이유로 거절해 버린 것이다. 세무서라는 데가 어떤 덴가.

수입이 있는 곳이면 어느 곳이든 가리지 않고 물리는 데가 아닌가.

지금 이 시간에도 이런 영업을 음성적으로 하고 있는 곳이 있다. 이곳 대전도 예외가 아니다. 얼마 전에는 '쉬었다…골목'에 야간에 배치되어 근무한 적이 있다. 무려 세 시간여 동안 이곳에서 유동 근무를 하면서 호객들을 면밀히 관찰했다. 그들은 경찰이 나타나면 용케도 알아차리고 숨어 버리고 잠시 비껴 서면 또 나온다. 마치 바닷가의 엽낭게와도 같다.

부끄러운 이야기지만 과거에 나 역시 이와 비슷한 골목 앞을 지나가 본 적이 있다. 고교 시절에 친구들과 함께 낯선 골목을 지나다가 막무가내로 따라붙는 호객들을 만나 곤혹스러웠던 것이다. 그러나 한편으로는 호기심이 많던 그 시절, 도대체 어떤 곳인지 궁금하기도 했고, 한 번 일을 저질러 보고도 싶었던 충동이 강렬히 일었으나, 막상 골목 안에 들어서니 음침한 분위기가 무섭고 겁이 났다.

그런데 갑자기 어디서 나타났는지 사복 경찰이 경적警笛줄을 뱅뱅 돌려 가며 우리들 앞에 다가오지 않는가. 이때 우리들 귀에 들려온 것은 "요오 노옴덜 봐라!"였다.

주변을 살필 겨를도 없었다. 형사를 보자마자 줄행랑을 쳤다. 헐레벌떡 친구의 하숙집에 도착해서 놀란 가슴을 쓸어내리고 있는데 친구가 이렇게 말했다. "형사가 그렇게 무서운 줄 처음 알았네."

당시에는 무서웠지만 지금 생각하면 그 당시 골목 입구에서 만난 형사가 여간 고맙지 않다. 만약 경찰이 그 자리에 없었더라면 나의 동정은 어쩌면 거기서 잃었을지도 모른다는 생각을 지울 수 없다. 아니 동정 따위가 문제가 아니라, 두고두고 남모르는 고민을 얼마나 했을까 생각만 해도 끔찍하다. 그런 일화는 군대 시절 성병을 얻어 의무대를 단골로 드나드는 동료들한테서도 적잖이 들었다.

지금도 항간에는 이런 특수지역에 대한 의견이 분분하다. 사회의 필요악이라고 해서 묵인하거나 방치해서는 안 된다는 사람이 있고, 이런 곳이 있기 때문에 그나마 젊은이들의 성범죄를 억제할 수 있다고 말하는 사람도 있다.

영화나 소설에서도 이런 특수지역 사람들의 삶을 흥미 위주로 그린 것이 많아 사회 병폐 쪽보다는 야릇한 흥미를 갖고 있는 사람들이 더 많다.

그러나 백 마디의 말이 필요 없다. 심리적인 구역질을 느껴 가며 이 지역에서 야간 근무를 해 본 사람으로서는…….

밤이 이슥하여 동료 형사와 나는 호객 행위를 하는 여자들을 단속하여 파출소로 동행했다. 벙거지를 눌러쓴 십대 소년의 소매를 이끌고 들어가는 여인과 역전에서 서성이는 할아버지를 꼬여 골목으로 들어가는 호객 여성들을 잡아 온 것이다.

철없는 아이들의 동정을 빼앗고, 때로는 외로운 노인네의 주머니를 털게 하며, 성병까지 옮겨 주는 여인들.

그들은 파출소에 연행되자마자 옷을 홀랑홀랑 벗는다. 자기과시용? 아니면 엄포? 아니다. 일종의 자기 보호 수단이다. 성가시면 어서 내보내 달라는……. 이들을 본서로 넘기기까지 온갖 실랑이를 벌여야 하는 일선 경찰관들은 그래서 입에서 고운 말이 나올 리 없다.

요즘 사회 환경을 개선하자는 국민적 여론과 함께 TV에서도 여러 가지 개선 안을 내놓고 있다. 방송 프로그램에 대한 등급제도 나왔다. 청소년 심리학과 TV 폭력물 연구 성과를 기초로 7~12세 초등학생이 볼 수 있는 프로그램은 「초」, 13~15세 청소년 프로그램은 「중」, 15세 이상은 「고」, 그리고 19세 이상 성인 프로그램은 「성인」 마크를 표시하자는 것이다. 이와 더불어 모든 연령층이 볼 수 있는 프로그램이라도 폭력 선정적 상황과 비속어 사용, 외설적 대화가 들어 있는 경우에는 「부모 지도」라는 자막을 넣도록 했다는 소식은 들었지만 무슨 까닭인지 시행을 미루고 있다.

그뿐만 아니라, 성인용품 판매점도 마찬가지이다. 불법 포르노 테이프와 음란 성행위 도구를 판매한 섹스 숍이 연일 철퇴를 맞고 있다. '빨간 띠'는 업주의 이마에 붙인다고 될 일이 아니다. 어른들 모두의 가슴에 붙여야 할 딱지가 아닌가 싶다. (1998년 《수필문학》)

| 작품평 |

윤승원의 〈빨간 띠〉 / 윤재천(문학평론가, 중앙대교수)

삭막해져 가는 세태를 치유할 수필문학의 사명

한 해 동안의 수필작품을 정리하다 보면, 한 해 농사를 보람스런 마음으로 갈무리하는 농부가 된 기분이다. 이 감정은 평생을 수필과 함께 살아온 사람의 자연스런 감회이기도 하다. 수필과 관련된 일에 애정을 느끼는 것도 이와 같다. 지난 한 해 동안의 우리 수필문단은 매우 풍성했다. 이는 작품만 아니라 글의 수준에서도 마찬가지다. 그것은 시대적 현실이며, 특히 지방문단이 활성화되면서 작품 활동에 소극적이던 작가들이 새롭게 열의를 다지게 되었다. 그동안 수필 문단은 일부 작가의 활동에 의존해 명맥을 유지해 왔고, 지역적으로도 서울을 중심으로 지방 몇 곳에서만 움직임을 보여 왔던 것이, 본격적인 지방 자치화 시대가 열리면서 많은 변화를 보이고 있다. 이러한 현상은 작품의 내용면에서도 마찬가지다. 소재도 다양하고, 작품의 문체도 이전과는 비교할 수 없을 만큼 세련되고, 다루는 제재와 주제도 다양하다.

제재와 주제의 다양화

지금 이 시간에도 이런 영업을 음성적으로 하고 있는 곳이 있다. 이곳 대전도 예외가 아니다. 얼마 전에는 '쉬었다⋯골목'에 근무 배치를 받았다. 무려 세 시간여 동안 이곳에서 유동 근무를 하면서 호객들을 면밀히 관찰했다. 그들은 경찰이 나타나면 용케도 알아차리고 숨어 버리고 잠시 비켜서면 또 나온다. 마치 바닷가의 엽낭게와 같다.

부끄러운 이야기지만 과거에 나도 이와 비슷한 골목 앞을 지나가 본 적이 있다. 고등학교 시절에 친구들과 함께 낯선 골목을 지나다가 막무가내로 따라붙는 호객들을 만나 곤혹스러웠다. 그러나 한편으로는 호기심이 많던 그 시절 도대체 어떤 곳인지 궁금하기도 했고 한번 일을 저 질러 보고도 싶었던 충동이 강렬히 일었으나 막상 골목 안에 들어서니 음침한 분위기가 무섭고 겁이 났다.

그런데 갑자기 어디서 나타났는지 사복 경찰이 경적警笛 줄을 뱅뱅 돌려 가며 우리들 앞에 다가오지 않는가. 이때 우리들 귀에 들려온 것은 단 한마디 "요오놈들 봐라!"였다.

　　　　　　　　　　　　　－ 윤승원, 〈빨간 띠〉(《수필문학》 '98. 3월호) 중에서

글에 나타나 있는 것으로 보아 작가는 경찰관임을 알 수 있다. 직업 관계로 누구보다도 사회 구석구석에 대한 사정이나 사건에 대해 보고 듣고 느낄 수밖에 없다. 수필은 이런 사람에게 가장 어울리는 문학 장르인지도 모른다. 그 이유는, 문학이 추구하는 궁극적 목표 중에 하나가 인간의 본질적 속성에 대한, 삶의 유형에 대한 구체적 탐구이기 때문이다. 작가는 사회의 그늘진 구석을 고발할 목적으로 나름의 견해를 피력하면서 마지막을, '빨간 띠'를 붙여야 할 곳은 비디오테이프가 아니라 우리 "어른들 모두의 가슴"이라는 말로 끝을 맺고 있다.

오늘의 우리는 그것이 연령 때문에 붙여진 이름이기는 하나, 어른으로서 떳떳하게 행동하고 있는가. 자기 자신에게 떳떳한 사람이 있으면 이 여인에게 돌을 던지라는 성경의 말씀처럼, 우리에게도 그런 자성自省과 선택의 기회가 주어졌을 때 가책을 느끼지 않고 누군가를 향해 돌을 던질 수 있는 사람이 얼마나 있을까.

이 글은 작가의 의도가 사회적 파문을 일으킬 의사가 없는 관계로 처음부터 조용한 목소리로 일관되지만, 글을 읽는 독자의 입장에서는 많은 생각을 하게 하는 힘을 가지고 있다. 이런 힘이 수필이 궁극적으로 창조해야 하는 힘이다. 평범한 것을 가지고 비범한 것을 만들어 내는 것은 인간만이 할 수 있는 일임에 틀림없다. (한국문예진흥원 《문예연감 1999》)

겸손 실종시대

신춘문예이든, 스타 선발대회이든, 우리는 신인의 탄생을 지켜보면서 야릇한 흥분에 젖는다. 단순히 신인이라는 신선함과 기대감 때문만은 아니다. 그들이 들려주는 한마디의 겸손한 소감 때문이다. 지금까지 나는 신인 당선 소감에서 당당하게 말하는 사람을 한 사람도 보지 못했다.

'부족한 저를', '서투른 저를', '아직은 미욱한 저를', '부끄럽기 그지없는 저의 작품을…', 비록 상투적일지라도 이런 겸사의 소감이 있기에 그들에게 보내는 축하와 격려의 박수 소리가 더 커지는지도 모른다.

당선자가 고개를 꼿꼿이 세운 채 '오늘의 이 영광을 충분히 예견했다. 내가 노력한 당연한 결과'라고 우쭐댄다면 그에게 진정한 축하를 보내는 사람이 몇이나 될까? 결과에 앞서 과정에서도 마찬가지다. 지난 선거에서 누굴 뽑을까 선뜻 결정하기 어려웠다. 가능하면 말은 잘못하지만 진실성이 있어 뵈는 사람, 자기가 잘났다고 외쳐대는 사람보다는 겸손한 체취가 풍기는 사람을 뽑고 싶었다.

그러나 안타깝게도 정치판에는 내가 기대한 만큼 겸손하게 자기를 낮추는 사람은 보이지 않았다. 한결같이 자칭 잘난 분들뿐이었다. 하기야 정치인으로서는 그럴 수밖에 없을 것이란 생각도 든다. 겸손하면 상대측에서 오히려 그것을 약점 잡아 공격을 해 올지도 모르는 일이니까.

이런 정치판을 보면서 물이 든 것일까? 각종 인물 뽑기뿐만 아니라 대인관계에서도 그런 모습은 얼마든지 볼 수 있다. 가장 깨어 있는 모임체라는 문인단체의 선거 과정도 예외는 아니었다. 협회 소속이라고 해서 임원 선거 기간 중 전국의 내로라하는 문인들로부터 여러 통의 전화를 받았다. 물론 모든 이가 다 그런 것은 아니지만 더러는 시류에 영합하려는 듯 '자기 자랑이 곧 PR'이라고 믿는 분들을 보면서 안타까움을 금치 못했다.

문인이란 어떤 사람인가. 같은 음식을 먹어도 배설[表現]하는 것은 뭐가 달라도 달라야 하는 사람들 아닌가. 말과 글 속에서 향기가 배어나는 사람들이어야 하지 않은가. 적어도 선비를 자처하는 문인이라면 정치꾼의 업적 떠벌이나 말장난을 흉내 내고 배워서는 안 될 일이다. 나 이런 사람이니 찍어 달라고 자기 자랑에 급급해 할 게 아니라, 부족한 사람이 큰 모임의 일꾼이 되기를 자처하고 나섰으니 — 주변의 성화 때문에 억지로 떠밀려 나왔다고 해도 좋다 — 너그러이 보아 달라고 양해부터 구하는 것이 작가적 겸사요, 양심이 아닐까?

그게 아니어도 문인들은 작품으로 승부를 걸어야 한다는 것을 누구보다도 잘 안다. 문단의 어느 원로 작가는 '작가는 작품으로 말해야 한다'며 언론사의 인터뷰나 일체의 사진 찍기조차도 거부해 문단은 물론 일반 사회에서도 크게 추앙을 받고 있지 않은가.

모름지기 작품으로 존경받아야 할 단체에서 이렇다 할 작품 하나 내세울 수 없는 사람이 씌워 줘도 마다해야 할 감투나 명예욕에 눈이 멀어 허둥대는 모습을 보인다면 역겨운 일이 아니겠는가?

사람들은 왜 그리도 감투와 명예를 좋아하는가. 자신을 내세우지 않고도 가치 있게 살아갈 수 있는 방법은 진정 없는 것인가. 자신이 몰골사납게 사정하지 않아도 남들이 앞장서 그 일을 꼭 맡아 줘야겠노라고 삼고초려三顧草廬하는 모습을 볼 수는 없는가. 무슨 일이든 한 가지 일에 지나치게 사로잡혀 자신의 진정한 모습을 반추해 보지 못하는 것은 큰 불행이다. 그것을 진정 아는 이는 사양이라는 겸손을 앞세우기 마련이다.

'탈무드'에는 이런 말이 나온다. "당신은 적당하다고 여겨지는 자리보다 낮은 자리를 잡아라. 다른 사람으로부터 '내려앉으시오'라는 말을 듣느니보다는 '올라앉으시오'라는 말을 듣는 편이 낫다. 하느님은 자기 스스로 높은 자리에 앉은 자를 낮은 곳으로 떨어뜨리고 스스로 겸양하는 자를 높이 끌어올린다."

어디 크고 작은 단체뿐인가. 직장에서도 마찬가지이다. 상사는 연륜과 인격, 그리고 능력에 따라 아랫사람들로부터 존경과 추앙을 받는다. 동료 간에는 신의와 동지애로 서로 간의 정이 도타워진다. 거기에 겸양謙讓의 미까지 갖춘다면 만인의 존경과 사랑의 대상이 될 것이다. 그러나 '모두가 잘났다.', '나에 비하면 너는 보잘것없다.', '나만 한 사람이 있으면 나와 보라.'는 식의 자기 우월 의식이 팽배해 있다. 이런 위험하고 무서운 아집과 독선이 어디 있는가.

　이런 모습을 아이들도 배우고 있다. 겸손이 미덕이 아니라 당당한 것이 생존의 무기이자 가치인 듯 배우는 것이다. 뒤로 빼는 것이 치사한 것이 되고 겸사謙辭를 하면 인간을 무시한다.

　당당한 것, 우월한 것, 그것이 좋아 보이기는 하나 자칫 오만으로 비칠 수도 있음을 간과하는 것 같아 안타깝다. 이 사회가 각박하다는 데에는 많은 이유가 있지만 무엇보다도 '겸손의 실종'에서 그 원인을 찾아야 할 것이다. 자기 우월감에 도취되어 남을 의식하지 않는 두꺼운 얼굴 때문에 존경심이 사라지고 정이 메말라 간다는 것은 서글픈 현실이 아닐 수 없다. (≪월간문학≫1998년)

| 작품평 |
윤승원의 〈겸손 실종시대〉 / 문학평론가 정주환

　〈겸손 실종시대〉는 자기 주제파악을 못한 사람들의 이야기가 아닌가 한다. 작가의 말처럼 문학인은 작품으로 승부를 걸어야 할 것이다. 그런데 시중 정치 잡배처럼 허명에만 정신을 쏟고 있는 사람이 없지 않다. 제대로 내세울 작품 한 편 없는 사람들. 그리고 작품이 무엇인지도 제대로 알지 못하면서도 작가라는 허명으로 살아가는 사람들이 문학이라는 집단 속에 판을 치는 사람이 없지 않다.

　문인이란 어떤 사람인가. 같은 음식을 먹어도 배설하는 것은 뭐가 달

라도 달라야 하는 사람들 아닌가. 말과 글 속에서 향기가 배어나는 사
람들이어야 하지 않은가. 적어도 선비를 자처하는 문인이라면 정치꾼
의 업적 떠벌이나 말장난을 흉내 내고 배워서는 안 될 일이다.

나 이런 사람이니 찍어 달라고 자기 자랑에 급급해 할 게 아니라 부족
한 사람이 큰 모임의 일꾼이 되기를 자처하고 나섰으니 — 주변의 성화
때문에 억지로 떠밀려 나왔다고 해도 좋다 — 너그러이 보아 달라고 양
해부터 구하는 것이 작가적 겸사요, 양심이 아닐까? 그게 아니어도 문
인들은 작품으로 승부를 걸어야 한다는 것을 누구보다도 잘 안다.

문단의 어느 원로 작가는 '작가는 작품으로 말해야 한다'며 언론사의 인
터뷰나 일체의 사진 찍기조차도 거부해 문단은 물론 일반 사회에서도
크게 추앙을 받고 있지 않은가. 모름지기 작품으로 존경받아야 할 단
체에서 이렇다 할 작품 하나 내세울 수 없는 사람이 씌워 줘도 마다해
야 할 감투나 명예욕에 눈이 멀어 허둥대는 모습을 보인다면 역겨운 일
이 아니겠는가?

- 〈겸손 실종시대〉 중에서 -

현대를 일컬어 자기 PR시대라 하지만 내용 없는 PR은 일종의 거품
이다. 거품의 인격은 사기술의 인격이요, 거짓과 허위로 출렁거리는
내용 없는 인격이 아닐까. 그런 사람들은 자기만 똑똑하고 자기만 능
숙하고 자기만 잘한다는 독선과 아집으로 뭉친 사람이다. 말하자면
겸손이 상실된 사람이라고나 할까. 오늘의 세태는 우월감과 당당함
만이 생존의 무기로 가치화되어 버렸고, 겸손은 못난 사람의 수호신
으로 굳어져 버린지도 모른다.

그래서 사람들은 자기 능력이나 인격은 접어두고 무조건 잘났다고 서로들 설쳐대는지도 모른다. 그러나 우리 작가들만은 윤승원의 말이 아니더라도 우월주의에서 벗어나야 할 것이며, 서로를 의심하고 헐뜯는 흙탕에서 탈출해야 할 것이다. 문장도 탱탱하고, 작가의 목소리도 탱탱해서 우리들에게 더욱 공감을 주는 글이었다. (《월간문학》 1998년 '이달의 수필평')

태풍 때문에

여름휴가 첫날이었다. 사소한 일로 아내와 다투었다. 다툼의 발단은 언제나 사소한 것이지만, 그것이 불씨가 되어 감정을 자극하는 경우가 더러 있다. 내 쪽에서 져 주어도 체면에 손상이 가는 것도 아닌데, 그 순간만큼은 너그러운 마음이 생기지 않는다.

수양修養이 문제라고 하지만 화가 났을 때, 그 감정을 그대로 간직하면 속병이라도 날 것만 같아 가만히 있지 못하는 것이다.

혹자는 '百忍'이라는 글을 걸어 놓고 화가 날 때마다 그걸 쳐다보면서 가라앉힌다는데, 그게 얼마나 스트레스 쌓이는 일인가!

나는 아내가 지어 주는 저녁밥이 잘 넘어갈 것 같지 않았다. 왠지 마주 대하고 싶지 않았다. 그래서 혼자 집을 나가기로 했다. 휴가도 냈겠다, 용돈도 다소 있겠다, 이번 기회에 아내의 고집을 꺾어 봐야겠다고 마음먹은 것이다.

그래서 한 사나흘 어디론지 훌쩍 떠나 머리 좀 식히고 오겠다고 선언했다. 행선지는 나도 모른다. 미리 계획해 둔 바도 없다. 다분히 아내에 대한 엄포성 여행이다.

양말과 수건, 그리고 세면도구 등 부산하게 챙겨 가방에 넣었다. 그러면서 아내의 눈치를 살폈다. 그러나 아내는 나를 쳐다보면서 말리지 않았다. 남편이 어디론가 떠난다는데 일언반구 말이 없는 것이다. 아내가 달려들어 말리리라 은근히 기대했는데 크게 놀라는 눈치가 아니었다. 그건 어쩌면 여자의 자존심인지도 몰랐다.

그렇다면 아이들이라도 달려들어 '아빠, 떠나지 마세요.' 해야 하는데, 녀석들도 구경만 하는 것이다. 나는 조금 맥이 빠지는 기분이었다. 그러나 포기할 수는 없었다.

큰아이가 넌지시 "아빠, 어디로 가실 거예요?" 하고 물었지만, 나는 그냥 "먼 곳에……."라고만 대답했다. 그때서야 아내는 "웬만하면 저녁이나 드시고 가세요." 했다. 조금 걱정스런 눈빛으로.

'그래, 바로 그거야! 하지만 그 정도로는 안 돼! 잘못했다는 사과를 난 듣고 싶어!' 속으로 이렇게 중얼거리며 나는 그대로 집을 나섰다.

차에 오르는 순간까지 애들이 뛰어나올 것 같은 착각에 빠졌다. 녀석들이 못 떠나게 매달리면 못 이기는 척하고 들어가리라는 기대감을 버리지 않고 있는데, 놈들은 내다보지도 않았다.

나는 차를 몰았다. 어디로 갈까? 평소에 가 보고 싶은 곳이 몇 군데 떠올랐으나, 선뜻 마음이 내키지 않았다. 무엇보다도 여관에 가서 혼자 잔다는 사실이 마음에 걸렸다. 청승맞게 혼자 여관방 천장을 쳐다보며 상념에 잠길 것을 생각하니 더한 괴로움일 것 같았다.

여행은 기분이다. 즐거워야 하는 것이다. 그런데 이런 기분으로 어

느 누구와 얼굴을 마주하고 희희낙락, 산수경계가 아름답다고 할 것
인가!

나는 어느덧 가까운 계룡산 계곡에 이르렀다. 한없이 쏟아져 내리
는 폭포수를 바라보며 산란한 마음을 가다듬었다. 결코 거스를 수 없
는 저 폭포수처럼, 부질없는 내 마음을 떡갈나무 잎 한 장 따서 그 위
에 떠내려 보냈다.

가장家長의 체통이 무엇인가. 그것이 이렇게 나를 소외시키는 외로
움인지도 모른다. 아내를 이기려면 남편은 고독해지는 연습부터 해야
한다. 그런데 난 외로움이 싫다. 울적할 때 달려가 안겨 볼 사람이 없
는 것이다. 갑자기 어머니가 그립지만 이 세상에 존재하지 않는 분이
다. 그러니 누구에게도 나약한 면을 보여서는 안 되는 사람이다.

발길을 돌렸다. 돌아오는 길에 아이들이 좋아하는 과일을 샀다. 아
내가 좋아할 물건도 하나 사고 싶었지만 가게 앞에서 그만 용기가 사
그라져 사지를 못했다. 초인종을 누르니, 아이들이 "아빠다!" 하면서
마치 예견이나 한 듯 환호성을 질렀다. 가방을 받아 가지고 들어가는
아내에게 내가 말했다.

"일기예보를 들으니, 태풍이 몰려온다는군!"

그러자 아내가 싱긋 웃었다. '태풍이 지나가면 함께 떠나자'는 아내의 말
에 아이들이 또 한 번 손뼉을 쳤다. (1991년 KBS1 라디오 〈시와 수필과 음악과〉)

기침 소리

생전에 부모님의 기침 소리는 적잖은 괴로움이었다. 그러나 찬바람이 불고 이렇게 스산하게 느껴지는 겨울밤이면 이 세상에 안 계신 부모님의 기침 소리가 그립고, 다시금 듣고 싶어지는 까닭은 무엇인가.

그 옛날, 친구들과 어울려 놀다가 밤이 이슥하여 집 앞에 이르면 나는 부모님께 죄송하여 큰 대문을 두드릴 수 없었다. 쪽대문으로 발길을 옮기는 것이다. 쪽대문은 늘 걸어 잠그지 않으셨다. 작대기 하나만 살짝 걸쳐 놓으셨다.

그것은 밤늦게 돌아올 자식을 위해 어머니께서 해 놓으신 배려였다. 그러나 문을 열고 들어서면 사랑방에서 아버지의 큰기침 소리가 어김없이 흘러나왔다. 아무리 발자국 소리를 죽이고 살그머니 들어서려고 해도 아버지께서는 용케 아시고 큰기침을 하셨다.

우리 형제들은 아버지의 큰기침 한 번이면 기가 죽었다. 그 소리가 행동에 엄격한 제약을 주는 것이었다. 그것은 위엄이었다. 그 기침 소리는 근엄하신 아버지의 상징이었다.

외출하고 돌아오실 때 아버지께서는 대문 앞에서 꼭 큰기침을 한두 번하고 들어오셨다. 그 소리가 곧 어른의 기척이셨다. 혹 못마땅한 일이 있어도 크게 꾸짖지 않으셨다. 그저 큰기침 한 번으로 대신하셨다. 그것은 자식의 잘못을 스스로 깨우치게 하는 채찍의 소리였다.

이제 나는 돌아가신 어른의 큰기침 소리를 다시 들을 수가 없다. 아무리 인륜이 땅에 떨어진 세상이라고 개탄하는 소리가 높지만 근엄하신 어른의 큰기침 소리가 들리는 집안이면 그 아이들은 온순하게 자랄 거란 믿음이 간다.

그러나 지금의 나는 옛 어른만큼 무게 있는 큰기침을 아이들 앞에서 낼 수가 없다. 그래서 더욱 옛 어른의 큰기침 소리가 그리워지는지 모른다. 우리는 살아가면서 많은 기침 소리를 듣게 된다.

어두운 밤길에서 듣게 되는 기침 소리는 반갑다. 그 인기척 소리는 내 가까운 이웃처럼 느껴져 공포감을 씻어 주니, 안도의 소리이다. 기침 소리는 연만하신 노인의 소리이며, 환자의 소리이기도 하다.

또한 기침 소리로 목을 가다듬고, 아랫배에 자신감을 불어넣어 보기도 하는 사전 준비운동 같은 것이기도 하다. 어디 그뿐인가. 저만치에서 못된 짓을 저지르려고 하는 아이의 행동을 멈칫하게 하는 소리가 어른의 기침 소리이다.

그리고 찬바람이 불면 더욱 심하셨던 어머니의 기침 소리를 어찌 잊으랴! 학창시절 부엌에서 들려오는 어머니의 기침 소리는 새벽밥 지으시는 소리였고, 집 안팎을 둘러보시며 아버지가 하시는 헛기침 소리는 늦잠 자는 자식을 깨우는 자명종 소리와 같은 것이었다.

어머니의 잔기침 소리에 온화한 모정을 느끼었고, 아버지의 큰기침소리에 흐트러진 매무새를 고쳤다. 자식은 그렇게 탈 없이 성장하였다. 커 가는 자식에게 잔정만 있고 위엄과 권위가 없는 오늘의 아비가 부끄러운 것도 옛 어른의 근엄함을 따를 수 없기 때문이다. 어른의 큰기침 소리 한 번 듣고 싶어지는 밤이다. (1990년 11월 KBS1라디오 〈시와 수필과 음악과〉)

명절이 다가오면

자식이 부모님을 찾아뵙는 명절이 일 년에 두 번 정도이다. 음력 팔월 열 나흗날, 그리고 섣달 그믐날. 그러나 한 번도 찾아뵙지 못하는 자식의 아픈 마음이 있고, 기다림이 끝내 서운함으로 변하는 부모님의 마음도 있다.

노부모님을 모시고 시골에서 살았던 나는 명절이 되어 소식도 없이 못 오시는 형님들에 대한 야속함을 부모님 못지않게 크게 가졌던 기억이 새삼 떠오른다. 모두들 즐거운 표정으로 선물과 정종술병을 양손에 힘겹게 들고 버스에서 내리는 객지인들이 부러워, 나는 길가 논다랑이에 엎드려 피사리를 제대로 할 수가 없었다.

그러나 우리 형님들은 그들의 대열에 한 번도 끼어 오지 않으셨다. 명절이 무슨 대단한 날은 아니더라도, 아버지께서는 객지에 나간 자식들을 행여나 기다리셨다. 해 질 녘, 담장 너머로 신작로 께를 기웃거리시다가 어스름이 깔리고 끝내 막차의 엔진소리가 머얼리 사라지면 아버지께서는 입에 물었던 장죽을 툇마루의 받침돌에 두어 번 때리시고 방으로 드신다.

그러면서 혼자말씀으로 "또 못 오는 게로군!" 하신다. 기다림으로 주름진 노안에 수심이 드리워지는 순간, 당신도 모르게 나오는 그 말씀 한마디가 곁에서 보는 막내아들의 어린 가슴을 아리게 했다.

그리고 동네 사람들이 "자제 분은 이번 명절 쇠러 왔나요?" 하면 그저 말꼬리를 흐리시던 모습이 얼마나 쓸쓸해 보였던가! 그래서 이다음에 내가 객지 생활을 하게 되면 부모님의 기다림에 실망을 드리지 않을 거라 다짐했다. 그러나 이제 내가 그쯤 되니까, 부모님은 기다려 주지 않고 저세상으로 가셨다. 그런 까닭으로 명절이 다가오면 나는 쓸쓸해진다. 돌아가신 뒤에야 형님들과 함께 부모님 산소를 찾아뵙게 되니, 마음이 착잡해질 수밖에 없는 것이다. 그렇지만, 나는 형님들 앞에서 지난날 부모님의 기다림을 충족시켜 드리지 못한 점을 회상하여 말씀드릴 수는 없다.

형님들이 마음이 없어서가 아니라, 삶이 그렇게 고달프고 힘겨웠음을 동생인 내가 잘 알고, 이해하고 있지 않은가. 그 당시 고향을 찾지 못하는 형님들 마음이야 어찌 동생의 서운함에 비기랴.

이제 부모님이 돌아가시고 객지가 고향처럼 되어 버린 우리 형제들은 명절 때 큰형님 댁으로 모이게 된다.

그런데 알 수 없는 일이다. 거기서 또 객지에 나가 명절 쇠러 못 오는 조카 걱정을 큰형님이 하고 계신다는 사실이다. 그러한 모습이 옛 아버지의 수심처럼 깊게 느껴지는 것은 아니지만, 어느새 환갑노인이 되신 형님의 얼굴도 자식 걱정을 하실 때는 그다지 밝은 표정은 아니다.

그것은 자식에 대한 사랑의 염려이지, 결코 노여움은 아니라 느껴진다. 그 어려웠던 시절, 아버지께서 그러하셨듯이 자식을 대학까지 보내어 소박한 농부의 꿈을 이루시고, 자식들이 저마다 그 직에 충실하느라 명절 때 귀향치 못한다는 것을 오히려 자부심으로 여기셨던 것이다.

그러나 못난 자식이 어찌 넓은 부모님 마음을 다 헤아리랴. 자식이 부모가 된 뒤에야 비로소 그 깊은 정을 깨달으며 사는 것이 부끄러운 것이다. 그래서 명절이 되면 통회하는 마음으로 부모님 산소 앞에 엎드려 용서를 빌고, 자신을 한 번쯤 뒤돌아보게 되는지 모른다. (1990년 KBS1라디오 〈시와 수필과 음악과〉)

나의 성묫길

　　도회에 살면서 난 아직 한 번도 명절에 성묘를 다녀오지 못했다. 고향의 선산이 멀기도 하지만 그보다는 남들이 편안히 쉬고 즐기는 명절이면 으레 비상근무를 해야 하기 때문이다.

　그러니 조상님께 늘 죄송한 마음이 든다. 지난 일요일엔 모처럼 성묘를 다녀왔다. 마침 가까이 사는 둘째 형님이 함께 가신다고 하여 동행을 하게 됐다. 그런데 나의 성묫길은 바쁘기만 하다. 아무리 서둘러도 하루해가 모자라는 것이다. 대대로 잠들어 계신 선조 산소를 찾아 차례로 성묘하다 보면 어느새 한나절이 되고 만다. 그렇다고 고향의 어른들을 찾아뵙지 않고 돌아설 수 없다. 오랫동안 병석에 누워 계신 팔순의 숙모님, 농사짓느라 까만 얼굴에 깊은 주름이 팬 사촌 형님들. 그리고 낯선 도회지 사람이 나타나면 사라져 보이지 않을 때까지 담장 너머 까치발 딛고 지켜봐야 하는 순박한 내 어릴 때 이웃도 있다. 어디 그뿐인가. 재 너머 홀로 계신 장모님도 마음이 걸린다. 일찍이 홀로 되어 한평생을 사람 그리며 살아오신 분이다.

돌아가신 조상만 찾아뵙고 살아 계신 어른 문안 여쭙지 않고 간다면 두고두고 얼마나 서운해 하시랴! 그러나 이 동네 저 동네 재 넘고 물 건너 일일이 인사드리다 보면 어느새 어스름이 깔린다. 갈 길이 바빠지는 것이다.

그래서 이번에도 장모님 찾아뵙고 큰절만 드리고 곧바로 일어섰다. 그런데 그게 나의 잘못이었다. 공무公務의 바쁨을 이유로 번번이 그래 온 것처럼 성묫길에 그냥 지나칠 수 없어 장모님을 찾아뵌다는 것은 사실 나만의 편리한 입장이 아닌가. 사람 그리며 외롭게 사시는 분에 대한 진정한 인사라 하기엔 부족하다. 그래도 동구 밖까지 따라 나오시며 손수 지으신 저녁 한 끼 못 먹여 보낸다며 못내 서운해 하셨다.

"죄송합니다. 또 찾아뵙지요." 하면서 위로 드리고 용돈도 손에 쥐어 드렸지만 그것으로 노인의 허전한 마음을 채워 드릴 수 없음을 난 잘 안다. 돌아서는 발걸음이 무겁다.

아직도 돌아가신 부모님 산소를 찾을 때는 까닭 모를 슬픔이 울컥 치밀어 오르는데, 홀로 계신 어른 찾아뵙고 돌아서는 발걸음이 이처럼 무거운 까닭은 무엇인가. 효는 말로 하는 것이 아니다. 실천을 하는 것이다. 그렇다면 나는 도리를 다하지 못하고 사는 사람이다. 이 같은 사실을 동행하신 형님께 말씀드렸더니, 형님은 웃으며 이렇게 말씀하셨다.

"동생 얘길 들으니까 나도 옛 기억이 되살아나는군! 출장길에 장인 어른 얼굴이나 뵙고 가려고 잠깐 들렀는데, 어른께서는 서운하셨던지 그렇게 곧장 떠나려면 그냥 지나쳐 버리지 뭐 하러 들렀느냐고 하시는 거야! 그냥 지나치면 누가 알겠느냐고 하시면서⋯⋯."

그리고 형님은 이렇게 덧붙였다. "그런데 그 말씀이 노여움으로 느껴지진 않았어! 어른의 진한 사랑으로 느껴진 거야!"

나는 형님의 말씀이 예사로 들리지 않았다. 어쩌면 그 말씀은 동생을 위로해 주려고 한 말씀인지도 모른다. 그러나 생전에 부모님께서도 그런 세상을 사셨거니 생각하니 갑자기 목이 멘다.

물론 노인들은 찾아뵈면 반가워하신다. 그저 얼굴만 잠시 뵙고 가도 좋아하신다. 하지만 떠나는 사람의 뒷모습을 보고 내색치 않으시는 그 허전한 속마음을 누가 헤아리랴! 늘 바쁘다고 서두르고, 그래서 형식적인 인사치레에 급급한 현대인들은 그 마음을 모른다. 아무에게나 자신 있게 사람의 도리를 다하고 산다고 말할 수 없는 게 나의 성못길이요, 늘 아쉬움과 허전함이 앙금처럼 남는 게 나의 성못길이다. 이다음에 효친 휴가라도 얻으면 아이들과 함께 하룻밤 묵어 오리라. (1991년 KBS1라디오 〈시와 수필과 음악과〉)

구멍 난 양복바지

계단을 오르는데 뒤따라오던 동료 형사가 내게 말했다.

"바지 히프 부분을 누비셨네요. 아직 멀쩡한 바진데……."

꿰매 입은 바지를 흔히 볼 수 없는 세상인지라, 동료 형사의 눈에는 내 엉덩이 부분의 재봉틀 자국이 신기하게 보였던 모양이다.

"아, 네. 구멍 난 걸 집사람이 세탁소에 가서 누벼 왔더군요. 이제 그만 입어야 하는데……."

나는 그 말을 하면서 얼굴이 붉어져 옴을 느꼈다. 이유는 두 가지다. 하나는, 평소에 겉으로는 말쑥한 차림으로 보았는데 뒤에서 자세히 관찰해 보니 그게 아니라는 생각을 동료가 하게 되었을 거라는 민망함 때문이고, 또 하나는 외부적인 활동을 빈번히 하는 사람이 옷하나 번듯이 챙겨 입고 다니지 못한다는 자책과 부끄러움이 들어서였다.

내가 평소에 절약을 잘하고, 가정에서부터 내핍생활이 몸에 밴 사람이라 그런 바지를 입고 다니며 궁색을 떠는 것은 결코 아니다. 신사복의 경우 대개 윗도리는 멀쩡한데 바지는 세탁을 자주 하게 되니 쉽게 낡기 마련이다. 감쪽같이 짜깁기를 한다 해도 자세히 살펴보면 본 바탕의 색상과 어딘지 모르게 표시가 나게 된다. 그렇다고 멀쩡한 신사복 바지를 버릴 수 없어 또다시 꺼내 입기 일쑤다.

어쨌거나 요즘 나는 거울을 보면서 앞모습보다는 뒷모습에 더 많은 신경을 쓰는 나이가 되었다. 차츰 머리숱도 줄어들어, 아침에 머리를 빗을 때는 손거울로 뒷머리를 슬쩍 비쳐 보기도 한다. 자칫 잘못하면 새집을 지은 것처럼 볼썽사나운 꼴이 되기 십상이어서 한 번쯤 더 매만지게 된다.

자동차를 타게 되더라도 뒤에 앉은 사람이 내 뒤통수를 보게 될 것을 염두에 두지 않을 수 없다. 시내버스를 타고 가다 보면 더러는 어깨에 비듬이 떨어져 있는 중년 남자의 모습을 보게 되는데, 결코 남의 일로 여겨지지 않는다. 하지만 어쩌겠는가. 밤새워 야근을 한 사람일 수도 있고, 일에 골몰하다 보니 어쩌다 옷매무새조차 고쳐 입을 겨를 없이 거리에 나선 사람이려니 하고 이해하는 수밖에.

그뿐만 아니다. 회의실 등 여러 사람이 모이는 장소에서 나란히 앉아 있으면 보기 싫어도 남의 뒤통수를 바라보아야 한다. 이때 남의 뒷머리가 흐트러졌거나 어깨 위에 비듬이라도 떨어져 있으면 괜스레 보는 사람마저 민망해진다. 지적해 줄까, 아니면 내가 털어 줄까? 잠시 고민하다가 상대가 민망해할까 봐 못 본 척 고개를 돌린 적도 있다.

그래서 외출할 때면 으레 습관처럼 뒷머리를 매만지는 등 소심하리만치 뒷모습을 점검하게 되고, 아무것도 없는 어깨 위지만 괜스레 톡

톡 털어 보기도 하는 부질없는 버릇이 생겼다.

오늘은 고등학교에 다니는 아이가 머리를 깎고 왔는데, 거울 앞에서 손거울로 뒷머리를 여러 차례 확인하는 걸 보았다. 내가 보기엔 깎아 놓은 밤같이 유난히 뒤통수가 말끔해 보여 "머리 참 예쁘게도 깎았구나!" 했더니, 녀석은 한사코 불만이다. 이발소 아저씨가 자기 맘에 안 들게 깎았다면서 투정이 이만저만이 아니다. 내가 말했다.

"사춘기의 네 눈에는 그렇게 보일지도 모른다. 그러나 남들이 네 뒤통수를 보면 아주 예쁘다고 할 거다. 걱정하지 말지어다!" 하면서 면도 자국이 파르스름한 녀석의 뒤통수를 쓰다듬어 주었더니, 녀석이 빙긋 웃는다.

뒤를 점검한다는 것. 또 다른 나의 모습을 확인하는 일이다. 나의 앞모습은 선천적으로 타고난 것이므로 당장 어찌해 볼 방도가 없다. 그러나 뒷모습은 살아가면서 스스로 만들어 가는 것이 아닐까 생각해 본다. 어쩌면 나에 대한 인상이 뒷모습으로 결정되고 있는지도 모를 일이다.

그런데 왜 조물주는 인간의 뒤통수에다 눈을 두지 않으셨을까? 쉽게 볼 수 없는 곳이므로 갑절 신경을 쓰라는 뜻에서였을까?

아직도 나는 이 낡은 바지를 언제까지 입고 다녀야 할지 결정짓지 못하고 있다. 계단을 오르면서 내 엉덩이 부분을 자세히 관찰하고 솔직한 느낌을 말해 준 동료 형사가 새삼 임의롭고 고맙게 느껴질 따름이다. (《隨筆文學》 1999년 5월호)

윤승원의 〈구멍 난 양복바지〉 / 하길남 (문학평론가)

〈구멍 난 양복바지〉는 꿰매 입은 바지 뒷부분을 보고 동료 형사가 누빈 쪽을 지적하자, 앞모습보다 뒷모습에 더 신경이 쓰일 나이에 접어든 작가가 지나간 세월을 점검하면서 볼 수 없는 곳에 더 신경을 쓰면서 살아야 하겠다는 의지를 그린 작품이다.

이 작품에서 우리는 네 가지 사실을 발견하게 된다. 하나는 작품의 전개과정이 매우 자연스러우면서도 재치가 있다는 사실이다. 둘째는 요즘과 같은 세태에서 옷을 기워 입는 이가 있는가 하는 신선감이다.

세 번째는 그것도 다름 아닌 경찰관이라서 민중의 지팡이라는 선입감 등 독자들에게 여러 가지 이미지를 떠올리게 해 주고 있다는 것이다. 네 번째는 실로 하찮은 일상적 사실을 통하여 새로운 발견을 하고 있는 것을 보게 된다.

「뒤를 점검한다는 것, 또 다른 나의 모습을 확인하는 일이다. 나의 앞모습은 선천적으로 타고 난 것이므로 당장 어찌 해 볼 방도가 없다. 그러나 뒷모습은 살아가면서 스스로 만들어 가는 것이 아닐까 생각해 본다. 어쩌면 나에 대한 인상이 뒷모습으로 결정되고 있는지도 모를 일이다. 그런데 왜 조물주는 인간의 뒤통수에다 눈을 두지 않으셨을까? 쉽게 볼 수 없는 곳이므로 갑절 신경을 쓰라는 뜻에서였을까?」

– 본문 중에서 –

우리는 누구나 남이 보는 앞에서는 잘하려고 노력을 하게 되고 실수를 하지 않으려고 애를 쓰게 된다. 하지만 한 사람에 대한 평가는 그가 세상에 알려진 사실보다 알려지지 않은 사실이 공개되었을 때, 그에 대한 좀 더 정확한 새로운 평가가 내려지기 마련이다.

　살아있을 때보다 죽은 후에 위대한 인물로 평가된 예는 얼마나 많은가. 종교인들의 입장에서 본다면 살아서 남으로부터 핍박을 받더라도 그의 숨은 선행이 사후의 심판에서 표상되어, 천상에서 영원한 복락을 누리게 된다면 결국 그는 승리한 인생이 됐다 할 것이다.

　그래서 윤승원 수필가는 「자동차를 타게 되더라도 뒤에 앉은 사람이 내 뒤통수를 보게 될 것을 염두에 두지 않을 수 없는 것」이며, 「어깨에 비듬이 몇 점 떨어져 있는 것도 남의 일로 느껴지지 않는 것」이다. 뒷모습을 잘 챙겼기로 흠잡을 데가 없는 산뜻한 수필이 되었다.

《月刊文學》 1999년 6월호)

제6회 한국 '문학시대 문학대상' 수상소감
수상 작품집 《청촌수필》· 2012년 刊

수필문학의 '사회적 기능'을 생각한다

쓰기 쉬운 글은 없다. 읽기 쉬운 글은 있어도 쓰기 편안한 글은 없다. 글쓰기가 다 어렵지만 '수필쓰기'만큼 어려운 글이 또 있을까 늘 생각해 왔다. 인격을 보여 주는 일이고, 부끄러운 속살을 고스란히 드러내는 일이라 믿기 때문이다.

그래도 염치없이 '수필'이란 이름으로 각종 지면에 글을 계속 쓰고 있는 까닭은 무엇인지, 진지하게 고민하면서 자문해 보는 계기가 주어졌다. 뜻하지 않은 전화였다. '문학시대 문학대상'이라니, 분에 넘치는 상이기에 수상소감마저 선배 문인들 앞에서 면구스럽다.

'수상소식'은 그래서 덜 익은 사람을 들뜨게 하는 치기稚氣를 불러일으킨다. 변변치 않은 글이지만 나름대로 번민의 편린들이 묻어 있는 원고뭉치를 버리지 못하고 책으로 펴내는 당돌함과 무모함, 그 소이연所以然을 고백하라는 '명령'으로 받아들인다.

일선 치안 현장에서 30여 년 넘게 밤이슬 맞고 다닌 사람이다. 경찰서 야간 당직근무를 하면 '유치장 순시'를 하게 된다. 유독 밤잠을 이루지 못하고 몸을 뒤척이던 20대의 앳된 유치인留置人이 내 수필집을 읽고 있었다.

동료 경찰관 중 누군가가 유치장 내 '이동식 책 수레'에 꽂아 둔 내 수필집을 죄 지은 유치인이 펼쳐 읽고 있는 모습을 목격하고는 적이 놀랐다. 그는 저자인 나를 단박에 알아보았다. '독자와 저자의 우연한 만남!' 그때의 은밀한 감격(?)이라니……

이번에 수상작으로 결정된 졸저 수필집 《청춘수필》은 출간되자마자 출판사에서 보내온 저자 증정본 200여 권을 최종 근무지였던 대덕경찰서 경찰관들에게 기증했다. 나머지 증정본은 지난해 큰 자식 혼사 때, 하객들에게 답례품으로 증정했더니, 그동안 안부 전하지 못하고 살아온 지인들에겐 내 삶의 여정과 가족사史를 단편적이나마 소개하는 계기도 됐다.

거친 치안 현장에서 파김치가 돼 돌아온 기동대원들과 정보·수사관들이 내 보잘것없는 수필집을 야간 당직근무하면서 틈틈이 읽고는 직업에 대한 자긍심과 더불어 위안을 삼았다고 이메일을 통해 전해오기도 했다.

글은 잔재주로 쓰는 게 아니라 가슴으로 써야 한다. 절실한 것이 가슴에 맺히지 않으면 글은 억지스러워진다. 자연스러운 글인지 아닌지는 현명한 독자들이 먼저 안다. 억지로 꿰맞춘 글이나 의무감으로 마지못해 쓰는 글은 발에 맞지 않은 신발처럼 불편하다.

그런데 여기서 나는 글쓰기에 대한 회의감에 젖는다. 명색이 일간지 논설자로서 가슴을 억누르는 책임감을 느낀다. 왜 강력범의 집안에서는 진솔한 삶의 이야기가 담긴 수필집 한 권이 발견되지 않는가. 건강한 상식과 진실을 이야기하는 수필집 한 권이 어찌해 흉악범과 패륜아의 집안에서는 단 한 권도 발견되지 않고, 음란물과 폭력 영상물만 쏟아져 나오는가.

글을 쓰면서 과연 내 글의 '사회적 기능'과 '효용가치'가 무엇인지, 이 시대에 어째서 시집과 수필집은 안 읽어도 될 사람만이 가까이 하고, 꼭 읽어야 할 사람은 멀리하는 것인지, 여전히 명쾌한 답을 구하지 못하고 있다. 분에 넘치는 큰 상을 받게 됐으니, 이런 수상을 계기로 그 답을 좀 더 진지하게 찾아볼 일이다.

끝으로 꼭 덧붙이고 싶은 말이 있다. 글 쓰는 사람으로서 '양보할 수 없는 가치'가 몇 가지 있다. 이 세상엔 아무리 좋은 말과 글도 공론화의 장에 등장하면 찬반양론으로 갈리고, 진보와 보수라는 성향에 따라 입장이 극명하게 달라진다.

말로는 '사회통합'을 외치지만 갈등과 대립이 심한 세상에서 그 누구도 만고의 진리를 주장할 수 없게 됐다. 피땀 흘려 이 나라를 지키고 발전시켜 온 어르신들은 기존의 가치관마저 흔들려 '중심 잡기 어려운 세상'이 돼 버렸다고 탄식한다.

그러나 건강한 사회를 만드는 일에 나름대로 작은 보람을 느끼면서 치안 일선에서 청춘을 다 바쳐 일해 온 공직자 출신 수필문학인으로서 '양보할 수 없는 가치' 중 ▲ 첫째는 국가 안보와 관련한 애국심이고, ▲ 둘째는 윤리도덕과 미풍양속이다. ▲ 셋째, 사회 기본질서와 생명 존중사상 역시 타협이나 양보할 수 없는 이 시대의 소중한 가치로 여긴다.

수필은 뜬구름 잡는 글이 아니다. 구체적인 체험을 바탕으로 한 '인생의 자기 해석'이다. 좋은 수필 소재는 거대한 욕망의 바다에 있는 것이 아니라, 작지만 따뜻한 것, 소박하지만 가슴에 담아 두고 싶은 것, 그리고 긍정의 시선으로 바라본 인간애의 아름다움에서 찾을 일이다. 《문학시대》 2013년 겨울호)